聚福妻 2

文創風 883

踏枝 著

目錄

第二十三章

大年初二是出嫁婦人回娘家的日子。

這天一大早，趙氏早早起床，雖然她知道這趟回去少不得被娘家嫂子和弟媳笑話，但還是得帶上禮物，裝出一副過得很是不錯的模樣。

因為姜柏身子還沒好全，之前就說過今年不必四處拜年，對外只道要全心準備縣試。

趙氏臨出門前，想到前一天沒有應下兒子的要求，心中有愧，端了早飯送去姜柏屋裡，卻發現他已經起床了，正拿著一卷書，看得津津有味。

瞧見趙氏進來，姜柏笑著放下書，出聲招呼。

「娘，您有心了。」

趙氏想著，她不過是順手端吃食過來，兒子就這樣客氣，也不記恨昨天的事，真不愧是肚裡能撐船的讀書人。

母子倆剛說上話，姜正就在外面催了，說等會兒人多，怕會搭不上牛車。

趙氏聽了，顧不上多關心姜柏幾句，立刻放下碗出去了。

出門時，趙氏遇見姜桃，姜桃依舊笑吟吟地喊人。

趙氏面無表情地應了聲，怎麼看都覺得這笑容古古怪怪的。

但匆匆忙忙間，她來不及細想，便被姜正拉著出門。

回到趙家村時，趙氏心頭那種古怪的感覺仍沒淡去，反而越來越強烈，而且不知怎的，她心跳紊亂，不安得很。

趙家嫂子和弟媳婦見她心神不寧，更有話說了。

這個說：「前兒個聽說姜家突然分家，娘擔心妳過得不好，還特地讓大全去問呢。唉，當時大全還說妳沒事兒，如今瞧著好像不太好。」

那個道：「姑子回家了就別硬撐，不好便不好吧，咱們也不會笑話妳。」

說是不會笑話，但臉上要笑不笑的神情，已經出賣了她們。

其實不怪趙家媳婦故意譏諷趙氏，而是趙氏從前得意太過，仗著有個讀書的兒子，就不把娘家放在眼裡。後來姜家三房夫妻歿了，趙氏回娘家時，更是吹破牛皮，只差沒明說整個姜家都要是她兒子的了。

如今聽聞姜家大房直接被姜老太爺分出去，依趙大全打聽回來的消息，似乎沒討著什麼便宜，如何不大快人心啊？

趙氏被她們的話分了心，立刻收起胡思亂想，回嘴道：「我哪裡來的笑話讓妳們看？我們確實剛分家，但爹也沒虧待我們，分到十來畝田地和十來兩銀子呢。」

趙家嫂子捂著嘴，笑著問趙氏。「分到那麼多啊，那夠不夠你們蓋新屋？」

這話又戳了趙氏的痛處，轉過話頭，說起自家兒子。「就算不夠又怕什麼？二月我們柏哥兒便要縣試，這回必定考個童生回來。到時候功名在身，還在乎這麼點小錢？」

這幾句讓趙家女眷們沒話說了。

趙家家境差，幾代沒出過一個讀書人，出路最好的趙大全，不過是在採石場當監工。

趙氏自覺鬥贏了，剛準備得意起來，卻突然發現不對勁——

早上姜柏在屋裡看書，看的並不是平常那幾本。

姜柏有的書不多，雖然趙氏不識字，但早認熟了。今早姜柏手裡那本，封面簇新、裝幀精緻，很是眼生。

趙氏暗叫一聲不好，連午飯都沒顧得上吃，拉著姜正，匆匆趕回槐樹村。

然而緊趕慢趕，路上還是頗費了一番功夫，到姜家時，已經快中午了。

姜正一路上都在埋怨，說沒道理回娘家連頓午飯都不吃，這時候回家，家裡肯定也吃完了，大過年的怕還要餓肚子。

「吃吃吃，你就知道吃！」趙氏一邊罵他、一邊快步進了大門。

兩人走到院子，瞧見裡面的動靜，連姜正也顧不得自己的肚皮了——

姜柏正跪在院子裡。

「柏哥兒，你身子沒好，又是大過年的，跪在這裡做什麼?!」

趙氏嚷嚷著就去拉姜柏，姜柏沈著臉沒動，姜老太爺的喝斥聲從屋裡傳出——

「你們兩個給我滾進來！」

趙氏嚇了一跳，連忙和姜正進去。

姜老太爺不跟他們兜圈子，直接黑著臉說：「這個家容不下你們了，今天就給我搬出去！是我往常太縱容，才讓你們越來越膽大包天！」

姜正一頭霧水，吶吶地問：「爹，怎麼回事？我們一大早就出門，啥也沒做啊！」

姜老太爺冷哼一聲，拿著手裡的書，問趙氏見過沒有。

趙氏定睛一瞧，背後立刻冒出冷汗，這不是早上自家兒子拿在手裡看的書嗎？

趙氏不是個能藏住事的人，反應全露在臉上，姜老太爺見了，還有什麼不明白的？氣得拍桌子。

「現在馬上搬，別等我用掃帚趕你們！」

姜正還是發懵，趙氏也不知道從何解釋。

旁邊的周氏涼涼地道：「嫂子的膽子也忒大了，大過年就敢在爹的眼皮子底下偷三房的書。幸虧發現得早，只丟了一本；要是沒發現，整個書房豈不被你們搬空？」

周氏心中也有氣，氣趙氏比自家先動手，還那麼蠢，讓人逮個正著。往後，姜老太爺肯定嚴防死守，他們二房想拿書也沒戲了。

「你……你是說，這書是柏哥兒偷的？」趙氏頹然地跌坐在地。

姜柏在屋外聽見這話，立即衝進來，砰一聲對姜老太爺跪下。

「爺爺，我真的只是過於心急，想早些考取功名，所以才先把書放在身邊，沒有侵占的意思。等我看完，自會歸還的。」

趙氏沒想到兒子進來就認罪，膝行上前，扯著他道：「兒啊，你可不能亂認！你爺爺這是要把你當賊看的！」

之前姜柏給姜楊下藥，她這當娘的替他擔下罪責，先不說其他人信了幾分，但總沒有證據指責他。這回人贓俱獲，往後姜柏要被全家人指著脊梁骨罵！

姜柏反手把趙氏的手扳開，道：「認什麼認？我只是說，沒把書及時送到爺爺面前而已，偷書的不是娘嗎？」

趙氏完全懵了，她知道這會兒應該順著姜柏的話頂下這條罪，但或許是姜柏的反應太過冷漠傷人，抑或事情轉變得太快，讓她反應不來，竟愣愣地說出姜柏先前的謀算。

「我、我怎麼會……昨天你要我偷楊哥兒身上的鑰匙，我說我不敢在你爺爺眼皮子底下做那種事……」

姜柏嫌惡地看著趙氏。他早瞧不起這愚蠢的娘，好在趙氏雖然蠢，對他仍有一片愛護之心，可眼下她居然想著把罪責全推到他頭上？

於是，姜柏也不顧及母子情分了，冷著臉道：「昨天娘回絕我，但今早我一起身，床頭便出現這本書。不是娘拿來的，還能是誰?!」

全家人含怒的目光全落到趙氏身上，兒子話裡話外的責怪嫌惡，更讓趙氏喘不過氣來，出聲辯駁。

「真的不是我！」她喊著，轉頭看向姜老太爺。「爹，那鑰匙一直在楊哥兒手裡，若他有心陷害，還不是隨便他說？」

姜老太爺聞言，氣得笑出來。「年前，楊哥兒說過年時家裡人多手雜，擔心自己看顧不好，便先把鑰匙放在我這裡。當時我還道他擔心過頭，拿到鑰匙後，清點數目，確認一本都沒少，才親自鎖上書房。怎麼，現在我聽著妳話裡的意思，是覺得我故意陷害你們母子？」

趙氏搖著頭說不可能。

周氏道：「嫂子別狡辯了。鑰匙在爹手裡，那書也沒長腳，不是你們拿的，會是誰？」

趙氏完全喪失理智了，上前拉扯周氏。「是妳，就是妳害我的！」

周氏一邊還手、一邊道：「我害的？是我有本事偷爹身上的鑰匙，還是有本事拿了書，偷偷放到柏哥兒床前，又不被發現？若我有那麼大的能耐，還待在這裡？」

趙氏答不上來，狠狠抓著她的頭髮，罵道：「妳也不是什麼好東西，難道就沒想過拿三房的書？上回二叔同妳說的話，我都聽到了，你們想著住得近些，還不是為了方便拿書！」

眼看兩人又要扭打在一起，姜老太爺氣得掀了炕桌。

「你們都給我搬！天黑後，我不要再看到你們！」

孫氏連忙幫他順氣，罵兩個兒子。「你們是死人嗎？大過年的，是要氣死你們的爹？還不照他的話去辦！」

姜正和姜直這才上前，拉開自家婆娘，認命地回屋收拾東西了。

姜柏還直挺挺地跪在屋裡，不肯動。

姜老太爺氣不打一處來。「你也滾，往後沒事別湊到我眼前！」

姜柏梗著脖子，還要強辯，說自己只是急著想考功名，又沒真的動手偷書。

姜老太爺怒極，跳起來拿茶盞砸他。「你一而再、再而三地耍下流手段、使陰招，別以為我真的老糊塗，不知道大房拿主意的全是你！從前不過是給你留兩分面子罷了，還功名呢，你這種人考個屁，要是能考上，我把姜字倒過來寫！」

姜柏被罵得狗血淋頭，灰溜溜地被姜老太爺趕出了屋子。

三房這邊，早上姜楊和姜老太爺說，想看一會兒書，拿鑰匙去書房，發現書不見，去向姜老太爺稟報後，便沒再過問這件事。

等姜老太爺的屋裡沒了動靜，他才去找姜桃，問道：「之前妳說的收尾，是不是就這樣收完了？」

姜桃輕輕一笑。「嗯，終於結束了。」

半個月的搬家期限，大房、二房看著或許很短，但在她眼裡卻是太長。臥榻之側，豈容他人酣睡？更別說是姜柏那樣狼子野心的人。也是姜柏自己貪心，如果早早把書送到姜老太爺面前，交代清楚，也不會落到這樣的境地。

不怪她非要把事情做狠做絕，而是姜老太爺看著精明，其實還是看重子孫。先前他雖惱大房跟二房動作不斷，但說到底，他們並沒有得手過。待時日長了，事情淡了，血脈親緣怕是又要占據理智的上風。

而且，後來孫氏心軟了，說月尾就是姜桃的婚期，屆時還有得忙，不如留他們在家裡打打下手，等忙完再說。

當時姜老太爺聽了，雖然沒接話，但也沒有反駁。

月尾她出嫁，二月是縣試，這一留二留的，總是能找到理由，大房和二房便不用搬出去了。可以後姜楊休沐時還要回來，她怎能放心讓他獨自面對其他兩房，還是趁早把他們趕出去，一勞永逸的好。

傍晚，姜正和姜直各去雇了一輛牛車，停在姜家門口。

因為牛車是從別人家雇來的，動靜又鬧得這般大，自然瞞不住村裡其他人。

這個時代講究孝道，子不言父母之過，旁人並不會說姜老太爺和孫氏的不是，議論的還是姜家大房與二房到底又做了什麼忤逆不孝的事，惹得姜老太爺這般容不下他們。

最嘔的要數周氏了，她可什麼都沒幹啊，不過娘家離得近，聽人說姜家好像出了事，提前趕回來看熱鬧而已。

當鄉親以異樣眼光打量他們時，周氏真有股衝動，想直接說出大房幹的那些事，但理智阻止了她，大房是在分家前動手的，她也曾攪和其中，要是真的撕爛臉皮，她也落不著好。
趙氏也恨周氏，覺得是周氏害了她。
之前妯娌倆雖當著姜老太爺的面打過一架，但說到底並非真的不睦，而是故意演戲，想逼著姜老太爺分家。
這次，兩人真成了仇人，為了爭誰雇的牛車先出門，像烏眼雞似的，差點又打起來。直到看熱鬧的人多了，兩人顧及殘存不多的臉面，這才罷手。
孫氏聽著外面的動靜，難受地勸姜老太爺。「老頭子，大過年的，何必鬧到這麼難看的地步呢？往常你不是最好面子的嗎？」
姜老太爺躺在炕上生悶氣。「妳別管，反正分了家，早搬晚搬都一樣！」
他就是一而再、再而三地心軟、要面子，所以縱得那幾個不省心的越來越無法無天。前陣子給姜楊下藥就不說了，十分可惡，但終究沒有得手，自食其果罷了。
這次，他們竟妄圖染指小兒子留下來的書！
那些書是寶貝，在姜老太爺心裡，更象徵著早逝的小兒子的傳承，意義比錢財更珍貴。今天他們能不聲不響撬鎖開門，明日是不是不高興就全搬空，連帶一把火燒了書房？真到那時候，他使什麼手段都不頂用，以後兩腿一蹬，也沒臉去九泉之下見小兒子。
孫氏還要再勸，姜老太爺便說自己累了，讓她出去盯著那兩房人，確定他們搬乾淨了，別故意留些東西，以後牽扯不清。

見丈夫堅持，孫氏沒辦法，只能紅著眼睛出了屋。

姜老太爺在炕上躺了好一會兒，覺得心裡舒服些，便出聲把姜楊和姜桃喊來屋裡。

「今天家裡出的事，想來你們都知道了。」姜老太爺摸出旱煙，狠狠抽了兩口，才接著道：「就是要委屈阿桃，月底妳出嫁，家裡只有我和妳奶奶能幫著張羅，不能大辦了。」

姜桃道不要緊，又說：「我本在孝期，一切從簡即可。」

她不是不看重這一輩子一次的大事，只是相較於場面上的往來，她更希望自己的婚禮能清清靜靜的。現下就很好，姜家只剩下二老和她們姊弟，不用再擔心出什麼亂子。

姜老太爺覺得姜桃乖巧，又誇獎她幾句，而後問姜楊要不要找人重新修繕三房的書房，把門窗和門鎖做得堅固些。

姜楊想了想，道：「只要書在家裡，難保旁人不會再起心思。不如挪到大伯母他們不知道的地方，省得往後千防萬防。」

姜老太爺想了想，跟著點頭，確實如此。

姜桃見狀，道：「我和沈二哥說好了，成婚後要搬到城裡住，爺爺若是放心，就把書搬到我們的住處去。還像之前一樣，書房上鎖，由阿楊保管。」

姜老太爺信任姜桃，對未來的孫女婿也滿意得很，所以不等姜桃多說，直接道：「往常楊哥兒獨自住在學舍裡就很不方便了，往後霖哥兒也要上學，乾脆讓他們平時也跟著你們住，休沐時再一道回來。」

這自然更中姜桃的下懷，當即就說全憑姜老太爺吩咐。

片刻後，孫氏也進了屋，一邊嘆息、一邊說：「我看著他們的牛車出了大門才進來的。老大和老二本想來給你磕個頭再走，我怕他們又惹你生氣，就沒答應。」

姜老太爺嚴肅著臉點了點頭，真那麼有孝心，之前都幹什麼去了。

接著，姜老太爺也不讓孫氏繼續說其他兩房的事了，同她道：「方才我和孩子們說好了，等楊哥兒和霖哥兒去了學堂，就把三房的書搬到阿桃婚後的住處，兩個孩子在城裡也有個落腳的地方。妳去拿些銀錢來，幫阿桃置一間大些的宅子，他們住起來也方便。」

分家時，二老雖然分了公中的銀錢，但養老錢卻是沒動的。這些年積積攢攢，加上從前姜桃他爹還在時，不僅交錢給公中，還會私下孝敬，所以姜老太爺和孫氏的私房可比公中那份厚重得多。

姜桃連忙說不用。「銀錢不夠，我們就先租屋子住，我和沈二哥有手有腳，努力些時候總能攢到錢買新屋。如今分了家，爺爺奶奶的養老錢要好好存著才是。」

聽到這話，姜老太爺臉上終於有了笑意，說是不枉過去家裡疼姜桃了。

姜桃跟著笑笑沒說話。

並非她跟銀子有仇，而是明白天下沒有白吃的午餐。若是收了銀錢，以後城裡的住處就有姜老太爺和孫氏一份。往後二老想來看孫子，她能攔著不成？長此以往，那住處便不是她能作主的了。

之後，拜年的客人上門，打聽的大多是怎麼好好地分了家，又急急讓其他兩房搬出去的經過。

這種事，姜桃身為小輩不方便聽，就在自己屋子裡做針線了。

不得不說，人逢喜事精神爽，到了大年初八，姜桃已經繡好三條抹額、五個荷包。盤算著城裡的店鋪應該都開門了，她便準備把做好的東西送到繡莊去。

姜楊沒能勸住她做針線，此時見了，忍不住道：「再過二十天就是妳出嫁的日子，眼下咱們家真不缺錢，這時候該待在家裡繡嫁妝才是。」

姜桃抿了抿唇，沒接話。她和兩個弟弟是不缺錢，身邊還剩三、四十兩呢，怎麼算都是夠的。

可她從前想得太狹隘了，成婚後，是五個人住在一起，生活開銷肯定變大。每逢過年，即便是農家人，都會穿上最光鮮的衣服，但沈時恩帶著表弟來拜年時，大冷天的，兩人都是一身半新不舊的冬衣，連件棉襖都沒想著置辦。

往後既是一家子，她不可能只讓自己和兩個弟弟吃好穿好，也得把他們兄弟當成家人。不過，這話她沒敢和姜楊說，怕他又要著急，想了想，道：「說了你別笑話我，過年這兩天頓頓吃白米跟白麵，我嘴巴吃刁了，不想回到從前吃豆飯的日子。嫁妝也不急著繡，我去完這趟回來，就開始準備。反正一切從簡，我把嫁衣繡得繁複華麗，反倒顯得奇怪。」

姜楊點頭，那由他送去繡莊，省得她來回跑。

姜桃還是不肯，說上次的活計不知賣得如何，總該問問主家滿不滿意。

姜楊實在說不動她，嘟囔她主意越來越大，只好送她去村口搭牛車了。

第二十四章

進城後，姜桃輕車熟路地來到芙蓉繡莊所在的街上。

因著過年的緣故，不論街道上還是繡莊裡，人都比平時多。

姜桃好不容易擠進店裡，看所有夥計都在忙著招待客人，便直接去櫃檯尋年掌櫃。

可櫃檯旁只站著一個十六、七歲的少年，穿著一件圓領袍衫，正在一邊翻帳簿、一邊打算盤。

姜桃輕敲櫃檯，表明是來找年掌櫃的。

少年合上帳簿，笑道：「姑娘來得不巧，這幾日我爹出門去拜會重要的客人，不過姑娘有事同我說，也是一樣。」

姜桃此行的目的，主要還是賣繡品，便點點頭。「好，同你說也行。」

然而，還不等她打開小包裹拿出繡品，旁邊卻傳來一聲嗤笑。

姜桃聞聲抬頭，瞧見一個穿著簇新粉色素面錦緞褙子的嬌憨少女，正倚靠在博古架旁，手執團扇，似笑非笑地看著她。

姜桃回憶一下，才想起這人是同村的錢芳兒、原身的假閨密。幸虧她記性還算不錯，不然錢芳兒驟然打扮得這般富貴，差點認不出來。

「阿桃姊姊。」錢芳兒學大家小姐那樣，娉娉婷婷走來，一邊拿著團扇搧風、一邊涼涼地道：「想不到能在這裡看到妳，要不是姊姊穿得太過寒酸，我還真不會一眼發現呢。」

姜桃穿的還是平日的素色家常襖裙，雖然洗得有些發白，但總不至於失禮。不過，確實和店裡穿著光鮮的客人很是不同。

再想起錢芳兒之前炫耀她和繡莊掌櫃的兒子訂了親，姜桃便明白她為何出現在此處了。

姜桃不急不惱地笑笑，道：「芳兒妹妹倒是穿得和平常不同，好像山雞飛上枝頭，變成鳳凰一般。」

「妳！」錢芳兒搖扇子的手一頓，隨即想到，現在是在未來夫家的店鋪裡，強迫自己冷靜下來，哼笑道：「姊姊這也算是秀才家的女兒，怎麼肚子裡一點文采都沒有？那句話明明是『麻雀飛上枝頭變鳳凰』！」

「哦！」姜桃恍然大悟，點點頭。「原來芳兒妹妹不是山雞，是麻雀。」

錢芳兒聞言，笑不出來了，咬牙切齒看著她，聲音不覺拔高。「說吧，妳來這兒做什麼？來買東西嗎？買得起嗎?!」

姜桃搖搖頭，晃了晃手裡的小包袱。「來賣繡品的。」

錢芳兒聽了這話，又得意起來。「之前我同姊姊說過，這繡莊不是什麼髒的、臭的東西都收。妳這三腳貓功夫繡出來的東西，還是拿到街邊賣吧，總能賣個兩、三錢銀子。」

「芳兒！」年掌櫃的兒子年小貴皺著眉，出聲制止錢芳兒。「我爹說，進門是客，咱們不能這麼對客人說話。再者，這位姑娘還沒把自己的繡品拿出來，怎麼能直接說不收？」

錢芳兒被年小貴說了，遂壓低聲音，挨到他身邊，軟軟地道：「小貴哥哥不知道，阿桃姊姊與我打小就認識，素日裡只知道玩，從來沒做過針線，哪能繡出什麼好東西？今日店裡客人這麼多，我這不是怕你累著，幫你節省工夫嗎？」

年小貴很喜歡自己的未婚妻，聞言沒多說什麼，只對姜桃道了聲抱歉。

姜桃不以為意地搖搖頭，她對自己的繡品有信心，且外面的繡莊多得很，不是非要賣給芙蓉繡莊，遂不打開自己的小包袱，涼涼地看錢芳兒手裡的團扇一眼，走出繡莊。

錢芳兒察覺到她停留的目光，得意洋洋地昂起下巴，要是姜桃留得再久一些，她恨不能連轉好幾個圈，讓姜桃好好看看她這身富貴非常的打扮。

但姜桃只覺得好笑，為什麼古代人裝闊就愛在大冬天搖扇子啊？之前羞辱姜楊的秦子玉是這般，這家繡莊的少東家也是這般，現在連錢芳兒都學會了。

回去之後，她可得好好同弟弟們說一說，讓他們千萬別學這歪風！

見姜桃就那麼淡淡然然地走了，年小貴有些疑惑地問錢芳兒。「那位姑娘看著性子挺好，為什麼妳似乎不太喜歡她？」

錢芳兒不屑地撇撇嘴，但想到這是在未婚夫婿面前，遂端正神情，垂下眼，欲言又止。

「小貴哥哥也知道，我娘是寡婦，帶著我在村裡討生活，村人都在背後看不起人……」

年小貴聽到這裡，便舒展了眉頭。他小時候也是苦過的，自然能感同身受其中的酸楚。他看中錢芳兒，也是因為兩人小時候的經歷相同，惺惺相惜。

「那位姑娘欺負過妳？還是她的家人？」

錢芳兒舉起衣袖拭了拭眼角。「也不算欺負我，但她總是拿舊衣裙給我穿。我家雖不富裕，卻也沒窮到穿人舊衣的境地。可她爹是秀才，是村子裡的大人物，我娘不敢得罪，只能逼著我穿，還得穿著上門向她道謝……」

錢芳兒越說越氣，怕自己的神情猙獰難看，遂把臉捂進帕子裡，渾似真的受過天大委屈一般。

她這話一點都沒摻假，姜桃有什麼了不起的，不就是托生到秀才娘子肚子裡？憑什麼同樣是農家女，姜桃卻什麼都不用幹，自己卻打小就要跟著娘，為了生活四處奔走？還有她送的那些舊衣裙、舊首飾，有什麼了不起的，比得上她現在穿的綢緞嗎？用那些東西打發她，簡直是把她當個叫花子！

如今，姜桃的爹娘歿了，她倒要看看，姜桃日後還怎麼猖狂！

錢芳兒的嘴角泛出一絲冷笑，隨即想到上回在姜家見到的英雄，更是恨得咬牙切齒。天知道怎麼會那麼巧，她仰慕的對象居然成了姜桃的未婚夫？而且好巧不巧，還是她娘當的媒人。

當時，她從姜家出來，得知這個消息後，又恨又埋怨，難受到了極點。

可是，錢氏勸她。「閨女啊，咱們不能不知足，年家已經是極好的人家，咱們為這門親事費了多少心思和力氣，眼看著你們過完年就要成親，難不成半途而廢嗎？娘也是為妳好，姑娘家少時哪個心裡沒有過屬意的對象？但是嫁漢嫁漢，穿衣吃飯，想想年前年家送來的那套衣裙，只要妳嫁過去，往後天天都是穿那樣的，再也不用吃苦了。」

錢氏的這番話，總算勸住了錢芳兒。

對，姜桃得了個英武夫君又如何？那人還不是個苦役！哪裡像她，未來夫婿是這大繡莊的少掌櫃。

今天姜桃來賣東西，她說不收就不收，徹底把姜桃壓了下去。

錢芳兒說完，年小貴撫著她的肩膀輕聲安慰後，錢芳兒很快平復心情，甜甜地說：「小貴哥哥，你對我最好了，往後你都不收她賣的東西好不好？」

年小貴沒一口應下，猶豫道：「店裡的事，還是得由我爹作主……」

兩人正說著話，年掌櫃一邊擦汗、一邊跨進店鋪，問：「什麼事要我作主？」

錢芳兒一見到年掌櫃，就從年小貴身邊退開，恭恭敬敬地福身喊人。這也是錢氏教她的，說年小貴耳根子軟，在他面前，私底下放縱些無礙。但年掌櫃是人精，在他面前，得老實再老實，寧願表現得木訥，也別賣弄任何小聰明。

年掌櫃見到錢芳兒，只是淡淡地點點頭，招呼一聲。「芳兒來了啊。」

錢芳兒垂著眼睛道：「今天開市，我娘想著店鋪裡可能缺人手，讓我過來幫忙。」

年掌櫃沒多說什麼，轉頭問年小貴。「我讓你留意的人，今天來了沒有？」

年小貴搖搖頭。「爹交代的，兒子都記在心裡，說要留意一個繡技非凡的年輕姑娘。」

年掌櫃聽了這話，頓時有些著急。怎麼過了這些日子，還沒見到人呢？

日前，楚家飛鴿傳書過來，要他去尋繡桌屏的繡娘。之前縣官夫人黃氏的叮囑言猶在耳，如今竟連主家也要尋那姑娘，年掌櫃真是悔不當初，後悔沒問清姜桃的住所在何處。

如今都初八了，照理說，這段時日夠讓姜桃再做幾件繡品。若是因她不缺錢，所以沒來變賣也罷了，他等等就是。可萬一她是直接離開此處，人海茫茫，該上哪裡尋她？

正當年掌櫃發愁時，一個夥計湊過來，小聲稟報。「掌櫃的，方才我似乎看到一個美貌姑娘來過，年紀和長相與您說的相仿……」

前幾次姜桃來繡莊，都是年掌櫃親自招待，夥計沒和她說上話，印象不算深刻。但那樣的容貌和氣度，在小城裡極為特別，再見到，便很容易想起來。

年掌櫃面上一喜。「人呢？」

夥計看年小貴一眼，小心翼翼地說：「已經走了。」眼看年掌櫃要急，又趕緊補充道：「被少東家趕走了。」

這下年掌櫃不好對著夥計發作，是他兒子趕的，就算夥計覺得對方是他要尋的人，也不敢駁他兒子的面子不是？

「小貴，你說說，為什麼要趕走我在尋的繡娘？」

「爹，冤枉啊！」年小貴見年掌櫃黑了臉，連忙放下帳簿，有些著急地解釋道：「那個姑娘是芳兒自小認識的，從來沒碰過針線，怎麼也不可能是爹要尋的人啊！」

年掌櫃聽了，又去看錢芳兒。

年掌櫃閱人無數，目光精準犀利，錢芳兒心虛地覺得自己的小心思要被看穿，但關於姜桃不會刺繡的事，她並沒有撒謊，遂答得理直氣壯。

「年伯父，我沒有騙人，她真不會做針線，就是家裡長輩歿了，窮得過不下去，才隨便繡點東西，出來碰碰運氣。」

年掌櫃將她的反應盡收眼底，見她不似說謊，便沒追問下去，只長長嘆了口氣。

他再尋不到人，倒不怕縣官夫人問責，畢竟是做買賣，尋不到賣繡品的繡娘，對方還能把他關進牢裡不成？但對主家可就不好交代了，少東家對店鋪的不滿，不是一日、兩日，要是再辦不好差事，難保往後會落得什麼下場。

此時，店鋪裡又來了熟客，同年掌櫃搭話，年掌櫃立刻端上笑臉，招呼起來。

一會兒後，年掌櫃送走熟客，年小貴則送錢芳兒回家。

年掌櫃還是覺得不安，又問夥計。「那個姑娘被趕走後，去哪裡了？」

夥計道：「依稀瞧見她去對面了，但當時店裡人多，小的也看不真切。」

芙蓉繡莊的對面本是一間很大的米麵鋪子，年前不知被哪家盤了去，圍著黑布敲敲打打地裝修，過完年才揭開布條，掛上招牌，竟也是一間繡莊，名叫牡丹繡莊。

差不多的地段、差不多大的門面，連名字跟招牌都長得差不多，傻子也能看出來，這牡丹繡莊就是來和芙蓉繡莊打擂臺的。

年掌櫃一聽就急了，不敢設想，如果那個被趕走的姑娘真是他要尋的繡娘，又去了對面繡莊，會怎麼樣。

這下，他顧不上面子了，直接跨過長街，去了對面。

年掌櫃走進牡丹繡莊，端著笑同李掌櫃打招呼。

「李掌櫃還在忙？」

兩家繡莊不過相對著開了幾日，但已打聽清楚彼此的背景，只想著怎麼鬥贏對方，沒事不會往來。

李掌櫃瞧見年掌櫃，跟見了鬼似的，抱著手道：「年掌櫃怎麼有空過來？」

年掌櫃像聽不懂他話裡的嘲諷似的，笑著說：「早上我不在店裡，我兒子糊塗，拒絕了一個相熟繡娘的繡品，夥計說，她往你這兒來了，大概是個十五、六歲的小姑娘，膚白貌美、有些瘦弱，不知道有沒有這回事？」

李掌櫃聽了，說是有這麼回事，又道：「我說那位繡娘的繡品怎麼那麼精美呢，原來是年掌櫃的熟人，怪不得啊！」還比了個大拇指。「真是好得沒話說！」

年掌櫃還在笑，心裡卻滴血，沒想到兒子趕出去的人，還真是他要找的繡娘。

「那位繡娘的繡品何在？我出雙倍銀錢買回來可好？」

李掌櫃在櫃檯裡找了一會兒，一拍腦袋道：「你說我這腦子，她帶來的東西極精巧，半天便賣完了。我不知道那是你家的東西，不然肯定給你留一份。」

年掌櫃氣得臉上的笑都端不住了。姜桃的東西有多好，沒人比他更清楚，李掌櫃浮誇的表現騙不了他，肯定不是賣完，而是他想把繡品據為己有！

他知道李掌櫃嘴裡肯定不會有老實話了，不想再問，袖子一甩，回了自家繡莊。

等年掌櫃走了，夥計納悶地問李掌櫃。「小的一直在店裡，上午咱們店前似乎確實來了那麼個姑娘，但好像沒進門就離開了，掌櫃的怎麼收到她的繡品？那繡娘的技藝真那般不凡？掌櫃的怎麼不留著給小的們掌掌眼？」

李掌櫃攤攤手。「你問我，我問誰去？我哪裡見到什麼繡品了，只想著，值得他年大福巴巴來問，肯定是個厲害角色，順著他的話說，氣氣他而已。」

夥計聽得嘿嘿直笑，誇李掌櫃真有一手。

李掌櫃也跟著笑，不忘叮囑道：「你吩咐大家警醒些，要是那繡娘再出現，不管對面出多少，咱們都出兩倍價錢買她的繡品。」

夥計連忙說知道了，然後李掌櫃又招呼其他人，先別灑掃了，過來等著看好戲。

眾人不明所以，放下掃帚抹布，聚到店門口。

不久，年小貴帶著止不住的笑意回到店裡。接著，年掌櫃中氣十足的斥責聲從對面響起來——

「去找錢家問清楚姜繡娘住哪裡，不好好向她賠罪，你就別回來了！」

年小貴灰溜溜地被掃地出門。

李掌櫃看得拍手直笑，對夥計道：「好一齣『年大福教子』的戲碼！我改主意了，你快追上年小貴，尋到那繡娘，記得和她說，不管芙蓉繡莊出多少價錢，我們給三倍！」

反正東家開牡丹繡莊的目的，是鬥垮芙蓉繡莊，即便不賺錢，他也要把那繡娘拉攏到自家來！

另一邊，姜桃從芙蓉繡莊離開後，才注意到，對面居然也開了一間繡莊。

之前她選擇在芙蓉繡莊賣繡品，就是看中它店面大、品質好，和普通的鋪子很不一樣。但這牡丹繡莊不論擺設布置還是規模，居然比芙蓉繡莊還好上不少。且這家店剛開業，賣價因此便宜些，吸引不少新客人，顯得更為熱鬧。

姜桃不急著擠進去，想等人少些再去變賣繡品。畢竟她還想和掌櫃談一下價錢，客人這樣多，是不方便說話的，也不好妨礙人家做生意。

可是，她不過剛等了半刻鐘，長街上忽然來了浩浩蕩蕩的一群人。

為首的是個青衣小丫鬟，指著她就道：「這裡這裡，在這裡！」

饒是姜桃這經歷過不少風波的，當即也嚇得愣了神。而在她發愣的片刻，丫鬟帶來的幾個僕婦便簇擁著她，往街尾走去。

就在姜桃思忖著該大聲呼救還是利用街上的人群逃跑時，僕婦們把她帶到一輛高大氣派的馬車旁。

那馬車真是闊綽，用的上好木料就不提了，連四角裝飾都是珠玉、瑪瑙之類，雖不能和她上輩子見過的相比，但在這小城裡，也算數一數二了。

馬車裡坐著個穿金戴銀的中年婦人，身材圓潤，撩起車簾探頭張望，瞧見姜桃，立刻拿出一條帕子。

「這個是不是妳繡的？」

姜桃定睛一看，婦人手裡拿的，正是她第一次繡來賣的帕子。

「是我繡的。」

她的話音剛落，婦人便喜笑顏開，連聲道：「好好好，終於尋著妳了。快上車，我有事找妳。」

姜桃不認得她，有些遲疑，簇擁她過來的丫鬟出聲提醒。「姑娘還猶豫什麼？我們太太是縣官夫人，此行只有妳的好處，又不會害妳。」

丫鬟說完，拿了腳凳，催促著姜桃上車。

姜桃思忖，如今她不過是個名不見經傳的農家女，沒人會冒充縣官家眷來設計她。何況這光天化日，鬧市之中，不少人看她被帶上這華麗的馬車，真有歹心，也不敢這麼明目張膽地抓人吧，便踩著腳蹬，上了車。

待姜桃坐穩，縣官夫人黃氏催著車夫駕車。

不等姜桃發問，黃氏即打開話匣子，同她解釋道：「年前我在芙蓉繡莊買了妳的帕子，去了別家赴宴，那家夫人看著很喜歡，我就是說妳是我家的繡娘，下回帶著妳去見她。孰料，繡莊的年掌櫃竟不知妳住在哪裡，我沒了法子，只好讓幾個丫鬟輪流守在那裡，看到和年掌櫃描述相仿的人，就帶過來……」

姜桃靜靜聽著黃氏說了一大通，心道這位官太太倒是個藏不住話的，其實哪裡用得著和她解釋，雙方身分懸殊，她只是個小小繡娘，自然是縣官夫人說什麼就是什麼。不過也可能是因為身分懸殊，對方覺得同她說這些無妨，任她也翻不出什麼花樣來。

所以，姜桃只是應道：「夫人說的，民女都聽明白了，任憑夫人吩咐。」

得了這句話，黃氏緩緩呼出一口長氣。等了這麼多天，總算沒有白費功夫。

過年時，她已經讓人去芙蓉繡莊問過好幾遍，卻一直沒有消息，也不知是年掌櫃真的尋不到人，還是故意誆騙她。但沒辦法，她已經在衛夫人面前說了大話，去衛家拜年時，衛夫人又問起幾次，便只能用蠢辦法在長街上守株待兔。

幸好守沒兩天，就讓她等到了姜桃。

黃氏靠在引枕上，細細打量姜桃，心道年掌櫃真沒誆人，確實是貌美又年少的姑娘，雖然穿著寒酸了些，但通身氣度讓人難以忽視，看著不似窮苦出身，反倒像是大家小姐。

黃氏有心想同姜桃打好關係，便同她攀談起來。

得知姜桃是秀才的女兒，黃氏對她更是滿意。衛夫人清高得很，看不上她這商賈出身的，眼前的繡娘若是讀書人家出身，便不必擔心她言行無狀，惹惱衛夫人了。

第二十五章

一會兒後，馬車到了衛府，黃氏讓丫鬟幫自己褪下耀眼的釵環首飾，只在頭上插了根銀簪，便帶著姜桃下車。

通傳後，衛家下人領她們進府。

姜桃跟在黃氏後頭眼觀鼻、鼻觀心地規矩走路，卻利用眼角餘光將這井井有條的宅子盡收眼底。

方才她還奇怪，縣官已經是小城裡最有威權的人，為何縣官夫人還趕著巴結別家？如今見了衛宅才明白，這府邸占地不大，布置素雅，但光看下人教養，便能瞧出主家身分不凡。

花廳內，衛夫人正愁眉苦臉地讓丫鬟準備香茗。

她身邊的嬤嬤見了，勸道：「太太忍一忍，那黃氏到底是縣官夫人，咱們總該賣幾分面子。太太像之前那樣，寒暄幾句把她打發走便是。」

衛夫人頭疼。「若是一次、兩次便罷了，可下個月就是縣試，秦家愛子要去隔壁縣下場，說什麼都要讓老爺指點幾句。光是過年這幾日，黃氏就來了三、五趟，送的年禮也不像樣，雖不是金銀那樣的俗物，卻是歷代名家墨寶，一幅抵千金，讓人輕不得、重不得。我只好問起上回提的繡娘，想岔開話，沒想到她真把人找來了。」

上回她問了繡娘的事，黃氏打下包票，說下回把人帶來，但過年時卻不見人影，想著以黃氏的熱情勁兒，若繡娘真是她府裡的人，肯定立刻帶來。

隔了這麼久，想來黃氏也尋不著，她正好以此為藉口勸退黃氏，沒想到躲得了一時，躲不了一世，該來的還是來了。

主僕倆說著話，丫鬟便把黃氏和姜桃領過來。

黃氏進了屋，笑道：「這丫頭過年回家去了，我也忘了問她家住哪裡，隔了這麼久才把她帶來見夫人，還請夫人見諒。」

衛夫人也端起笑，說聲不礙事，然後又請她們坐。

姜桃上前福身行禮，輕聲道：「民女做的繡品粗陋，蒙兩位夫人喜歡，實在惶恐。」

衛夫人見她說話輕聲細語，行的禮也挑不出半點錯處，神色稍霽。但是眼前的少女實在年輕，不像能有那等刺繡功夫的，不禁讓她懷疑，莫不是黃氏尋不到那繡娘，所以尋了個知禮的姑娘來騙她？

「姑娘不用這般客氣，不必自稱民女，如今我們家也是白身，妳和旁人一般，喊我衛夫人便好，且自在些，坐下說話。」

姜桃應一聲是，剛走到黃氏下首的座位，準備落坐，卻聽黃氏接話。「難得衛夫人喜歡妳，妳挨著她坐得近些，也方便說話。」

黃氏心急，說著話，便伸手把姜桃往另一邊的座位上按。

姜桃沒有防備，猛地被這麼一拉，差點撞上桌子，連著踉蹌好幾步，才穩住身形。

衛夫人。「……」

嗯，她確定，這少女和黃氏不是一路人了。

姜桃也有些汗顏，她很少出門交際，但上輩子到底是侯門嫡女，該學的規矩，都是下了苦功學過的，可沒想到這縣官夫人會直接伸手拽人，力道還不小，難怪眼前打扮得十分風雅的衛夫人，好像對黃氏有些嫌棄。

不過，這不是她該操心的事。

坐下後，姜桃打開自己的小包袱，對衛夫人道：「這是我最近繡的，不知道能不能入夫人的眼？」

衛夫人正是不想再看黃氏粗莽的舉止，聞言便打量起那抹額和荷包。

這次的抹額和荷包，姜桃是準備賣出高價的，不論用料或針法，都比之前的帕子好，也繡得更加用心。

過年衛夫人待客時吹了冷風，犯起頭疼，正是要戴抹額的時候，但從前府裡的繡娘沒帶回來，市面上賣的那些，她又看不上，大過年的也不好戴之前的舊物，只得作罷。

而姜桃做的幾條，無論顏色還是花紋、繡工都十分雅緻，很合衛夫人的眼緣。

三條抹額，一條繡著如意祥雲，一條繡別致梅花，最後一條則繡盛開的牡丹，更是雍容華貴。且幾樣圖案只占據抹額一角，不會讓人覺得俗氣。
衛夫人挨著看過來，一時間竟不知道如何選擇。按照她往常的品味，應該更中意祥雲或梅花這樣素淨的圖案，可那朵緋色牡丹實在出色，倒把其他兩條的圖樣襯得平凡了些。
黃氏見衛夫人來回看了好幾遍，笑道：「夫人不必糾結，反正就是幾條不值錢的抹額，我全送給夫人。」
衛夫人聽了這話，微微蹙眉，連姜桃都在心裡忍不住扶額，這縣官夫人真是不怎麼會說話，這哪裡是錢的問題啊，提了錢，倒像衛夫人多麼吝嗇一般。
三條抹額是小事，可人只有一個，衛夫人糾結的不是要哪條，而是該戴哪條。
「夫人不如選這條牡丹的。」姜桃坐得離衛夫人近，自然察覺她的目光在這條上停留得更久。
「這條的顏色會不會太嬌嫩？」衛夫人有些猶豫，畢竟她年紀也不小了。
「試戴一下如何？」
衛夫人點頭，便喚丫鬟取來銅鏡。
戴上抹額後，那緋色牡丹襯得衛夫人稍顯蒼白的臉色紅潤幾分，更是顯得年輕不少。
不用旁人來誇，衛夫人自己便滿意得很，卻聽黃氏在旁誇張地道：「夫人戴上這抹額，一下子年輕好幾歲，渾不像已經快四十的人了！」
衛夫人臉上的笑立時垮下來，連帶嘴角也抽了兩下。

姜桃已經不知道該說什麼好了，不論哪個時代的女人，年紀都是不能提的禁忌，只誇年輕不就好了，為什麼要提別人的年紀啊？這縣官夫人到底是來賣好，還是故意來氣人的?!

不過，衛夫人秉持著多年修養，沒有指責黃氏，畢竟跟黃氏第一回上門，使蠻力按著她的手腕，非要把拇指粗的金鐲子往她手上套的行為相比，今天這幾句話實在算不得什麼。

她誇姜桃的手藝真是不錯，讓丫鬟取來二十兩銀子，要了所有繡品。

姜桃不肯收，推拒道：「您太客氣了，不值這麼多錢的。」

雖然她想賣出高價，但這高價是相對於上次賣四條帕子的三兩銀子來說，能賣十兩銀子，就很好了。而且在馬車上，黃氏已經許諾要給她報酬，沒道理一份東西收兩份銀錢。

衛夫人看姜桃不似個俗人，不由又細細打量她一番。

黃氏看衛夫人這般沈吟不語，以為她不高興了，急急插嘴。「衛夫人讓妳收著就收著，怎的這般多話?!」說著便接過丫鬟手裡的銀錠子，硬往姜桃手裡塞。

之前姜桃已經領教過黃氏的手勁，但沒想到黃氏的力氣居然這般大，捏著她的手時，居然能讓她動彈不得。

黃氏塞完，還怕姜桃反悔，硬把她的拳頭包起來。銀子雖然不硬，但姜桃的手掌還是被硌得生疼。

銀子推來推去的不好看，姜桃就收下了，對衛夫人福身道謝。

黃氏笑呵呵地看著衛夫人，心道刺繡看完，銀子也給了，接下來是不是該談談衛先生收她兒子當學生的事了？

孰料，衛夫人一見她這火熱直白的眼神，立即猜到她的小心思，立刻端起茶盞，說這幾日身子不爽利，講這麼一會兒話，就覺得累了。

這便是送客了。

黃氏沒辦法，只好讓衛夫人先休息，過幾日再來。

聽說黃氏還要再來，衛夫人端著茶盞的手，微不可察地抖了抖。

丫鬟瞧見，趕緊送黃氏和姜桃出去。

剛走出屋子，黃氏便氣哼哼地埋怨姜桃。

「都怪妳，方才衛夫人給妳銀錢，收著就好，才二十兩銀子，還在那裡推來推去的。妳看看，惹了衛夫人不悅吧！」

屋裡的衛夫人隱隱約約聽到這話，剛舒展的眉頭又蹙起來。

想著姜桃也算得她的緣，衛夫人便走出去，想出聲替她解圍，卻見姜桃絲毫沒有瑟縮，不卑不亢地向黃氏道歉。

「我年幼不懂規矩，壞了夫人的事，請您見諒。」

黃氏也不是第一次碰壁，其實心裡清楚，這和姜桃無關，不過是有氣無從發洩罷了。見她坦坦蕩蕩，既沒有怯懦，也沒有爭辯，氣便消下去一些，擺手道：「今兒就算了。妳回去繡些別的東西，過兩天再跟我一道來。」

姜桃想著身上的二十兩銀子，有些心動，可做針線費眼費神，即便是她，也不可能不休息一直做。而且婚期要到了，還得繡嫁衣，總不能為了銀錢，真不去管自己的終身大事。

而且看黃氏和衛夫人的關係，單靠幾件繡品，也辦不成什麼事。黃氏舉止雖有些不雅，但不會用官眷身分壓人，不似壞人，不用擔心回絕她而惹來大禍。

於是，姜桃回道：「我家裡有事，恐怕這個月都不得空了。」

黃氏一聽又要急，但隨即想到還在衛家，不好發作，遂哼了聲，表示出去再說。

姜桃跟在黃氏身後往外走，趁著沒人注意，把銀子揣進隨身的荷包裡，再將疼麻了的手背藏在身後，連抖好幾下。

衛夫人在後頭看到她的小動作，又見她白嫩的手掌一片紅，依稀還有銀子壓出來的痕跡，不由又是好笑、又是無奈地彎彎唇，遂吩咐身邊的丫鬟。

「去和秦夫人說一聲，那位繡娘與我十分投緣，問問她能不能割愛，以後讓那位繡娘來我們府裡做活。」

丫鬟領命去了。

姜桃和黃氏還沒出衛宅，就被衛夫人的丫鬟追上。

丫鬟傳了衛夫人的話，黃氏臉上的怒氣立刻消下去，笑逐顏開。「好好，既然衛夫人喜歡這丫頭，我也沒什麼捨不得的。日後便讓她來你們府上伺候。」

姜桃看著黃氏根本沒準備跟她商量的做法，心裡再度無言了。

不過，衛夫人溫文知禮，出手大方，看著不難相處。打一家的長工，也總比在家打短工，還要擔心賣不了高價來得好，而且還不用自己出本錢，怎麼也是穩賺不賠。

所以，姜桃沒說什麼，只同丫鬟解釋，說要到二月才能過來。

丫鬟說這不礙事，衛夫人吩咐過，說正月裡本就事多，等她忙完再來也不遲，便回去稟報了。

出了衛宅，黃氏樂呵呵地讓丫鬟從馬車上取來一個鼓鼓囊囊的荷包，要給姜桃。

姜桃怕黃氏又故技重施，硬塞給她，連忙退後幾步，拒絕道：「方才衛夫人已經給過銀錢，我不好再拿，還請夫人收回。」

「衛夫人給的是衛夫人給的，我給的是我給的，又不一樣。妳可是嫌少？」黃氏說著就打開荷包，展示給姜桃看。

姜桃見荷包裡居然是滿滿一袋子金錁子，更是不敢收，回絕道：「我不是嫌少，而是無功不受祿。」

她哪裡嫌少，是嫌多啊！若黃氏給點小錢當她幫著圓謊的辛苦錢便罷了，但這樣多的銀錢，肯定還要她做別的事。她看得出來，黃氏有求於衛夫人，雖不知道細節，但想來所求之事必不簡單，不想摻和進去。

「不行，妳必須收下。」黃氏說著，又上前幾步。

姜桃可不想再領教她的手勁，便換了說詞，道：「金銀實在太過貴重，我家家貧，貿然得了這些銀錢，恐怕會招禍。夫人若真是為我好，不急在這一時。」

黃氏一想，的確是這個道理，想讓姜桃長久為她辦事，倒也不急著一下子就把酬勞給她。反正只是個平民百姓家的姑娘，也不擔心她日後跑了。

「好，那我先留著，有機會再給妳。」

姜桃聽了，這才謝過黃氏。

和黃氏分開後，姜桃趕去城門口。

她進城時是上午，但在長街上耽擱一下，又和縣官夫人說話，趕到衛家時，已經過中午，在衛家坐了好一會兒，這會兒已經是黃昏時分。

再半個時辰就是村裡用晚飯的時候，回村的牛車怕是已經回去了。

姜桃加快腳步，然而緊趕慢趕，還是沒在城門口看到熟悉的牛車。

姜桃失望地嘆氣，卻在停車的地方看見一個熟悉的高大背影。

背對著她的人似乎也察覺到她的注視，轉過身來，正是沈時恩。

「你怎麼進城來了？也在等牛車嗎？」姜桃腳步輕快地上前。

沈時恩的面色有些不好看，見姜桃上前也不答話，而是嚴肅地把她從頭到腳檢查一遍，緊蹙的眉頭才舒展開。

姜桃被他看得懵了，也低頭檢查自己。「我身上有什麼不對勁嗎？」

沈時恩長長呼出一口氣。「今日我在城裡看了幾處宅子後，去了姜家，想找妳拿主意。可阿楊說妳進城一整日都沒個消息，急得不得了。我想他身子不好，便要他在家等，我出門來尋妳。」

姜桃連忙道歉，又說：「今天我離開繡莊後，遇到了一些事，也沒想到耽擱得這樣晚，讓你們操心了。」

沈時恩搖搖頭，沒怪她。「妳沒事就好。我先送妳回去，再晚一些，阿楊怕是真要急得親自來找妳。」

兩人說著話，出了城門，走上官道。

走了一刻鐘，姜桃便有些後悔。她這副身子底子很好，但自小沒做過活，更沒鍛鍊過，雖不至於像大家小姐似的走幾步路就累著，但今天奔波一整日，跟著沈時恩快步走了沒多久，就開始喘粗氣。

不等她開口，沈時恩即放慢腳步，歉然道：「是我太心急。妳是不是累了？」

姜桃笑了笑，說不礙事，卻見沈時恩在她跟前蹲下。

「上來。」

姜桃想說不用了，怪不好意思的，但隨即想到兩人再半個多月就是夫妻，倒也不用拘泥。加上沈時恩雖沒說責備她的話，但不論神情還是語氣，都透著一股不高興的勁兒。所以，她沒再多說，乖乖趴上他的背。

從前她就知道他身材好，但沒有觸碰過，如今趴在他背上，感覺他的背格外寬闊平坦，讓人覺得倍感安心。

「我重不重呀？」姜桃找話和他聊天。

沈時恩說不重。小姑娘嬌嬌軟軟的身子，像一團雲，連帶著他走路的腳步都放輕，生怕一個不注意，碰壞了她。

又走了一會兒，姜桃放軟聲音問他。「你是不是生氣了？」

沈時恩腳步微頓，而後才嘆息。「不是生妳的氣，是生我自己的氣。」

「為什麼？」

「氣我自己沒用，還要讓妳為生計奔波。」

天知道，他進城沿著街道挨家挨戶打聽，卻遍尋不著她的時候，有多害怕？甚至開始胡思亂想，難不成是京城的人尋來，對她不利？又開始後悔，明知他可能要面對各種危險，卻還是為了私欲，把她留在身邊。

他失去的已經太多太多，甚至還害過一個只見了一面的女孩，若是此番再連累姜桃，他真是萬死難辭其咎。

沈時恩還告訴自己，若姜桃安然無恙地回來，不如婚事就此作罷。他會像兄長般守著她，幫她尋個真正的好歸宿。

可當他再見到姜桃，看她像隻小兔子似的蹦蹦跳跳朝他走來，看到她臉上快樂無憂的笑容，又捨不得了。

他怎麼捨得把她拱手讓人，想想就心痛。

「我錯了，別生氣了好不好？」少女軟糯的嗓音在他耳邊響起，暖暖熱氣噴在他耳朵上，連帶心臟都跟著微微一縮，癢癢的。

沈時恩忍不住笑起來，嘆氣道：「下回可不許沒交代清楚便晚歸了，不管做什麼，就算不讓阿楊陪著，也得讓我陪著。」

「知道了知道了。」姜桃忙不迭答應，聽他語氣轉晴，又晃蕩著小腿，歡快地道：「你猜猜我今天賺了多少銀錢？」

沈時恩說猜不出，姜桃便伸出兩根手指，在他面前晃了晃。

沈時恩配合地猜道：「二兩？」

姜桃得意地笑。「是二十兩！」

「這麼多呀！」沈時恩讚道：「我們阿桃真厲害！」

姜桃從他語氣裡聽出哄小朋友的意味，但還是十分受用，覺得心裡甜得要漾出蜜來。

「是呀，還有一家的夫人很欣賞我的繡品，讓我去她家做工。往後咱們搬到城裡，不用再擔心進項了。」

沈時恩跟著她笑了笑。「好，那我以後等著跟妳過好日子了。」

姜桃被他哄得咯咯直笑，兩人說著話，回到了槐樹村。

第二十六章

到了村口，沈時恩知道姜桃會不好意思，把她放下來。

兩人一前一後回到姜家，卻沒想到，姜家居然也比往常熱鬧。

先是姜楊守在門口，見到姜桃就衝過來，拉著她從頭到腳地仔細瞧了，才呼出一口長氣，出聲埋怨。

「我說不讓妳去，妳非要去。去了一整天不見人，是不是要我的命？」

姜桃連忙討饒，再三保證自己知錯，以後再也不敢了。

姊弟倆正說著話，有兩個人從堂屋裡走出來。

一個姜桃認得，是芙蓉繡莊的少掌櫃——和錢芳兒訂親、上午連她的繡品都沒看，就拒絕她的那位。

另一個，卻是她不認得的。

姜桃正納悶著，臉生的那位上前作揖，笑道：「見過繡娘，小的是牡丹繡莊的夥計，今日特地登門，是為了收購繡品。」

「牡丹繡坊？」姜桃記得是在芙蓉繡坊對面新開的那家，但她還沒來得及進去，就被黃氏的丫鬟「劫」走了。這家繡坊連她的繡品都沒看過，怎麼會特地上門來買？

一旁的年小貴有些尷尬，畢竟人是他拒絕的，當天又跑到人家家裡賠罪，實在挺沒面子。但眼看對手的夥計趕著巴結討好姜桃，也顧不上什麼面子了，也跟著上前拱手。

「今日的事，是我對不住姑娘，在此道歉。望姑娘不計前嫌，繼續和芙蓉繡莊合作。」

「哼，你們芙蓉繡莊不識好歹，把人趕走了，還好意思涎著臉來求和？」牡丹繡莊的夥計諷刺地笑了笑，轉頭對姜桃道：「還是我們牡丹繡莊慧眼識珠，不用看姑娘的繡品，光瞧您這仙女似的樣貌和氣度，就知道您定然技藝非凡。」

「你這小人！」年小貴氣得臉都黑了。「鬼鬼祟祟跟著我來到這裡還不算，竟敢當著我的面貶低我們繡莊。」

夥計哼一聲。「我又沒說錯什麼！怎麼，只許你家做，還不許我說啦？」

兩人眼看著又要吵起來，姜桃一個頭兩個大，道：「兩位莫要吵，我的繡品已經賣完了。而且我也應了一家夫人的邀請，要去她家做工，短時間內不會再變賣繡品。」

夥計不放棄，又上前壓低聲音道：「姑娘還是考慮考慮我們繡莊，不論他家出多少錢，我家都出三倍！」

「這不是銀錢的問題，是我已經應承別家在先，對不住了。」

姜桃懶得同他們掰扯，沈時恩見她臉上露出疲態，對他們說：「請吧。」然後也不等他們反應，一手一個扣住他們的肩膀，把他們提溜出姜家大門。

夥計沒想到眼前這男子的力氣居然這般大，想著再糾纏也討不了好，且芙蓉繡莊亦沒討到便宜，便樂呵呵地回牡丹繡莊回話了。

他走了，年小貴卻在姜家大門口跳躂起來。今天是他耳根子軟，被錢芳兒的話哄騙，得罪了他爹看重的繡娘。之後，他追到錢家，想問繡娘住在何處，可錢芳兒一味只知道哭，還邊哭邊說：「小貴哥哥這是什麼意思？難道是說我在誆騙你嗎？」

年小貴被她哭得一個頭兩個大，但想到他爹滔天的怒火，實在顧不上哄她，千求萬求地追問。

還是錢氏回來，勸住錢芳兒，問清事情的來龍去脈，又告訴他姜家在何處。

年小貴趕緊去了，卻沒想到，對門的夥計竟然一路尾隨他，也跟著到了姜家。

等了好半天，好不容易見著姜桃，但她不僅沒說原諒，還說暫時不賣繡品，這下真不知道怎麼回去跟他爹交代啊……

趕走兩個突然上門的陌生人，姜桃和沈時恩先去見姜老太爺。

姜楊沒跟他說姜桃出門，姜老太爺還是到了用晚飯時才曉得這件事，隨即家裡又來了兩家繡莊的客人，便沒工夫出去尋她。

見姜桃和沈時恩一道回來，姜老太爺以為他們是去忙新家的事，沒有責怪，只是叮囑她往後出門得交代清楚，還說再過二十天就是婚期，這段時間不要亂跑了。

姜桃本也打算這趟回來就在家裡待嫁，就答應下來。

兩人從姜老太爺屋裡出來後，沈時恩也告辭，說今天天色太晚，明日再帶她去看相中的宅子。

出姜家時，沈時恩發現還在門口徘徊的年小貴，不等他再說什麼，便把他一起拎走了。

終於忙完所有的事，姜桃疲憊地躺上炕，姜霖貼心地跟著脫鞋上來，揮舞著小拳頭幫她捶腿。

姜桃指揮著他，一會兒大力、一會兒小力，舒服得昏昏欲睡。

這時，門吱嘎一聲被推開了，姜楊走進屋，壓低了聲音問姜霖。「姊姊睡著了？」

姜桃聞言，掀開眼皮，見姜楊拿著一個大碗公站在炕邊，原來是來給她送晚飯的。

她中午起就沒吃東西，聞著食物的香氣，肚子很配合地咕嚕叫兩聲，索性先不睡了，爬起身，伸手去接姜楊手裡的碗。

姜楊說碗燙，把大碗公放在炕桌上。

年初二時，因為其他兩房搬出去，所以過年囤的食物還沒吃完，大碗公裡有香腸和臘肉，加些醬菜，佐著香噴噴的白米飯，光是瞧著就讓人胃口大開。

姜桃拿了筷子飛快吃了幾口，胃裡才舒服些。

姜楊見她這般，直嘆氣，又開始念叨。「還說要照顧我和弟弟呢！就妳這忙起來連飯都顧不上吃的性子，誰照顧誰還不一定呢！」

連累他擔心了一整日，姜桃自覺理虧，討好地笑道：「下回真不敢了。再說咱們是一母同胞的親姊弟，不是本就該互相照顧？」

姜楊還是沈著臉，姜霖見狀，拍著胸脯說：「哥哥不管姊姊，我來管！等我和姊夫學好本事，我也去山上給姊姊打那麼大的野豬！」說著又開始掄起手臂比劃。「打隻這麼大的，賣好多好多銀錢！」

姜桃瞧他坐在炕上像個小肉團子似的，怎麼看也不夠野豬一蹄子踹的，笑得連筷子都拿不穩了。

姜楊也跟著彎唇，隨即又把臉板下來。「阿霖，我早就想和你說了，姊姊還沒有同沈二哥成婚，你早早一口一個姊夫，平白讓人聽了笑話。」

姜霖扳著胖乎乎的手指開始數。「一天、兩天……不是很快就要成親了嗎？我們也要搬到城裡去住。」

姜楊無奈扶額。「是咱們先上學堂，然後才是姊姊成婚，接著搬家。你數都數不好，進了學堂可要被同窗笑話的。這樣吧，明日開始，你先跟著我學認字，提前學一點是一點。」

方才姜霖還神氣活現的臉立刻垮下來，雖然不知道上學要學什麼，但自打他出生，他爹和哥哥便每天看書練字，光瞧著就很辛苦。

姜桃便放下筷子安慰他。「剛剛阿霖不是說要變厲害、照顧姊姊嗎？練武固然可以打獵，但是念好了書，可以變成另外一種厲害的人。」

姜霖快快地說知道了。

到底是秀才家耳濡目染長大的孩子，知道辛苦，卻也明白讀書是好多人求都求不來的好事，更別說是跟著哥哥那比爹爹還厲害的先生學。

姜桃見姜霖的興致還是不高，把他抱到腿上，挾臘肉給他吃。「晚飯用得早，這會兒你也餓了吧？趕緊多吃兩口，等年節過了，咱們就不能吃肉了。」

姜霖摸著扁扁的胖肚子，吃兩口就不吃了，催促著姜桃多吃一點。

等姜桃吃完飯，姜楊說熱水燒好了，讓她洗個澡再睡。

姜桃也學姜霖那樣誇張地拍馬屁誇姜楊，把姜楊誇得臉紅，推著她去了淨房。

沐浴後，姜桃散著頭髮爬上炕，剛沾枕頭就睡著了。

一夜好夢，第二天姜桃醒過來時，外頭已經天光大亮，和她同睡在炕上的姜霖已經不見蹤影。

她下地穿鞋，梳洗之後，就去書房找他們兄弟。

姜楊說要幫姜霖提前上課，定是認真的，姜桃剛走到書房外頭，便聽姜楊在領著姜霖讀《三字經》。

兩人一個領讀，一個跟讀，書聲朗朗，讓人聽著就覺得心情舒暢。

一會兒後，沈時恩上門，說要帶姜桃去看宅子。

姜桃進書房尋姜楊和姜霖，問他們要不要一道去？

姜霖正讀書讀得愁眉苦臉。字認識他，他不認識字啊，只是硬著頭皮，搖頭晃腦跟著讀而已。

聽到可以進城，小傢伙立刻把書一合，從椅子上跳下來，隨即被姜楊拎著後領按回去。

「我們不去。」姜楊道：「本就是姊姊和沈二哥成親後的新家，你們才是主人。加上我們人小，也不懂這些，去了是給你們添亂。」

「可是我想去啊。」姜霖努力扭動身子，發現掙脫不開，只能可憐巴巴地看姜桃，向她求救。

「說好今日開始念書的，便要全神貫注，專心致志，怎可半途而廢？」姜楊用另一隻手捂住姜霖散發求救目光的眼睛。

姜桃也知道姜楊是為了姜霖好，又難得看他們兄弟單獨相處，有心想讓他們多培養培養感情，便道：「那阿霖在家和哥哥讀書吧，我中午前就回來，給你帶好吃的。」

姜霖委屈巴巴地應了聲，在姜楊冷漠的注視下，又將書立起來。

姜桃本以為看房子這種事應該挺麻煩的，一家家比對，估計得費不少功夫。

沒想到，沈時恩帶她去的第一家就很好。

那是一間在茶壺巷的一進小宅子。茶壺巷正如其名，巷口臨街，外面看著路不寬，但沿著巷子走上半晌之後，豁然開朗，裡頭房舍林立，很是寬敞。

中人已經候在外頭，見到他們就上前問好，拿了鑰匙開門。

一進的小院子，沒什麼花稍裝飾，進了門就是不大的天井，有一口水井和一小片菜地，而後是主屋，左右各一間廂房。

沈時恩已經來看過，所以不用中人介紹，引著姜桃開始看房。

姜桃先去主屋，主屋正中間是待客間，放著一張方桌。待客間左側是小間書房，裡頭擱著一張條案和一座博古架，右側則是臨窗條炕，對面是床榻。

主屋後頭還有一間後罩房，裡面不大，只能放一張床、一張方桌，便放不下其他家什。

廂房比主屋小些，被屏風隔成左右兩間，一間小書房，一間臥房。

這宅子位置好，算是城裡鬧中取靜的地方，而且布局合理，幾間屋子除了後罩房外，都有陽光。還有成套家什，雖然少了些，也舊了些，做工和用料亦普通，但起碼不用急著再添置，省了一筆不菲的開銷。

一圈逛下來，姜桃滿意得很，壓低了聲音問沈時恩。「這宅子不便宜吧？」

沈時恩沒提銀錢的事，只問她喜不喜歡。

姜桃自然說喜歡，但對價錢有些猶豫。這樣的宅子，直接買下來負擔太重，不如先租。

還不等她向中人問價，中人就笑道：「這位公子和夫人好眼光，之前住這宅子的人考中舉人，一家子跟著發達，換了更好的宅子，所以這宅子是只賣不租的，如今不過放出來八、九日，就已有不少人來看過。」

姜桃聽了，挑眉問道：「這宅子處處挑不出錯處來，又是讀書人中舉的吉宅，為何過了八、九日還沒賣出？」

這年頭的讀書人不知凡幾，能中舉的卻鳳毛麟角。若真是那樣的吉宅，應該剛放出風聲，就有人趕著來買，哪裡輪得到遠在城外的他們來看？

姜桃想了想，又問：「八、九日前，不就是正月初一、初二？那會兒家家戶戶忙著過節，好好的怎麼會這時候賣宅子？」越說越狐疑，秀氣的眉頭蹙起來。「您莫要誆我們是鄉下人，實話實說吧。」

「這、這……」中人沒想到姜桃立刻反問，尷尬地笑道：「想來是主家要的價錢高吧，一分不能讓的，要一百兩呢！」

一百兩確實很多，這是對普通人來說的，但對商賈或家有餘慶的門戶，不是什麼大錢。尤其越富有的人家，越會讓子孫多讀書，要真是能沾上科舉運的吉宅，莫說一百兩，就算二百兩都有人搶著買。

姜桃抄著手冷笑。「您若是不老實，那今天這筆買賣怕是做不成了。」

中人額頭的冷汗都冒出來了，本以為兩人穿得寒酸，不像城裡人，肯定他說什麼是什麼，沒想到居然這般精明，一下子就聽出他話裡的不老實。

「我來替他說吧。」沈時恩道：「這家的上一任主人確實中了舉，卻是花甲之年才中舉，因為心情太過激動，當即就中風了，倒在天井裡。當時附近很多人都來瞧新進舉人的風采，恰好將他中風倒地的樣子盡收眼底。」

姜桃了然地點點頭，問後來呢？

沈時恩接著道：「後來這家人趁著年前把老舉人送到鄉下老家靜養，沒想到老舉人連年都沒熬過，大年三十在老家病逝。這家子供養他讀書幾十年，早已耗盡家財，連副像樣的棺木都置辦不起，更別說治喪了，這才急著在過年時賣宅子。」

一旁的中人呆住，老舉人中舉就中風的事情不是秘密，向街坊四鄰打聽一下就知道了。但老舉人在鄉下歿了的事可是秘密，這家人怕消息傳出去，宅子賣不了好價錢，還特地不回城裡，只委託他這同鄉賣宅子，還叮囑他千萬不要透露出去。

老舉人的老家離這裡可有半天的路，眼前這男子前一日才來看房，怎麼可能這樣快得到消息，難道是生了翅膀飛去鄉下不成？

「原來是這樣。」姜桃恍然大悟地點點頭。

中舉固然是大吉，但考了幾十年、人都快入土才考中，這份吉利便要大打折扣。更別說中舉當天，舉人立刻倒下，還被街坊鄰里看在眼裡，後來連年都沒有熬過⋯⋯

「這哪裡是吉宅，分明是凶宅啊！」姜桃不滿地搖著頭，拉著沈時恩往外走。「這中人不老實，我們再去別家看看。」

沈時恩配合地跟上她的腳步。

兩人還沒走出正屋，中人回過神，急急地追上去。

「夫人這話說得實在冤枉，老舉人虛歲都快七十了，也是壽終正寢。加上人不是在這裡歿的，如何算得上凶宅呢？」

姜桃腳步頓了頓，道：「就算不是凶宅，那肯定也不是你說的吉宅。不瞞你說，我家兄弟也是讀書人，這宅子的運勢這般不好，價錢又這般高，還是算了吧。」

「價錢好說，好說！」

聽到這話，姜桃才停住腳，奇怪道：「不是說一分都不能讓嗎？」

中人尷尬地笑了笑。「可以讓，可以讓，您想出多少錢？」

姜桃一副猶豫的模樣，似是有些想還價，但又顧忌這宅子意頭不好。掙扎良久，才比出五個手指。

「五十兩！」

中人額頭的冷汗自打姜桃開始說話便沒停下來過，聞言更是苦著臉，忙不迭道：「夫人，不好這樣殺價的，哪裡有直接殺一半的道理?!」

姜桃歉然地笑笑。「我也知道這價錢不好，只是心裡也有些顧慮。那……六十兩如何？」說完，猛地咬住嘴唇，後悔道：「算了算了，我還是不要了。」

中人哪肯放她走，想著老舉人病逝的消息怕是瞞不了多久。且這宅子等得，鄉下老舉人還需下葬，那是萬萬等不得的。

他剛想伸手去拉姜桃，手就被沈時恩箝住，再不能向前分毫。

中人顧不上疼，急切道：「夫人別忙著走，再加一點。不瞞您說，我和這家子是同鄉熟識，幫著賣房也不好意思拿中錢。這家子著實清貧，幾代人的積蓄全花在老舉人身上，沒想到了可以改換門庭的時候，卻遭逢大難。這賣宅子的錢，除了替老舉人治喪，也是他們一家子往後生活的嚼用……」

姜桃見中人此時不似說謊，便問沈時恩的意思。

沈時恩道：「再加十兩如何？」

茶壺巷算是城裡位置極好的地段，鄰居有好幾家讀書人，一進宅子的行情大概是八十兩左右，不過卻是搶手至極，只有想買買不到的，很少主動賣的。若非街坊四鄰目睹老舉人當場中風，生死不明，七十兩根本不可能買到這宅子。

但這家出了事，賣得又急，七十兩算是很厚道的出價了。

中人擦著汗笑道：「好好好，就七十兩，咱們立刻去辦！」

中人身上帶著文書和房契、地契，三人立刻去過戶。沈時恩身上有五十兩銀票，加上姜桃昨天從衛夫人那裡得的二十兩，正好足夠支付。

更名時，中人問起沈時恩的姓名，沈時恩卻搖搖頭，道：「不用寫我，直接寫我夫人的就好。」

「這不太好吧。」姜桃拉拉他的衣袖，小聲地說：「屋子是往後咱們要一道住的，而且那五十兩還是你打的野豬賣來的。」

「那本是給妳的聘禮。既然是妳出的銀錢，自然寫妳的名字。」

中人怕他們因為屋主的名字爭執不下，耽誤時辰，便笑道：「公子和夫人感情好，寫誰的名字都一樣。依我看，夫人便聽公子的，權當是他對您的一片心意。」

眼看後頭還有排隊的人，姜桃不再糾結，把房契和地契換成自己的名字。

中人這才鬆了口氣。

第二十七章

拿著契書出城回村時，姜桃猶覺得不真實。

一個月之前，她正在跟病魔纏鬥，還被家人送到廟裡等死，上演了一齣荒野求生記。

可眼下，她居然要成親了，還有了自己的房產。

茶壺巷的宅子不能和現代的房子相比，也不能跟上輩子她住的侯府相提並論，小小的，舊舊的，卻是完全屬於她。

姜桃因此對這個時代有了歸屬感，怪不得人人都說房子是根本呢。

沈時恩見她從拿到契書後，臉上的笑便沒淡下來過，不由好笑。「就是一間小小的老宅，至於這樣高興嗎？」

姜桃又抿唇笑了。「怎麼不至於呀？村裡蓋幾間青磚瓦房，也就三、四十兩，我卻忽然有了價值七十兩的房產，應該是村裡最年輕的富婆了。」

「富婆？」沈時恩悶聲笑了兩下。「好奇怪的稱謂，不過妳高興就好。往常不知道妳喜歡宅子，以後我買更好、更大的給妳好不好？」

如今沈時恩不過是一介苦役，雖有一身打獵的本事，但打獵要看運氣，像上次那種野豬，一年能遇上一回，算是非常非常幸運了。

換成旁人聽了這話，自然是不信的，但姜桃還是歡喜得很，笑得眉眼彎彎。

「那敢情好，那以後得給我買……」她想了想。「買到州府去，那邊更繁華熱鬧。往後阿楊趕考，咱們住到大地方去，更方便些。」

「好，先買到州府，再買到京城。阿楊那麼聰明，往後肯定能考上舉人，考上進士。咱們就跟著一道去。」

姜桃點點頭。「咱們是一家人，自然不能分開。」

「好，我都聽夫人的。」

姜桃一羞，連忙扯扯他的袖子。「你怎麼和阿霖一樣亂喊，還沒成親呢。」

沈時恩挑眉。「怎麼是我亂喊？方才那中人可是一路喊妳夫人，怎麼不見妳惱？」

「反正……反正現在不許喊。」

瞧姜桃羞惱得不得了，沈時恩才討饒。「好好好，我不喊了，等月底再喊成不成？」

「月底再說。」姜桃摸著自己滾燙的臉頰，岔開話。「可惜身上沒什麼銀錢了，不然該雇人先把我的嫁妝抬到新宅去，最好再把宅子修葺布置一番。」

「妳不用操心，這些由我來辦。」

「這怎麼好意思？之前已經麻煩你好幾件事，沒道理連一起住的新家也只讓你忙。」

她說的，是拜託沈時恩調換姜柏下藥的酒罈，以及趁著夜色撬開書房的鎖，把書放到姜柏枕邊的事。

「咱們之間還用得著這樣客氣？妳都要是我的……」

沈時恩動動嘴唇，做出喊她「夫人」的嘴形，惹得姜桃又紅了臉瞪他。

午飯前，沈時恩送姜桃回去，問清存放嫁妝的地方，拿了單子，說他會安排好，她什麼都不用操心。只是要忙一陣子，這幾日不能來看她。

姜桃點頭，叮囑他注意身子，畢竟還有採石場的活計要做，現下又得忙新家的事，不要操勞過度。

姜楊看兩人出去半天，一個把人送回來，另一個反把對方送到門口，居然又聊得難捨難分，只能無奈打斷他們。

「沈二哥，姊姊，我知道你們有段日子不能相見，但月尾就是婚期，日後你們自能長年累月地相處，有話留著往後再說好不好？」

姜桃聽了，這才不好意思地笑了笑，說聲月尾見，向沈時恩揮手告別。

姜霖已經頭暈腦脹地讀了一上午的書，此時已經是等不及，上前拉著姜桃的袖子。

「姊姊說給我買的好吃的呢？快拿出來！」

姜桃歉然地笑笑，只拿出一塊銅錢大小的飴糖。

「今天姊姊出去得匆忙，帶的銀錢不多，全花完了，剩下幾枚銅錢，只夠買這一點，你不要生氣。」

姜霖搖搖頭，接過糖塊放進嘴裡，寶貝地小口小口吮著，甜甜地道：「姊姊能記得阿霖，就很好了。」

姜桃正要誇他乖巧，卻聽姜楊涼涼地道：「姊姊是該少餵他，年前好不容易瘦了些，過年這幾日又吃回來了，胖得像個小圓球似的。」

換成平時，姜霖肯定要和姜楊拌嘴，但今天他跟著姜楊讀了半天書，發現讀書真的很辛苦，他連跟著讀都讀不好，別說認字了。姜楊還說，早些年啟蒙時，他不到一個月就把《三字經》上所有的字都認全，讓姜霖更是心虛，這才沒敢回嘴。

姜桃難得看他們這樣和睦，想著讀書果然好，不過半日，姜霖就知道尊敬兄長。姜楊也很不錯，雖然嘴巴還是有些壞，但帶著小孩念書的活計可不輕鬆，現代多少家長都被逼得精神崩潰，他卻教得很有耐心。

接著，姜楊放姜霖出去玩，和姜桃進屋說話。

姜桃描述今日買下的宅子，姜楊果然同她一樣，也不信宅子有什麼吉不吉利的，只替她高興。

「之前還擔心咱們的銀錢不夠，如今買完宅子，咱們還剩三、四十兩，交完我和阿霖的束脩，亦能剩下不少，短時間內不用為生計發愁。」

「自然不用發愁，別忘了，我成親後就能去衛家做工了。」姜桃說著話，就去拿笸籮裡的針線。針線做習慣了，手裡得閒就很不習慣。

姜楊瞧見，伸手按住她，讓她先歇著。如果實在閒得慌，就去繡嫁衣。

姜桃想著，要開始待嫁了，確實該繡嫁妝，便拿了之前姜楊買的大紅布料，向孫氏請教怎麼裁衣。

因為說好婚禮從簡，所以姜桃沒打算把嫁衣繡得多繁複，只讓孫氏教她裁一身最普通的紅衣裙。

到底曾經長年跟針線打交道，刺繡那樣精細的活計都能做好，裁衣自然也學得很快。不過幾日，大紅嫁衣做好了，試穿後，姜桃便開始繡花紋。

其實農家嫁女簡單得很，能穿一身簇新嫁衣的很少，更別說還帶花紋。姜桃也不想招搖，選了顏色深些的紅線去繡。這樣遠遠地瞧，便不覺得嫁衣特別；離得近了，才能察覺它的不同之處。

不過七、八天，姜桃繡完嫁衣上簡單的花紋，開始待不住了——從前她當過太久的重症病人，行動受限，這輩子得了個健康身體，經常閒不住，加上關心新家那邊修葺得如何，心裡更是七上八下，焦灼得難受。

偏偏姜楊說什麼都不肯讓她再往外跑，也不許她插手準備喜糖、紅雞蛋和發請帖等事，連她想帶著雪團兒去田間跑跑都不成，只准她在家歇著。

之前，姜桃還不急著嫁人，但在屋裡悶兩天以後，便急了，沒事就往門口瞧。她沒指望忙著婚事安排、又要忙著修葺新家，還要在採石場做活計的沈時恩能分身過來，只想著隨便來個人解解悶都好，即便錢芳兒上門陰陽怪氣地說話，也不把人趕走了。

就這麼盼啊盼啊，終於到了婚期前一日。

姜桃早早把新房布置好了，其實也沒什麼好布置的，就是擦擦桌椅、掃掃地，貼上幾個喜字，然後在桌上擺一對紅燭，再把原身爹娘準備的喜被、喜帳之類的東西放上炕。

如此忙活下來，也不到半個時辰，姜桃洗個澡，便準備睡下。

然而，還不等她上炕，姜楊便過來了，紅著臉塞給她一本書就跑了。

片刻後，換孫氏進門，也給了她一本書。

兩本畫法不同但同樣露骨的畫本，姜桃讀得很是無言。這種程度的內容，在資訊爆炸時代的現代人來看，著實小兒科了些。

所以，她興致缺缺地翻兩頁，便把兩卷書隨手往床頭一塞，夢周公去了。

姜桃睡得香甜，根本不知道時辰，覺得剛閉眼就被孫氏喊醒了，催著她起身梳妝。

姜桃揉揉眼睛，看看外頭伸手不見五指的天色，帶著發睏的聲音求饒。「奶奶，沈二哥不會這麼早來的，我再睡一會兒行嗎？」

古代的婚禮，又叫昏禮。顧名思義，就是黃昏時才拜堂。

可她不用出遠門，只在自己家行禮，實在想不出要這麼早起的理由。

孫氏很堅持。「哪有當新娘子還睡到日上三竿的？以前妳在家裡鬆散些，沒人說妳，如今要成親了，就是別人家的媳婦，不好這樣憊懶。」

姜桃心想，沈時恩縱她縱得不得了，幫她辦事從不問前因後果，哪裡會因為她睡到天亮就嫌棄她。但對著孫氏，不好多說什麼，只得乖乖地洗漱更衣，坐到梳妝檯前。

孫氏請來村裡的全福人幫她梳頭，一面唱詞、一面梳頭，然後又替她梳了個簡潔大方的婦人髮髻，蓋上紅蓋頭。

姜桃睏得頭點得像小雞啄米似的，姜楊進來，見她坐都坐不穩，充當靠枕，讓她靠著他，睡了小半個時辰。

半個時辰後，天光大亮，迎親隊伍熱熱鬧鬧地上了門。

姜桃被這些動靜吵醒，有些不確定地問姜楊。「今天是不是還有別家成親？」

在她的印象裡，沈家兄弟的日子過得很不容易，給沈時恩的五十兩用來買房了，應該是沒銀錢雇迎親隊，至多是抬一頂小轎子來，帶著她繞村子幾圈，再回到姜家，等著黃昏時分行禮。

姜楊說他出去看看，半晌後回來，聲音裡帶著止不住的笑意。「沒有旁人，是沈二哥來迎妳了。」

兩人說著話，錢氏進來，說新郎官已經在外頭等著了。

女子出嫁一般是兄弟或者媒婆揹出門。姜家能揹得動姜桃的兄弟只有姜柏，前兩天趙氏還特地過來提這個，想在姜老太爺面前賣好，姜桃恰巧聽見，便直接拒絕。

錢氏說完，蹲下身揹起姜桃。雖然她的力氣算大，但到底是女人，揹著姜桃時，走得有些不穩當。

姜桃在紅蓋頭下，晃晃悠悠地聽著迎親隊伍裡的樂聲、同村鄰里的賀喜聲、孩子們稚氣的起鬨聲，不知怎的忽然緊張起來，覺得心要從嘴裡跳出來似的。

錢氏把她放下地，她頓時不知道下一步該如何。

「小心。」沈時恩灼熱有力的手扶住她的手肘，引著她坐進花轎。

到了這一刻，她才真切清楚地知道，今天之後，她就是眼前這個男人的妻子了。

姜桃坐上花轎後，沈時恩讓人起轎。

上輩子為數不多的幾次出行，姜桃都是坐馬車，坐轎子的體驗倒是新鮮得很。

轎子晃晃悠悠，她摸索著伸直手臂，才摸到轎內小窗的簾子。

「坐穩一點，別淘氣。」沈時恩帶著笑意的聲音從窗邊傳來。

姜桃問他。「咱們這是去哪兒？」

槐樹村不大，她早把附近的地方走熟，眼下的路不是繞著村子轉，而是已經出了村子。

「我讓迎親隊走得遠一些，咱們繞著縣城附近轉轉。」

「嗯，沈二哥有心了。」

姜桃不是講究排場的人，但沈時恩這番安排，還是讓她很高興。

花轎繞著小城周圍三圈，回到槐樹村時，已經是中午了。

賓客早已臨門，姜家比任何時候都熱鬧。

鞭炮聲中，姜桃被錢氏扶進新房。

回到日常生活的地方，姜桃完全平靜下來，剛坐到炕上，就聽見屋門被推開了。

錢氏驚訝道：「楊哥兒怎麼進來了？這不合規矩啊。」

姜楊不以為意。「自己家有什麼不合規矩的？錢嬸子不必在這兒守著了，也去外頭吃酒吧。」說著又問姜桃：「妳餓不餓？今天的菜色很好。」

因為其他兩房搬出去，沒人幫著下廚，所以這次姜老太爺特地請了鄉間有名的喜宴廚子，手藝據說是城裡一般飯館比不上的。

姜桃忙不迭點頭，差點把蓋頭晃下來。

姜楊問她想吃什麼，姜桃說隨便吃點喝點吧，蓋著蓋頭也不方便。

姜楊應下，就出去了。想著自打正月十五之後，姜桃便沒碰過葷腥，難得大喜日子可以破例，當然要吃點肉才好。

沒一會兒，姜楊端了一碗紅燒豬蹄回來，說先隨便吃點，又站到姜桃身邊，幫她微微掀起紅蓋頭，方便她吃東西。

姜桃聞著肉香，越發覺得餓得前胸貼後背。不過，今天她還塗了原身母親留下來的口脂，吃過東西後，肯定會掉的。

姜楊見她猶豫，道：「吃吧，我知道妳愛吃豬蹄，第一鍋就讓廚子幫妳留了一碗，還熱著呢。吃完後，我拿濕帕子給妳擦手。」

姜桃猶豫極了，但這頓不吃，就得餓到晚上。晚上屋裡黑燈瞎火的，點不點口脂也看不出來，遂拿帕子擦手，吃了起來。

與此同時，新房外頭，二、三十桌的客人已經上桌。

新郎官沈時恩自然是全場矚目的對象，輪番恭賀聲不絕於耳。

錢氏從新房出來後，也落了坐，見沈時恩身著一身紅衣，身形顯得越發偉岸，心道這新郎官著實好相貌，難怪自家閨女到現在還意難平，連喜酒都不願來吃。可沒辦法，相貌不能當飯吃，沈時恩到底是個苦役呢。

錢氏正瞧著沈時恩出神，卻見沈時恩敬完一桌酒後，忽然離開筵席，去了新房。

姜楊是男子，但到底是娘家人，進去照顧新娘不算過分。但沈時恩是新郎官，兩人大白天的還沒拜堂就親近，傳出去可是不好聽。

錢氏連忙放下碗筷，跟上沈時恩，卻見他出去之後，進了灶房，半晌後一手拿一個大碗，端了兩碗菜往新房走。

得，敢情又是個給新娘子送飯的。

錢氏不由笑起來。娘家兄弟那般關心，已經十分難得，這新郎官也是知冷知熱，姜桃真是否極泰來了。

沈時恩進新房時，姜桃吃得差不多，一碗豬蹄已經空了，旁邊整整齊齊放著兩堆骨頭。

姜楊瞧見沈時恩，尷尬地笑了笑，側身擋住飯桌。

「姊夫怎麼忽然進來了？」

被紅蓋頭遮住臉孔的姜桃更別說了，尷尬得不知道怎麼辦才好。成親當天在新房裡啃豬蹄的新娘，古往今來，只有她一個了。

沈時恩卻不見怪，笑著道：「沒事，怕你姊姊餓著，給她送些吃的。不過我好像來晚了，應該已經吃飽了？」

姜桃窘極。「沒吃多少呢。」剛說完就打了飽嗝。

沈時恩悶聲笑了。「沒吃多少，就再吃些。」又跟姜楊說：「阿楊別待在這兒了，你爺找你呢。」

姜楊也識趣，便說聲先出去了。

等姜楊走後，沈時恩一邊收拾桌上的空碗和骨頭、一邊道：「我還拿了一碗丸子湯，妳喝著潤潤嘴。」

「我不喝了。」姜桃有點沮喪。本是想著偷吃兩口沒人知道，孰料被沈時恩撞個正著，太丟臉了！

沈時恩聽了，終於忍不住笑出來。

姜桃聽到他笑，羞得手不知該往哪兒放，幸好頭上還有紅蓋頭，能遮住她尷尬的神情。

沈時恩沒強迫她，道：「妳先去炕上躺一會兒，我把桌子收拾完就出去。」

姜桃嗯了聲，扶著桌子摸索起身。

沈時恩見狀，放下手上的東西，讓她抓著他的衣襬，引著她坐回炕上。

接著，沈時恩把桌子收拾好，回外頭待客。

姜桃坐在炕上，很快便犯睏，一半是因為早上起得太早，一半是因為無聊。但是已經丟了一回臉，她不好意思真像沈時恩說的，直接躺下來睡，就靠在炕桌上打盹了。

一個盹打到黃昏時分，錢氏笑吟吟地進來扶姜桃出去拜堂。

姜桃迷迷糊糊走進堂屋，手裡被塞了一段紅綢。

沈時恩站在她身邊，壓低了聲音問：「睡得可還好？」

姜桃低聲回答道：「我沒睡呢。」但是帶著睏意的聲音出賣了她。

沈時恩還是笑，不過他今天是新郎官，臉上的笑沒淡下去過，倒沒人發覺不對勁。

「一拜天地——」

「二拜高堂——」

「夫妻對拜——」

「禮成，送入洞房——」

在贊禮者一句高過一句的聲音中，姜桃和沈時恩拜完堂，成了一對名正言順的小夫妻。

姜桃又被送回新房，不過這回沒等多久，沈時恩就進來了。

錢氏遞秤桿給他，又說了一些吉祥話，讓他掀蓋頭。

蓋頭掀開，精心妝扮過的姜桃眼波瀲灩，眉黛頰紅，嬌豔得令人移不開眼。

沈時恩目光灼灼地看著她，一時間連呼吸都窒住了。

姜桃羞澀地垂下眼，只盯著嫁衣上的花紋出神。

錢氏見氣氛正好，笑道：「我先去外頭，新郎官也快些出來，鄉親們還沒喝夠呢，要是耽擱，說不定就要來鬧洞房了。」

等錢氏走了，姜桃才敢抬起眼，見沈時恩還愣愣看著她出神，不由嗔道：「你一直看我做什麼？」

「這裡……」沈時恩身子前傾，粗礪的大手輕輕落在她的唇瓣上。

姜桃心跳得如小鹿亂撞，剛想說外面賓客還沒散呢，卻聽他接著道：「這裡有醬汁。」

她的臉頰瞬間漲紅，羞憤得恨不能找條地縫鑽進去，連該做什麼反應都忘了。

沈時恩用拇指幫她抹掉唇邊的醬漬，見她羞得耳根後都紅了，不再逗她，起身道：「我再去陪他們喝一輪酒，等會兒就回來。」

他出了屋，便聽姜桃窘迫懊悔的低呼聲從屋裡傳來，不由又彎了彎唇，低頭看自己的手，回憶方才軟嫩的感覺，心跳也快得如擂鼓一般。

「二哥，快別傻笑了。你再不來，大全哥要幫你擋酒擋到桌底下去了。」蕭世南快步上來，拉著他去了酒桌。

第二十八章

與此同時，相隔數里的縣城外，一隊浩浩蕩蕩的車馬趁著夜色暗下前，停在城門口。為首的是一個身披鶴氅的俊朗少年，正是芙蓉繡莊的少東家楚鶴榮。

因著多日奔波趕路，楚鶴榮沒了平時的意氣風發，顯得有些狼狽，也顧不上收拾自己，見城門近在眼前，拉著馬掉頭，行到馬車旁，恭敬地稟報。

「蘇師傅，已經到了。」

等了許久沒聽到回應，楚鶴榮試探著問：「蘇師傅，您睡著了？」

蘇如是疲憊的聲音從馬車裡傳來。「沒有，進城吧。」

楚鶴榮應下，讓人拿出文書給守城門將，一行人去了楚家私宅。

到了楚宅，楚鶴榮一邊派人去尋年掌櫃，一邊親自扶著蘇如是下車。

「宅子破敗，委屈蘇師傅了。」

蘇如是客氣了幾句，讓楚鶴榮先去安置，自己進了屋。

到了此處，蘇如是才覺得，她來這趟，或許真的有些魯莽。

過年時，她在楚老太太身邊見到另一架桌屏，突然萌生出難以言喻的熟悉感。

當時楚老太太見她盯著桌屏出神，便道：「我知道這瞞不過妳，這架桌屏確實是難得地技法卓絕，但看這簇新的模樣，連我都分辨得出是小榮那孩子找人新添的。妳就當他是一片孝心，莫要同他一般見識。」

她愣愣地道：「這繡娘的技法比我徒兒高明。不瞞老姊姊，我那徒弟雖然天分高，又勤勉，卻為病痛所累，有所桎梏。反觀這尊觀音像，慈眉善目、神情慈悲，能繡出這般觀音像的繡娘，心境之豁達，是我那徒兒難以企及的。可是……」

「可是什麼？」

「這對桌屏不是左右對稱，而是上下湊成一幅的巧思。這選色用線、這構圖技法……」

她淚眼矇矓，再說不出完整的話，只說想見見這繡娘。

楚老太太果決得很，剛過完年，就讓楚鶴榮送蘇如是過來。

一路上，蘇如是設想了許多狀況，萬一徒弟是假死、遠走他鄉呢？萬一她真被賊人傷了，然後擄走，受制於人呢？想著心都揪在一起了。

如今，她反倒再沒有別的想法，大抵是人老了，便開始願意相信世間有奇蹟了。

片刻後，年掌櫃來到別院，見了楚鶴榮，第一句便納悶道：「少東家如何這時候來了？」

楚鶴榮懶得同他解釋，只問：「前陣子傳信來讓你找的繡娘呢？人在何處？」

年掌櫃吶吶地道：「回少東家的話，已經尋到那位繡娘，只是小的家裡那逆子得罪她，她不肯再到我們繡莊賣繡品。是小的教子無方，還請少東家責罰。」

楚鶴榮不耐煩道：「我只問你那繡娘如今人在何處，你扯這些有的沒的做什麼？」

年掌櫃見他要惱，不敢多說，當即道了人在槐樹村姜家。

楚鶴榮得到消息，興沖沖地帶年掌櫃去見蘇如是，說已經尋到人，這就出發。

年掌櫃不知其中原委，也不認識蘇如是，瞧楚鶴榮對她恭敬得很，以為她是楚府德高望重的老嬤嬤，便出聲解釋。

「少東家，這恐怕有些不妥。姜家姑娘，也就是少東家要尋的繡娘，今天正是她出嫁的日子，這個時辰，她大概正在新房裡呢。」

年掌櫃想的是，就算楚鶴榮再看重姜桃，也不能在人家洞房的時候去找人啊，這就不是交好，而是故意去砸場子了。

「出嫁？」蘇如是微微一愣。「那姑娘今日出嫁？」

之前年小貴去姜家賠罪不成，年掌櫃便乘機把姜桃的家世背景打聽清楚，親自再去姜家一趟，卻被姜家人擋下來，說姜桃馬上要出嫁，天大的事等她成了親再說。

年掌櫃不是不講理的人，便沒有再去打擾，向蘇如是說起姜桃的身世。

「姜繡娘剛滿十六，是槐樹村姜家三房的姑娘。她爹娘不久前意外去世，由她祖父作主，選了白山採石場的苦役為夫。依我們這裡的習俗，家中長輩去世，要麼是百日內成婚，要麼再等三年，所以婚期訂得比較匆忙……」

蘇如是越聽下去，眼睛裡的光越黯淡，最終又成了從前古井無波的模樣，苦笑著嘆息。「原來是這般。」

楚鶴榮不知此行的目的，只曉得和年掌櫃找的繡娘有關，他家祖母也只交代他要好好侍奉蘇如是。但看她這樣，大約猜出，那繡娘多半不是蘇如是要尋的人了。

他試探著問：「蘇師傅，那咱們是等明日再去，還是……」

蘇如是疲憊地搖搖頭，說先不去了，又道：「小榮，麻煩你了。」

楚鶴榮忙道不敢。

另一邊，沈時恩在酒桌上被人灌倒了，眾人想著他今日從中午到晚上，確實喝了不少，就沒再勉強他。

蕭世南眼疾手快地帶他出去，把他扶進新房。

「方才還好好的，怎麼忽然醉成這樣？」姜桃瞧見他們進來，立刻迎上去。

蕭世南立刻將他哥往姜桃身前一推，毫不留情道：「他假裝的。」

姜桃沒想到他會那麼果斷地撒手，還沒反應過來，就跟沈時恩抱了個滿懷。不過一聽他是裝醉，她也立刻收了手，後退半步。

本打算繼續裝醉的沈時恩只得站穩了腳，深深地看蕭世南一眼。

蕭世南心虛地笑了笑。「不打擾你們了。」立刻腳下生風地溜出門。

姜桃見狀，自顧自坐到炕上，沈時恩也跟著坐過去，兩人隔著炕桌說話。

其實沈時恩也想不到這時候該說什麼，只問姜桃累不累？睏不睏？餓不餓？

方才姜桃還緊張得很，尤其是掀蓋頭時，沈時恩那略顯撩撥的動作，更是讓她心跳紊亂了好一陣子。但現下見他比她還侷促，反倒不緊張了，還萌生出一種惡霸調戲良家大閨女，不，是調戲良家大閨男的快意。

良家大閨男沈時恩眼觀鼻、鼻觀心，坐得端端正正，堪比課堂上的小學生，等了許久，沒聽到姜桃的答覆，才抬眼去看姜桃。

姜桃笑個不停，沈時恩便問她笑什麼。

姜桃搖搖頭，說時辰不早，該睡了，便開始解自己的髮髻。因為髮髻梳得簡單，只插了兩根銀簪，一頭滑順如墨色錦緞的頭髮很快披散開來，然後開始慢條斯理地去解自己外裙的衣帶……

姜桃目不轉睛地盯著沈時恩的反應，見他先是呆愣半晌，而後臉頰上泛起可疑的紅暈，嘴角揚得更高了。

她還沒脫完外裙，沈時恩便霍地站起身，說先去打水洗漱了。

等沈時恩洗漱完回屋，姜桃連妝都卸完了，嫁衣也脫下來，只著中衣，在鏡前編辮子。

中衣不算厚實，襯出她玲瓏有致的身形，沈時恩瞧了又是一愣，忙挪開眼，坐到炕上。

姜桃憋笑憋得快肚子痛了，又不能笑出聲，只得咬著嘴唇硬忍。

沈時恩也覺得自己手腳無處安放的模樣有些可笑，恰好見到有卷書被胡亂塞在墊被之下，就抽出來，想看書靜靜心。

孰料，書是很順利地拿到手，一翻開，卻是……

他立刻像拿到燙手山芋似的把書扔了，隨即又塞回去。

「哈哈哈哈！」姜桃憋不住了，趴在梳妝檯前，笑得直不起腰。

她終於明白為什麼有人特別喜歡草包美人。好看的人犯起傻，實在太可愛了！

沈時恩的臉紅到了耳根後，垂著眼睛道：「夜深了，睡吧。」可語氣怎麼都有種任君採擷的意味。

姜桃笑著應聲好，起身吹熄桌上的紅燭，摸索著上了炕。

兩人肩並肩地挨在一處，隔著衣服都能感覺到彼此的體溫。

這會兒，姜桃忍不住緊張起來。在現代的時候，她沒少看各種理論知識，說到實踐，卻是一片空白。

只是她等啊等啊，身旁的男人睡得像服裝店模特兒似的筆挺，連手都沒有亂動一下。

「睡著了？」姜桃輕聲問。

「沒有。」沈時恩立刻回答，聲音裡倒是沒了慌亂和緊張。

沒有睡著，那你在等什麼啊?! 姜桃很是無語。

又過了半晌，姜桃翻過身，面對著他。「你就不想做些什麼？」她的臉湊到他的脖頸旁，說話的熱氣噴在耳畔，沈時恩的聲音裡生出了一絲沙啞，但還是克制著。

「妳在孝期。咱們雖然成了婚，但孝期內不能有孕。」

「喔。」姜桃有些失落地轉過身，恢復平躺的姿勢。

其實，就算沒有孝期，姜桃也沒準備在成年之前懷孕，一來是因為身體，二來是考慮家境。但這話從沈時恩嘴裡說出來，怎麼都讓她覺得自己被拒絕了。

「妳不高興了？」沈時恩翻身面向她，伸手攬住她的肩膀。

姜桃確實不太高興，但多少是因女孩子的矜持，不好明說。

兩人靜靜地抱了一會兒，姜桃才聲如蚊鳴地開口道：「其實……前幾天奶奶買了湯藥煎給我喝，說是避子的。」

幾乎是話音落下的瞬間，沈時恩立刻覆身過來，吻住了她的唇。

兩人的吻都很青澀，但姜桃還是被親得暈暈乎乎的，甚至還在想，她都把喝過湯藥的事告訴他了，他卻只是探過身來吻她。自家夫君真是正人君子過了頭，接下來要發生的事，不會還要她來主動吧？

可她來不及想更多，沈時恩灼熱的手也覆了上來……

姜桃不知道自己是什麼時候睡著的，只依稀記得剛開始有些疼，然後結束得挺快，接著沒多久又開始了，像戲子唱戲似的連軸兒轉，轉到她昏睡之前，外頭已經出現晨曦之色。

她醒來時，身上雖沒像書裡描述得那麼誇張——像大卡車輾過似的疼痛，但腰背和雙腿的痠軟，真的難以讓人忽視。

「正個屁的正人君子啊！」姜桃恨恨地嘟囔著，掙扎著爬起身，連穿鞋都打著哆嗦。

「正人君子」沈時恩已經在外頭打過一套拳，聽到響動，就端熱水進來。

姜桃站起身便發現自己腿發抖，不受控地跌坐回炕上，不悅地蹙眉，軟綿綿地瞪沈時恩一眼。

沈時恩完全沒了前一夜的拘束和侷促，略顯殷勤地道：「要是不舒服，不如就在炕上洗漱吧，我用盆子幫妳接著。」

姜桃也覺得自己今天這樣很不適合見人，而且她在自家成婚，不用趕著去向長輩敬茶，便點頭說好。

沈時恩先擰熱帕子遞給她擦臉，然後拿了她慣用的擦牙柳枝，沾了牙粉遞給她，等她刷完牙，又倒熱水讓她漱口，吐在盆裡。

他的動作很是生疏，明顯沒做過這樣的活計，但姜桃還是十分受用，方才的怨氣完全消了個乾淨。

農家人起得早，姜桃在屋裡洗漱時，姜老太爺和孫氏已經起身了。

孫氏在灶上熱好粥，然後時不時往三房張望。

姜老太爺一邊抿著粗茶、一邊道：「他們初初成親，妳就讓阿桃多睡一會兒。」

孫氏邊搖頭邊笑。「我哪裡是容不得自家孫女多睡，不過擔心她罷了。」

沈時恩有多精壯，那不用多說。今天一大早他就起來了，先在院子裡虎虎生風地打了套拳，而後又不停歇地劈出小山似的一堆柴，連姜老太爺見了，都稱讚了一番。

這段日子，孫氏和姜桃相處，還真處出了幾分感情。從前家裡孩子多，男孫更多，孫氏沒怎麼關心過這個孫女。但分家之後，家裡就這麼幾口人，抬頭不見低頭見，孫氏才和姜桃有了單獨相處的時候。

過年前，姜桃為了趕繡品，消瘦一圈。過年時能吃葷腥了，但因為她沒放下手裡的針線活，所以也沒養胖。

孫氏看著都覺得不忍心，勸過她幾次，姜桃乖乖地聽她嘮叨，也不嫌她煩，只笑著說知道了。

孫氏見說不動她，讓姜楊幫著勸。

姜楊無奈攤手。「奶奶怎麼知道我沒勸過？我天天跟她說，嘴皮子都快磨出老繭了。」

孫氏也奇怪，問他。「你姊姊的嫁妝早就備好了，你爺爺也說等你們搬出去之前，再補貼她一份，何至於這麼辛苦？」
姜楊蹙眉嘆氣。「她過年連件新衣裳都沒給自己買，還能是為了誰？」
自然是為了他和姜霖。
孫氏把姜楊看得比自己的命還重，別人對姜楊好，比對她本人好還管用。知道了這些，孫氏才開始對姜桃有了疼惜之情。
之後，姜桃跟孫氏學做衣服，加上姜楊不讓姜桃亂跑，她又不想困在屋子裡，遂幫著孫氏一道做家務，打打下手。
先不說她家務做得如何，光是那不急不躁的性子，和孫氏說什麼都能聽著的那份耐心，就十分難得了，沒有長輩不喜歡這樣的孩子。
所以，前一天夜裡，孫氏不放心，特地起床去新房看看。她不敢靠得太近，聽見姜桃小貓似的哼哼聲，就老臉發紅地躲開了。
小貓哼哼持續到天光乍亮的時候，孫氏起身去茅房，又聽見了。
因此，孫氏不是在埋怨姜桃起得晚，而是怕她被弄傷，起不來了。
幸好，不久後，姜桃和沈時恩一起從屋裡過來。
孫氏這才鬆口氣，笑著準備開飯。
姜桃跟過去幫忙。
孫氏一看她走路彆彆扭扭的樣子，就笑了。「妳去坐著吧，不就是盛幾碗粥，端幾盤菜，我還做得動。」

不一會兒，早飯上桌，沈時恩也把三個小的喊出了屋。

早飯吃得簡單，是一鍋熬得稠稠的粥，和前一天剩下來的小菜。

姜桃慢條斯理地就著醬菜吃粥，才吃到一半，沈時恩和蕭世南已經吃完了。沒辦法，這幾年在採石場養成習慣，要是吃得慢一些，別說飯食，連口湯水都喝不著。

不過，他們倆吃得雖快，但動作沒有半分粗魯，讓姜桃這學過大家規矩的來看，也挑不出半點錯處。

沈時恩吃完便放下碗，說去挑水，蕭世南也跟著站起來。

姜桃一把拉住蕭世南。「讓你哥去幹活就成，你坐下再吃一點。」

蕭世南正是長身體的時候，胃口比沈時恩還大，一碗稠粥下去，只吃了個半飽。但聽到這話，他還是有些不好意思。

「往常在採石場，早上就吃塊乾餅，現在這樣已經很好了。」

姜桃沒管他的說詞，拿了他的空碗去灶房盛粥。

孫氏也跟過去，在灶房裡同她咬耳朵。「半大小子吃窮老子，從前柏哥兒他們還在家的時候，也沒讓他們敞開了肚皮吃。往後你們是一家子，但開門七件事，柴米油鹽醬醋茶，樣樣要錢，妳心裡可得千萬有數。」

姜桃還是好脾氣地笑，但手下盛粥的動作沒緩半分，直到把大碗裝滿，才放下勺子。

「妳這丫頭啊，主意太大。」孫氏見勸不動姜桃，撈出另一個小鍋裡的煮雞蛋，自己出去了。

姜桃跟在後頭，無奈地笑了笑。孫氏會對她說這番話，是關心她、為她打算，但人和人之間的想法是不同的，她和孫氏的想法更是南轅北轍——她只知道沈時恩待她好，不介意她帶著兩個弟弟同住，她便也應該對他表弟好。雖然她和蕭世南沒相處過，也談不上家人感情，但總不至於連口吃食都要剋扣。

「快吃，吃完……」姜桃把粥放到蕭世南面前，想到姜老太爺和孫氏在，便轉了話頭。「吃完也別亂逛，我有事交代你。」

蕭世南垂著眼睛，輕輕說了一聲謝謝，又拿起了碗筷。

孫氏無奈地看姜桃一眼，把煮雞蛋分給姜楊和姜霖。

這是姜桃要求的，說守孝期間不能吃大魚大肉，但他們兄弟倆一個底子差，一個年紀小，得每天早晚吃一個雞蛋。

從前的姜家人多嘴雜，讓趙氏和周氏知道了，一定鬧翻天，姜桃只能把雞蛋放在屋裡，趁著沒人時，讓弟弟們偷偷摸摸拿去吃。之後分家就無所謂了，姜老太爺和孫氏不是對孫子吝嗇的人，便直接和飯食一道煮給他們吃。

不過，自家孫子只有兩個，煮雞蛋也只有兩個，孫氏沒煮蕭世南的分兒。在她看來，蕭世南這年紀已經是大人，沒必要跟個孩子似的照顧。

孫氏把一個雞蛋分給姜霖，然後自己拿了另一個替姜楊剝殼。

姜桃看著，微不可察地蹙了蹙眉。但到底不是自己家，不好說什麼，只能先由著孫氏這麼做了。

第二十九章

早飯還沒吃完，姜家便迎來兩家不速之客——趙氏和周氏臉上堆著笑來串門子了。

姜桃已經好些日子沒看到她們，本以為成婚後搬進縣城，更是同這兩家人沒有碰頭的機會，沒想到臨走前還能瞧見。

「爹娘吃飯哪？」趙氏笑著進堂屋，進門時，還故意扭了下身子，把周氏擠到後頭。

前一天，大房和二房也回姜家喝喜酒，雖然沒幫什麼忙，倒也沒添亂，所以姜老太爺沒擺臭臉，只問她們今日來做什麼？

趙氏樂呵呵道：「昨天人多，不方便和爹娘說話。今兒個是特地來和爹娘說一聲，我們家要搬到城裡去了。」

這倒是大家都沒想到的，連姜桃聽了都挑起眉。

趙氏接著笑道：「柏哥兒馬上要縣試，就算這次不中，下回也肯定能中。我們想著，反正在村裡也沒個像樣住處，不如直接搬進城裡，也方便他上學。」

姜老太爺聽了，皺眉道：「城裡百物忒貴，你們攢的那些家底，加上分家得的一點銀錢，夠什麼用？而且你們不住在村裡，怎麼侍弄田地？」

「等柏哥兒考上秀才，自然就什麼都有了。」趙氏不以為然地接話。「至於田地，往常柏哥兒他爹就說種田辛苦，如今正好賣出去一些，剩下的租給佃戶，回頭再讓他爹在城裡找一份活計幹。」

「胡鬧！」聽到他們要賣田，姜老太爺當即拍了桌子，隨即想到已經分家，怎麼處置產業是他們的自由，便沒繼續罵下去。

孫氏見狀，岔開話頭，問趙氏到底是來做什麼的？報個信兒，不至於還要起個大早。

「這個嘛，就是城裡的宅子價錢比我們想的還貴，田地也不是一時能賣出去，想跟爹娘先借一點。」

姜桃在旁邊喝粥看戲，想著如果來點特效，姜老太爺的頭頂大概要氣得冒煙，他最是注重規矩和傳統，現在趙氏都準備變賣祖產了，居然還好意思張口借錢？幸虧是分了家，要是分家前，大房敢露出一點點這種苗頭，定被姜老太爺拿著扁擔追打。

姜老太爺懶得看她，又問周氏來做什麼？

周氏上前擠開趙氏，道：「我們柳兒也大了，過年時走訪親戚，我娘家為她尋了一樁好親事。」

姜老太爺再厭煩她們，對孫輩倒還是有些愛護之心，便收起怒容，耐著性子問是哪家的小郎君。

「是鎮上金鋪的少爺，年紀比我們柳兒略大些。我們兩家相看過，都滿意得很。婚期也訂下來了，就在明年秋天。」

起初姜老太爺聽得很認真，但聽到居然已經相看，還訂了婚期，臉又沈下來，只道：「既然都訂好了，還來跟我說什麼？」

周氏還是笑，道：「阿桃訂親和出嫁時，辦得那樣好看，想來爹娘也沒少貼補。咱們家就兩個女孩子，總不好厚此薄彼的。」

姜老太爺直接氣笑了。沒錯，不論姜桃訂親還是成婚時，都請了不少親戚和鄉親來吃飯，但說到底，這些銀錢全是賣她聘禮得來的。更別提嫁妝，三房夫妻早準備好，他們兩個老的沒出多少，周氏還真敢說！

「所以妳們倆是來要錢的？」姜老太爺放下碗筷，似笑非笑地看著兩個兒媳婦。

趙氏和周氏有些怕他，但還是硬著頭皮開口。

「這可是關係著柏哥兒考功名的大事。」

「柳兒成婚也是大事，嫁妝要提前準備起來，沒有銀子怎麼成？」

兩人眼看著要嚷嚷起來，姜老太爺直接把碗砸在她們腳邊，吼道：「我是說過分家不會斷了血脈親緣，但妳們的主意這般大了，還來同我說什麼？」站起身，怕自家老婆子心軟，把孫氏一道拉走了。

趙氏和周氏大急，又不敢去攔姜老太爺，眼神便落到坐在飯桌前的姜桃身上。

「阿桃，如今妳成了家，也是大人，該明白事理，還不去跟妳爺爺說說情？」

「就是，我們柳兒也是妳堂妹，小時候妳們要好得不得了。她成婚這樣的大事，妳怎麼能不關心？聽說妳做繡品能賣錢，那先借給我們，也是一樣的。」

兩人說著話，就上前去推姜桃。

姜桃根本不理她們，只轉頭問蕭世南和姜楊、姜霖吃飽沒有？聽是吃飽了，便讓他們到書房去。

姜霖不懂事，姜楊相信她能處理好，便沒多說什麼。唯有蕭世南放心不下，站在門口，猶猶豫豫地不肯走。

姜桃笑著對他擺擺手，讓他出去。

蕭世南只好出了堂屋，還是覺得不放心，腳下一轉走出姜家大門，去找沈時恩了。

正巧，蕭世南剛出門走沒兩步，就遇上挑水回來的沈時恩。

沈時恩問蕭世南為何這般匆忙，蕭世南來不及解釋，只道：「嫂子被人為難了！」

沈時恩一聽，也不問了，快步進姜家大門，便聽到堂屋傳來姜桃不疾不徐的斥罵聲——

「以前兩位伯母把我當掃把星，如今卻想要我替妳們說情？是妳們起太早沒睡醒，還是我看著太好脾氣，讓妳們以為我泥人似的，任人搓扁揉圓？」

姜桃說著，又冷笑兩聲。「我告訴妳們，銀錢我有，可我就是不想給。別說一兩、一錢，我一個銅錢都不會給，氣死妳們！」

她的聲音依舊輕輕緩緩，可說的話卻是毫不留情面，顯得格外氣人。

「妳、妳怎麼能這麼說話?!」趙氏完全沒想到姜桃有這麼伶牙俐齒的一面，驚訝之下，連話都說得結巴了。

周氏比她好一些，怒道：「以前竟被妳這小喪門星矇騙了，這般忤逆長輩，妳爹娘活該被妳剋死！」

屋外的沈時恩和蕭世南聽見這話，都皺起眉頭。

姜桃依舊不惱，比起趙氏跟周氏過去的作為，這幾句話實在算不得什麼。真要這麼容易被氣著，她早就病倒了。

從前她為情勢所逼，暗中行事，明面上只能被動挨打。如今分家，她也成親了，不算姜家人了，正好出出這口惡氣！

「我呸！對晚輩有愛護之心的，才算長輩，妳們兩個一心算計我，算什麼東西？我爹娘是死了，我還說是妳們剋的呢，搬弄是非、煽風點火，真真才是攪家精、掃把星，害得姜家四分五裂不算，還好意思覥著臉上門討銀錢？」

趙氏和周氏也算是鄉間吵架的老手了，但沒想到姜桃罵起人一套一套的，連反應的工夫都不給她們。

「妳……」趙氏罵不過姜桃，抬手就要打她的耳光。

姜桃早防備著，一個後退躲開了。躲開還不夠，她小跑著出屋，故作慌張地呼救。

「爺爺奶奶，兩位伯母見我不肯說情，要打我呢……」

然後，姜桃突然沒了聲音。

她沒想到，沈時恩竟在這時回來了！

與此同時，姜老太爺和孫氏聽到姜桃的呼喊，從屋裡出來。

姜老太爺黑著臉，伸手指門，對兩個兒媳婦道：「滾出去！往後有事，讓老大和老二來說，我再也不要見到妳們！」

趙氏和周氏也愣了，活到這把年紀，沒見過有人能變臉快得像變戲法似的。

「爹，不是這樣的！」趙氏急急解釋道：「是這個死丫頭先罵我們！」

周氏跟著附和。「沒錯，爹，您被這丫頭騙了。」

姜老太爺不信。「我在屋裡就聽到妳們喳喳呼呼，本想不管，覺得妳們應該有點眼力，自己滾蛋。沒想到妳們居然敢在這兒動手？我還沒死呢！」

不是他偏袒姜桃，而是自始至終，姜桃的聲音平和，趙氏和周氏卻激動得拔高音調，他在屋裡只聽到這妯娌倆罵人。

周氏知道討不了好了，現在姜老太爺對姜桃的信任遠遠超過她們，她們說破了嘴也沒用，沒再爭辯，悶著頭快步離開。

可趙氏是頭一次這麼被人冤枉，非要爭出個長短來。

沈時恩放下扁擔和水桶，走到她跟前。「妳想自己走，還是我動手？」

趙氏看著他煞星似的神情和胳膊上鼓鼓囊囊的肌肉，只能摸摸鼻子跑了。

發現沈時恩回來後，姜桃就沒再開口。等趙氏和周氏走了，便飛快躲回自己屋裡。

她真的重視形象，不然也不會支開蕭世南和姜楊他們。之前錢芳兒上門說酸話時，她顧忌姜霖在場，只不冷不熱地對待，沒有跟她吵起來。

孰料，她保住了在兩個弟弟面前的印象，卻把自己潑辣的那一面展現給沈時恩看了。

雖說夫妻之間不該有隱瞞，但兩人才剛成親，總不好完全不顧及形象吧。

沈時恩把打來的水倒進水缸，見院子裡沒什麼要忙的活計，等姜老太爺跟孫氏回屋後，也跟著進房。

他一開門，見姜桃倒在炕上，還鴕鳥似的用被子蒙著頭，忍住笑意幫她倒了碗水，端到炕邊。

「起來喝點水。方才聽妳說那麼多話，應該口渴了。」

他不提還好，提了姜桃更覺得尷尬，將被子往上一拉，蓋住自己。

沈時恩輕輕扯了下被子，發現她抓得緊緊地，也沒勉強，將水碗放在炕桌上，用被子把她裹起來，抱到自己膝上。

姜桃感覺自己像條毛毛蟲似的被抱個滿懷，而且被子裹得緊，空氣很快就不夠了，只能探出臉呼吸，結果頭伸出來就看到沈時恩近在咫尺、似笑非笑的臉。

她見狀，又要把腦袋往被子裡縮，沈時恩眼疾手快地攔住，將被子壓在她下巴下。

「別鬧了。方才不還挺有精神的嗎？」

姜桃沮喪地將臉埋進他懷裡，悶聲悶氣地說：「你不許提！」

「好好好，不講。」沈時恩憋著笑哄她。「又不是什麼丟臉的事，怎麼突然害臊呢？」

姜桃不知道怎麼說了，憋了半天，才低聲道：「我平時……平時不是這樣的，我對旁人都沒有那麼凶過。」

「妳那就叫凶了？」沈時恩抱著她搖了搖。「說話文謅謅跟唸戲文似的，是因為妳思維敏捷，條理清晰，沒給妳那兩個伯母反應的工夫，不然不知誰能罵贏呢。」

這真不是沈時恩故意哄她，他自小出入軍營，長大後又在採石場那種魚龍混雜的地方待了數年，沒少聽真正罵人的污言穢語。

在他看來，姜桃這樣同人吵架，還不疾不徐講道理，就像小奶貓伸爪子撓人似的，自以為很凶很凶了，其實在他看來，卻是虛張聲勢的可愛模樣。

「我沒想跟她們大吵特吵，只是出一口往日的惡氣罷了。」姜桃說著，蹙起眉頭，反省道：「我還不夠凶嗎？」還以為她一個人把趙氏和周氏罵急了，已經很厲害呢。

沈時恩伸手摸摸她的頭頂。「反正往後不必這般。」

姜桃低落地喔了聲。讓他看到她不好的一面後，果然就被嫌棄了。

孰料，沈時恩接著道：「妳罵人跟唱曲兒似的，讓她們免錢聽了，豈不是平白讓她們占便宜？下回再有這樣不長眼的人惹到妳，直接告訴我。若遇事還要妳自己替自己出頭，我這夫君是做什麼用的？」

姜桃聽了這話才笑起來，嘟囔道：「哪有把人家罵人比作唱曲兒的？你才是說的比唱的還好聽。」

「我沒說假話。」沈時恩把下巴擱在她頭頂上，輕輕摩挲。「在我看來就是這般。」

姜桃咯咯直笑。可能這就是所謂的情人眼裡出西施吧，就像新婚當夜她看到沈時恩侷促得手腳都不知道該往哪兒放的時候，也不會覺得可笑，只會覺得他越發可愛。

「你怎麼這般縱容我啊？」姜桃在他懷裡找了個舒服的姿勢窩著。「之前讓你幫忙做事，你也是問都不問，就幫我辦了。今天我一個人罵兩個伯母，你也不覺得我凶悍。我都懷疑，若是我想殺人，你會二話不說遞刀子來。」

「那倒不會。真要有殺人這種活計，還是我來代勞，免得髒了妳的手。」

姜桃又是一陣笑，方才因為趙氏和周氏鬧上門來而產生的一點不悅，消失殆盡。

兩人親熱了一會兒，姜桃想起一件事，同他道：「等我們搬進城裡，想辦法把小南贖出來吧。」

早在她和沈時恩訂親之後，她就同趙大全打聽過，有沒有辦法可以不服苦役？

趙大全說，不服苦役其實不難，但也不簡單，就是塞銀子，一年塞一百兩，上下打點疏通妥當，定期回採石場應卯便可。

當時的姜桃連兩個弟弟的束脩都沒著落，一百兩對她來說是天文數字，只能先按下不表。

如今他們成婚，兩個弟弟都進學堂，新家亦安置好了，等著把平常要用的東西搬過去，便能開始過自己的小日子。接著，姜桃開始盤算，先把蕭世南弄出來，一年一百兩，她還是能賺到的。

「離開採石場後，讓小南跟著阿楊他們一道上學去，你覺得如何？」

其實沈時恩早就不忍心看著蕭世南日日在採石場搓磨，可之前兩人跟浮萍似的沒有根，就算交夠銀錢，蕭世南又能去哪兒呢？也只能幫他分擔活計罷了。

「夫人有心了。」沈時恩嘆口氣。「妳和我在一處，不僅享不到福，還要這般替我和小南打算，委屈妳了。」

「這有什麼好委屈的？咱們一家子，總歸是你替我想想，我替你想想的。」姜桃仰起頭，親親他的下巴，輕聲道：「莫要再說這樣的話，你待我已經很好了。」

沈時恩輕輕地嗯了聲，又說：「錢的事情，妳不用擔心。如今開春，山裡的獵物就多了。我打些野物，怎麼也能把銀子攢出來。」

兩人正溫存著，冷不防門板被碰得吱嘎響起。

換成旁人，多半以為是過堂風吹的，沈時恩卻斂起笑容，放下姜桃，對著門口道：「進來。別讓我親自去捉人。」

蕭世南從門外探出頭，賠笑道：「二哥，我什麼都沒聽到。家裡來了客人，說是尋嫂嫂，我來傳話而已。」

傳話是真的，不過前半句撒了謊。

因為他的莽撞，把沈時恩喊回來，結果瞧見姜桃罵人的那一幕。

姜桃一看到沈時恩，便捂著臉跑回屋裡，他頓時覺得，自己是好心辦了壞事，生怕他們因為今天的事吵架，這才過來偷聽。

孰料，他聽到的卻是姜桃要讓他去上學的事。

從前他待在家裡時，不愛念書，不知道氣走多少先生。可時過境遷，他覺得自己其實沒有那麼不喜歡讀書。那般調皮，多半是為了把爹娘的心思從弟弟轉移到他身上。

之前他還怕表哥娶了媳婦，就會忘了他，現在想來，真是十分可笑。趙大全說得沒錯，如今是多一個人疼他。

姜桃也沒想到今天一早就這麼熱鬧，接二連三地來人，當即下炕穿鞋，攏好頭髮出去。

第三十章

姜家堂屋裡有兩個客人，一個約莫三十五、六歲，梳婦人髮髻，著青色褙子；另一個梳雙丫髻，一身丫鬟打扮。

姜桃認出這兩位是衛夫人身邊的人，心裡正奇怪著，嬤嬤便上前道：「小娘子可還認得我們？我們是在衛家服侍太太的。之前小娘子答應我家太太來府裡做工，眼看到了上工的日子，太太讓我們來問問，看您什麼時候得空過來？」

這話聽得姜桃受寵若驚。她只去過衛宅一次，與衛夫人僅有一面之緣，當時衛夫人是欣賞她，但那份欣賞應該還不到衛夫人特地派人來尋她的地步，除非衛夫人有事，急著用她。

「不知道夫人是不是要出門？」

嬤嬤笑道：「姜娘子果然聰慧，我們太太確實要出門拜訪，想做一身得體的衣裳。不知道娘子這兩日可方便？」

姜桃本準備在姜家待過三朝回門，搬完家再去衛家。不過既然應承要去衛家做工，早兩天、晚兩天差別不大，而且衛夫人特地派人上門找她，想來這次去見的人應該真的很重要，遂點點頭。

「既然夫人有事，我今日收拾一下，搬到城裡去，明兒一大早便進府。嬤嬤看看，如此可行？」

嬤嬤笑道：「那就麻煩娘子了。」說著，拿出一只荷包。「太太知道娘子新婚，如今急著打擾，實在不該，這是一點心意。」

姜桃忙道本是她應該做的，不必這麼客氣。

嬤嬤卻把荷包往她手裡一塞。「權當是太太賀娘子的新婚賀儀了。」

得到姜桃的回覆，衛家的人沒多留，很快就離開了。

一會兒後，姜老太爺和孫氏知道主家來尋姜桃，沒留她，還同她道：「反正妳是在家裡出嫁，也不用講究三朝回門的規矩。得了空，再來看我們就成。」

於是，姜桃招呼著姜楊和姜霖趕快把自己要帶走的東西收拾好，再讓沈時恩和蕭世南去雇車，書房那一屋子的書，得先妥善搬過去才成。

因為早準備好要搬家，所以姜桃和姜楊早將要帶走的東西打包，唯有姜霖這小傢伙沒一點安排，姜桃替他把鋪蓋捲了，他還在扳著手指頭數要帶什麼。

很快地，牛車到了，姜桃只讓沈時恩和姜楊幫忙，三個人忙著把書全裝上去，讓他們倆先跟車過去，把書放好。等他們折返，她這邊也收拾得差不多，便可直接上車。

姜霖最是悠閒，跟出門玩似的，一手抱著雪團兒、一手提著小籃子，籃子裡是之前姜桃買的小雞，如今已經養得挺大，可惜他這個小管家看管不力，被雪團兒吃得只剩三隻。

不過，也幸虧剩得少了，不然這些雞還真不好帶。

姜桃清點一番，見沒有什麼漏帶的，牛車也到了，便去向姜老太爺、孫氏辭行。

姜老太爺看著還好，只叮囑他們在城裡萬事仔細，若遇到什麼困難，就回家來。

而孫氏紅了眼眶，眼淚就沒停下過。姜楊心中也有些不好受，但沒在人前表現，只請姜老太爺和孫氏注意身體，說得空就會回來。

道別後，一行人就此出發。

臨出村時，姜桃回望住了一個多月的槐樹村，心情有些複雜。

一開始她打定主意要儘快離開這裡，可兩個弟弟成了她的牽掛，只好待在姜家生活。如今，她終於可以完全順著自己的心意，過自己的日子了。

沈時恩見她定定地出神，便摟了摟她的肩膀，輕聲安慰。「要是捨不得，以後我多陪著妳來看看。」

姜桃輕輕笑了笑，沒解釋，而是說起別的。「衛夫人特地讓人來尋我，還送了一份不輕的賀儀，想來要去拜訪的人應當是很重要。我有些不明白，這小城裡連縣官夫人都要奉承她，還有什麼人物值得她這般重視？」

她只是隨口道出心中的疑惑，沒指望沈時恩替她想答案，但沈時恩聽了，卻沈吟起來。

「連縣官家都要奉承的衛家？是京城回來的衛家嗎？」

姜桃想了想，道：「衛夫人第一次見我時，說他們家如今也是白身，讓我不用拘禮，想來他們家是做過官的。而且下人進退得體，衛夫人說話又有些京城口音，想來應是不小的京官。」她說著，壓低了聲音。「縣官夫人的性子有些魯直，衛夫人和她不太合得來。我想，衛家應當是文官。」

品級高的京官，且是文官，又姓衛，幾條線索串在一起，沈時恩很快便猜到衛家的來歷，沒說什麼，只是笑著看姜桃。

「往常竟不知夫人這般聰慧，不過去了一次，就已經知道這麼多消息。可惜夫人不是男子，不然前途真是不容小覷。」

姜桃知道，他這是又拍她馬屁呢。她曉得自己的斤兩，小聰明是有一些，但雄材偉略絕對沾不上。不過得到這種誇獎，還是讓她十分受用。

兩人也不說話了，你看我，我看你的，笑了起來。

姜楊實在看不下去，輕咳出聲，意思再明顯不過——這裡還有人呢！有私房話，留著獨處時說不成嗎?!

往常只知道姜霖嘴甜起來不要命，沒想到他這姊夫說起好話來，也是一套一套的。

姜楊無奈地搖搖頭。

而他旁邊的蕭世南，也是一副活見鬼的模樣。

他跟沈時恩打小一起渾玩，認識了十幾年，沒見過他這樣嘴甜地哄人。

難道，過去這些年，他沒真正了解過他表哥？

要不是在場的人有些多，蕭世南都想問問，沈時恩是不是被什麼髒東西附上身了！

而衛家這邊，衛夫人知道了姜桃的回應，便打發嬤嬤和丫鬟下去。

衛夫人鬆口氣，對旁邊的衛大人道：「那繡娘說明日就過來。做一身像樣的衣裙，我就能去拜訪蘇大家了。希望此行能順順利利，讓蘇大家收下咱們茹兒為徒，在她身邊教養著，往後的婚事也能順順當當。」

從前的衛家一門兩文臣，自然不用為兒女的前程發愁。如今衛老太爺幾年前就從首輔的位置退下，衛大人數月前也以照顧病重父親為由，辭官歸鄉，一家子成了白身，操心的事情自然多起來。

衛夫人育有一子一女，兒子跟著父親讀書，倒是不用擔心。可女兒讓她有些為難。如今衛茹十四歲，自小得全家寵愛。從前還在京城時，衛夫人有心想多留女兒幾年再出嫁，便沒急著替她訂親。

如今，女兒的婚事，讓她為難了。別看縣城地方不大，人心算計卻也不少。

秦家是最早找上衛家的，後頭又有其他鄉紳富賈，還有一些曾經跟衛老太爺打過交道、有牽扯的人家等等。他們所求，無非兩件事，一是讓衛大人收學生，二就是打衛茹的主意，想同他們結親。

衛夫人在京城都沒挑中滿意的女婿，在縣城裡，更是不可能了。

只是，衛大人收學生的事還好說，就算一個也不收，人家只會道讀書人清高，連對學生的要求都格外嚴格。可世人對女子嚴苛得多，拒親多次，外頭肯定要說衛茹眼睛生在頭頂上，目中無人。未婚女子得了那樣的名聲，終歸不好。

幸運的是，縣官夫人黃氏又上門了，黃氏和衛夫人沒什麼話說，索性把自己知道的新奇見聞同衛夫人分享。

日前守城的士兵在夜間放行一大隊車馬進城，路引上寫的是京城楚家。

楚家的生意遍布天下，縣城裡的芙蓉繡莊也是他家的買賣。楚鶴榮每年都來這裡查帳，士兵認得他，並不稀奇。稀奇的是一來就是這樣多的人，而且士兵還看到楚鶴榮對著馬車恭恭敬敬地說話，尊稱對方為蘇師傅。

黃氏不知其中淵源，只是感嘆道：「不知是什麼厲害人物，讓楚家小少爺那般恭敬。」

衛夫人在京城待了許多年，黃氏不知道，她卻一下子猜到對方的身分——楚老太太的至交好友，當世刺繡名家蘇如是！

這位蘇大家祖上十幾代都是做刺繡的，打前朝起就專為皇室供奉繡品，盛名已有百年。只是後來蘇家遭逢大難，闔家亡故，只剩蘇大家獨掌祖傳刺繡秘技。

天下女子，但凡對女紅刺繡之事上心一些的，沒有不知道蘇大家的。

更重要的是，蘇大家的技藝連當今太后和已故的沈皇后都讚不絕口，若是能得她的讚賞，等於間接得到宮中貴人的認可。

且衛夫人還知道，蘇大家曾入過寧北侯府教養侯府嫡女，那嫡女歿後，這些年蘇大家一直待在楚家，只在每年太后壽辰時奉上繡品，其他時候不見客，也不拿針線的。

難得蘇大家出現在縣城，衛夫人便想著，若能把衛茹送到蘇大家身邊，即便只是當個記名弟子也好，一來有名正言順的理由擋掉那些上門說親的人，說衛茹在學藝就成；二來則是替衛茹添上好名聲，方便日後尋真正的好親事。

只是，衛夫人不確定蘇大家是準備在此地長住，還是短暫逗留，便打算先上門拜訪，探探口風，遂急急送走黃氏，又讓人去尋姜桃，讓她早些過來製衣。

衛常謙在一旁看書，聽了這話便合上書，嘆息道：「是我委屈了妳，讓妳連身體面的衣裙都要臨時置辦。」

衛夫人起身幫他添茶。「做了半輩子夫妻，怎麼還跟我說這樣的話？不過是一身衣裙罷了，是咱們回來得匆忙，什麼都沒準備，一時間才有些捉襟見肘，哪裡就是委屈了？」

衛常謙心中熨貼，拍了拍衛夫人的手背。

衛夫人不想見他為這種瑣碎小事煩心，便岔開話道：「這些天你也見了不少學子，就沒有一個看得上眼？」

衛常謙無奈。「這些學子要麼是本身沒有天賦的，要麼是如秦子玉那般，有幾分天賦，品性卻是一般，都不堪大用。」

衛夫人抿唇笑了。「就不是你眼光太高？反正你收學生，只是讓京城那邊知道你真正賦閒在家，再無心朝堂紛爭，不如先挑選一個。」

衛常謙搖頭。「教書育人這種事，豈可兒戲？雖是為了讓京城的人放心，我才決定收學生。但若真的行了拜師禮，學生便是半子，我也會像教養咱們的孩兒那般教養他，替他謀劃前程。而且，既是為了做出無心朝堂紛爭的樣子，我便不想收那些家中有人做官、或有其他背景的學生，省得讓有心人瞧了，以為我回到小城還不忘鑽營，拉攏關係，培植人脈。」

知道這是自家夫君作為讀書人的堅持，衛夫人不好說什麼，只道：「家中無人做官，又沒有其他背景的，唯有寒門子弟了。可惜寒門子弟怕是連你要收學生的事都不知道，那些得了消息的人家只會想辦法捂著，咱們也不能張貼布告，趕著去告訴他們。」

這道理，衛常謙不是不知道，嘆息一聲。「若真有師徒之緣，自會遇上的。」

另一邊，午飯時，姜桃終於來到位於茶壺巷的新家。

因為巷口窄小，而鄉間牛車又做得格外寬大些，進去就無法掉頭，所以他們把牛車停在巷口，一趟趟地往裡面搬東西，沒多久便引來巷子裡其他鄰居圍觀。

之前老舉人倒地中風的樣子，他們都瞧見了。宅子賣出去後，那家人沒再隱瞞，替老舉人發喪。

鄰居們不管老舉人是啥時歿的，反正看著老舉人倒下去，只當他是在這裡去世的。

老舉人前腳剛歿，這家人後腳就敢搬進來住，得有多大的膽子啊！

而且，茶壺巷的房子在縣城算貴的，姜桃他們的行李，一看就知道是鄉下來的。農村的人能拿出幾十兩買房，也算一樁新鮮事。

因此，圍觀的人越來越多，還有抓著瓜子一面閒聊、一面嗑的。

姜桃不管他們，跟著沈時恩他們搬了一趟。

沈時恩見她額頭出汗，就不讓她動了，讓她和姜霖一樣，坐在巷口看東西。

姜霖對一切都很新奇，腦袋像博浪鼓似的，一會兒看這裡，一會兒看那裡。

姜桃瞧他的胖臉蛋都被曬紅了，讓他先進新家。

姜霖剛進去，姜桃立刻被幾個婦人圍起來。

這個問她。「看妳面生，從前應該不是住在這附近的？」

那個道：「你們那宅子可是剛死了人的，妳家不會是被那家人騙了吧？」

雖然她們聒噪了些，但也沒有惡意，所以姜桃就一一回答了。

聽說姜桃明知這家出事，還買下宅子，幾個婦人又湊在旁邊咬耳朵。

其中一個紮著頭巾的圓臉婦人說：「知道死了人還買，這小娘子莫不是個傻子吧？看著多漂亮啊，太可惜了。」

旁邊高瘦的年輕婦人道：「不是吧，買宅子這種大事不是她一個小娘子能決定的，應該是因為窮。畢竟是鄉下來的，這宅子肯定是賣得很便宜，所以他家才敢接手。」

「那得問清楚，讓他們千萬別把價錢說出去，連帶著我們這一片都賣不出好價錢。」

她們說小話的功夫實在不高明，姜桃在旁邊聽得一清二楚。

等那幾個婦人再圍過來時，姜桃笑道：「幾位姊姊放心，我們這宅子買得是便宜，但也就比市價低了十兩。我夫君聽說老舉人一家往後度日艱難，所以沒有壓太多價。我初初進城，人生地不熟，也沒有地方去說。」

這幾個婦人最年輕的，也有二十七、八歲，聽到她這一聲姊姊，全笑了起來。等姜桃說完，又問：「那妳家大人呢？怎麼只看到你們幾個半大孩子？」

姜桃抿唇道：「我夫君的家不在此處，我家中的長輩在鄉下。所以，我和我夫君就是這家的大人了。」

婦人們更納罕了，追問：「妳家大人也真是放心，竟讓你們自立門戶？」

「就是。妳看著沒比我家閨女大多少，雖然她馬上也要成婚了，但若讓她成婚後和女婿單獨過，那我肯定憂心得整夜睡不著。」

眾人正說著話，沈時恩過來了。

他額頭染上一層薄汗，髮絲也有些亂，但依舊臉不紅、氣不喘，彷彿搬著重物來回十幾趟，只是在飯後散步一般。

姜桃瞧見他，便不閒聊了，拿帕子幫他擦汗。

沈時恩沒接帕子，只微微俯下身讓她擦，同她道：「我看小南和阿楊兩個累得不得了，讓他們在屋裡歇著。要是妳累，也進去吧。」

「我才站了這麼一會兒，熱什麼？倒是你，讓我休息不算，還讓小南和阿楊都歇了，光你一個人搬，累壞了可怎麼辦？」

沈時恩還是笑。「一點小東西而已，不算什麼。妳等會兒，再兩趟，應該就差不多。」

他說完，用布條將兩個大衣箱綑在一起，單手提起，另一隻手又拿了一堆零碎東西，繼續搬了。

沈時恩一走，婦人們更激動地圍上來。

不過她們到底不是鄉間葷素不忌的婦人，沒講什麼過分的話，只是誇沈時恩長得好，說他們相襯極了。又問沈時恩是做什麼活計的，那力氣看著不像普通人，還打聽他有沒有未成家的兄弟。

總之，話題一下子全轉到沈時恩身上。

姜桃並不覺得沈時恩的苦役身分不能告人，大大方方地道：「我家夫君是白山採石場的苦役。他有個表弟，和我差不多大。」

白山那邊的苦役都是發配而來，雖說不是犯重罪的人，但身分上連普通人都不如。

眾人聽了，不約而同流露出惋惜的神情，沒再問沈時恩的事了。

第三十一章

一會兒後，沈時恩搬完了，帶著姜桃一道回家。

看著姜桃方才一直在跟人說話，沈時恩便問她們都聊什麼。

姜桃抿了抿唇，道：「一開始是關心咱們是不是被老舉人家騙了，以為咱們不知道這家出過事，就買了房子，後頭又問咱家怎麼沒大人。等你出去，她們就只關心你了。」

「關心我什麼？」

姜桃好笑地斜他一眼。「還能關心你什麼？看你樣貌好、力氣大，還打聽你有沒有兄弟呢。」也沒提那些人知道他身分後就惋惜的事，只裝作苦惱地扶額。「唉，這樣我好操心，總感覺不知道什麼時候就會多出一堆情敵。」

沈時恩朗聲笑起來，彷彿聽見什麼絕頂好笑的笑話一樣，笑夠了才開口。「認真問妳的，怎麼又說起玩笑話來。沒想到搬到城裡，倒讓妳越發活潑了。」

姜桃也這麼覺得，想到往後可以過自己的日子，心境越發開闊。不過，她方才說的不是絕對的玩笑，旁人覺得苦役的身分差勁，她卻覺得正正好。多虧了沈時恩是苦役，不然光憑他的樣貌和武藝，想嫁他的姑娘能從縣城一直排到槐樹村，哪裡輪得著她？

哎，這就叫天賜良緣，一個蘿蔔一個坑。

姜桃笑著跟沈時恩進了新家，姜霖領著雪團兒在天井裡瘋跑，蕭世南和姜楊癱坐在正屋待客的桌旁，累得連話都不想多說。

「我餓了。」姜楊見了她就道。

姜桃臉上的笑頓時僵住，然後試探著問：「那我去做飯？」

姜楊沒理她，翻了個白眼後，又閉上眼。他可沒忘記年夜飯時姜桃炒的那盤黑雞蛋。

「上回是失常，我覺得我的手藝沒那麼差。」姜桃訕訕地笑著解釋，說完又去看沈時恩。「真的！」

沈時恩立刻認同地點點頭，這還不夠，又補充道：「其實上回的也不是很難吃。」

「你們都累了，先歇會兒，我這就去做飯。」

姜桃說著，豪情萬丈地進灶房，是時候為她的廚藝正名了！

茶壺巷的新宅還沒有姜家三房那幾間屋子大，角落裡的灶房就更小了，只有一座灶臺和一張長桌、一個水缸，再放不下其他東西。

他們搬出來時，孫氏唯恐姜楊在外頭吃苦，塞了一大袋米、一小袋白麵，並幾顆新鮮水靈的大白菜給他們，還有一籃子雞蛋，如今都擺在長桌上。

姜桃心想，那做個白菜炒雞蛋吧。

嗯……這個搭配似乎有些奇怪？不過匆忙吃一頓，也不用太講究。

姜桃舀了水缸的水洗白菜，然後大刀闊斧地切了兩顆，想起上回自己熱了油才發現忘了打雞蛋，又趕緊打了五顆雞蛋。

等準備工作都做好了，姜桃開始生火。

生火這件事，她在山上時沒少做，很有信心的。

找到火摺子點上火，姜桃拿起灶膛旁邊疊得整整齊齊的柴往裡面填……填啊填的，也不知道哪裡出了錯，火忽然熄了，接著開始冒濃煙。

她不明所以，又拿稻草重新點了火，往灶膛裡塞……

一刻鐘後，沈時恩和姜楊、蕭世南衝進濃煙滾滾的灶房。

沈時恩先把她拉出來，蕭世南和姜楊則去收拾冒濃煙的灶膛。

「咳咳咳。」姜桃整張臉都被燻黑了，出來後先深呼吸幾下，才緩過來。

蕭世南和姜楊也滅了火，關上灶房的門，留著煙囪慢慢往外排煙。

發現大家都在看她，姜桃尷尬地笑笑。「我明明按著之前阿楊教我的方法生火的……」

姜楊一副傻眼的樣子，道：「方才我們滅火的時候，拿出了好幾根濕柴。」

「啊？」姜桃後知後覺。「那柴不是疊好的嗎？我以為是可以用的。」

沈時恩說：「我還沒在這裡劈過柴，想來應當是老舉人家留下的。可能是放久了，抑或是灶房漏水，被打濕了。」

「那……那水缸的水？」

「也是別人家留下的。」

姜桃耷拉著腦袋哦了聲。「我還以為是你準備好的。」

「嗯，是我疏忽了，沒把這些準備好。」沈時恩輕輕捋著她的背。「我錯了，原諒我這一回好不好？下回我一定注意。」

這話聽得被氣著的姜楊差點一口氣上不來。

他這姊夫真的可以，太可以了！

他姊姊生個火也不檢查柴是不是乾的，把整個灶房弄得濃煙滾滾，他這弟弟都說不出幫她的話，沈時恩還能睜眼說瞎話，把錯處攬到自己頭上。

姜楊無言，只差沒把「你就縱著她吧，等她把整個家燒了，你也說是你的錯」這句話寫在臉上了。

沈時恩沒給姜楊把心中所想說出來的機會，因為很快他就接著道：「作為賠罪，今天的午飯我來做，好不好？」

「你還會做飯？」姜桃驚訝地看他。

沈時恩想了想，道：「也不算會，只是在採石場要輪流進灶房當值，做個大鍋飯，還是沒問題的，妳不要嫌棄就好。」

姜桃忙說不會。她哪來的資格嫌棄旁人啊？

沈時恩讓大家別站著，說姜楊搬了一趟書，且去歇著，點了蕭世南去幫他打下手。

等他們兄弟進了灶房，姜楊在井邊打了水，招呼姜桃洗臉。

「妳啊。」姜楊無奈地嘆氣。「妳還是別進灶房了。」

姜桃老老實實地，不敢為自己爭辯，但還是道：「咱們一家大小都要吃飯。你姊夫只有這幾日得閒在家，往後還要去採石場。我不做飯，你和阿霖喝風嗎？」

「我來做吧。」姜楊道。

「你每天下學都晚了，還有功課。」姜桃挺不好意思，小聲道：「不然讓我再試……」

姜楊猛搖頭。「那雇個人來做飯，一個月給個幾錢銀子，也不是負擔不起。」

幾錢銀子確實不貴，但姜桃想著替蕭世南贖身。那一百兩還沒影兒呢，且家裡的銀錢也花得差不多了，唯有姜楊身邊剩的一、二十兩，和早上衛夫人送來的十兩賀儀，便想著能省一點是一點。

姜楊看她沒接話，又道：「銀錢的事情，妳不用操心，家裡這麼多大老爺們呢，能讓妳為那麼一點銀錢發愁？」

大老爺們？姜桃看著他瘦弱的身板，沒忍住，噗哧一聲笑出來。

姜楊沒好氣地哼了聲，讓她洗完臉後，和姜霖一道搬板凳去門口坐著等開飯了。

整間宅子透著一股濃重的煙味，姜桃也怕姜霖吸多了煙不舒服，拉著他坐到門口。

聞到煙味的左右鄰居也尋過來，正是剛剛在巷口和姜桃搭話的兩個婦人。

左邊那家的是個紮頭巾的圓臉婦人，捂著鼻子，一上前就問：「小娘子，妳家是不是著火了？」

右邊那家的則是個高瘦婦人，著急道：「著火的事可大可小，要是處理不好，連旁邊也要燒起來的。」

姜桃忙起身道歉，又解釋說沒有著火，只是她生火時沒注意，點了濕柴，所以才冒煙。

兩個婦人很無語，一時間竟不知道該作何回答。看姜桃年紀小，說話又細聲細氣的，也不好責怪什麼，只叮囑她往後要注意些，還很熱心地問她，要不要去她們家先吃一點。

姜桃道：「不用不用，我夫君已經在灶房裡燒飯了。」

兩個婦人對視一眼，還是不知道說啥好。

俗話說君子遠庖廚，雖說普通人不敢自稱君子，可她們到了這年紀，還真沒見過有男人樂意去灶房幫忙幹活的，別說做飯，連碗菜也不可能幫著端，只會蹺著腳等吃飯。

唉，各人果然有各人的命。

方才她們還在心裡惋惜，說這麼漂亮的小娘子，怎麼配了那麼個夫君。雖然她夫君樣貌和本事頂頂好，但身分不成啊，當苦役沒什麼月錢，一家子開銷都成問題，日後肯定受苦。

如今知曉她夫君連飯都幫她做，不禁又覺得，過日子嘛，丈夫還是要會疼人。雖然不至於有情飲水飽，但有個人知冷知熱，比沒掙多少銀子、回到家就充大爺的男人好很多了。

幾人正說著話，蕭世南出來了，說這個時辰開始蒸飯，不知道要蒸多久，所以沈時恩光炒菜，要他去買點麵條。

姜桃沒想到這個，連忙從板凳上起來，說要拿錢給蕭世南。

蕭世南擺擺手，說自己身上有。

等他走了，兩個婦人眼睛又冒光。

圓臉那個吶吶道：「這是妳家小叔？長得也很不錯啊。」

高瘦婦人跟著道：「雖然和他哥長得不是特別像，但白白淨淨、秀秀氣氣。好像所有長相上的便宜，都讓他家人占著了。」

姜霖一直乖乖坐在姜桃身邊，聞言抬頭道：「我……我也長得很好的。」

他白白胖胖跟年畫娃娃似的，雖不是長得特別好看，但婦人沒有不喜歡這樣的娃娃的。

兩個婦人聞言都笑起來，配合地道：「對對，你也長得很好看。你叫啥名字啊？」

姜霖毫不羞怯地回答道：「我叫姜霖。兩位姊姊可以和我姊姊一樣喊我阿霖。」

兩個婦人笑得肚子都痛了，說她們最小的孩子都比他大，怎麼能亂喊她們姊姊呢？

姜霖困惑地歪頭。「可是我姊姊也喊妳們姊姊啊。我娘從前教過，我不知道怎麼喊人的時候，就和姊姊喊一樣的。而且妳們都很年輕，我總不能喊嬸子吧。」

姜霖慣是嘴甜，但也不算說了假話。這兩個婦人，一個看著二十七、八歲，一個看著三十出頭。但在城裡生活的，不比在鄉間風吹日曬，所以模樣看著和鄉間二十五、六歲的婦人差不多。

圓臉的婦人樂得不得了，對姜桃道：「妳弟弟被教得太好了。妳爹娘呢？怎麼捨得放他這麼個福娃娃出門？」

「是啊，我家要是有這麼個討人喜歡的小娃娃，我得把他拴在褲腰帶上，走哪兒帶哪兒，一刻也捨不得他離開我。」

姜桃斂起笑容，說爹娘都不在了。

兩個婦人聽了這話，又替他們姊弟心疼，怪不得這麼年輕就要自立門戶，原來是爹娘都歿了，真是可憐見的。

「我娘家姓王，妳喊我王姊姊、王嬸子都成，咱們是鄰居，往後有事儘管來尋我。」圓臉的婦人道。

「我娘家姓李。妳遇事，也儘管開口。」高瘦的婦人對姜桃笑了笑。「遠親不如近鄰，不用客氣。」

姜桃遂也自報了家門，向她們道謝。

說著話，蕭世南買了麵條回來，手裡還拿著兩根糖葫蘆。

姜霖一看到糖葫蘆，便什麼都顧不上了，站起來伸手等著接。

蕭世南遞給他一根，然後有些不好意思地把另一根塞到姜桃手裡。

姜桃愣了一下。「給我的？」

蕭世南不敢和她對視，眼神亂瞟地解釋道：「遇上一個賣糖葫蘆的老奶奶，我看她賣不完怪可憐的，想讓她早些回家，就多買了一根。」

姜桃狐疑地看看天色，青天白日的，還不到下午，糖葫蘆賣不完，不是很正常嗎？

蕭世南沒敢多說，小跑著進灶房去了。

他能說啥？可憐老奶奶當然是瞎編的，這幾日剛開春，正是出門的好時光，賣糖葫蘆的生意好極了，這兩根還是他和人擠了半天才搶到的。難道要同他嫂子說，他看她好心辦壞了事，垂頭喪氣，所以特地買回來哄她的？

他說不出口，只能信口胡謅。

「這小子。」姜桃好笑地搖搖頭，可當著兩個鄰居的面，不好意思吃，只拿在手裡。

王氏和李氏也跟著捂嘴笑，她們看出來了，這一家子都把姜桃當孩子哄呢，再不用替她惋惜心疼，人家福氣好著呢！

片刻後，沈時恩做好菜，喊姜桃和姜霖進屋吃飯，王氏和李氏便回自家去了。

飯桌上擺了兩盤菜，一盤炒白菜、一盤煎雞蛋，然後一人一大碗麵條。

「湊合著吃吧。」沈時恩說著便去洗手，讓大家先動筷。

姜桃知道姜楊有時候說話難聽，坐下就小聲叮囑他。「你姊夫特地做的，就算不好吃，你也不許說。」

姜楊低聲道：「這還用得著妳說？」

很快地，沈時恩洗完手，進屋落坐，他們姊弟便沒再說話。

姜桃先吃了口麵條。是普通的湯麵，放了醬油和一點香油，但是味道和火候都掌握得很好，鮮香爽口。

接著，她去挾白菜，白菜加了油和鹽，滋味說不上特別好，但也不算差。

只是，這白菜有些切得很不均勻，大的一塊能有半個手掌大，小的碎得根本挾不起來。也有切得特別好的，跟用尺量過的一樣，大小一模一樣，絲毫不差。很明顯地，亂七八糟的那些是她之前切的，整齊的是沈時恩後來切的。

怪不得人家說廚子刀工很重要呢，光是這炒白菜，切得整齊的，口感很統一，而她切得太大塊的，外頭爛爛，裡頭卻還帶著脆，吃起來怪怪的。

煎雞蛋更不用說了，火候好得沒話說，外焦裡嫩，光是放一點鹽，就香氣撲鼻。

姜楊吃了兩口，拿眼尾掃姜桃，意思很明顯了。還替人操心？姊夫做的比她好太多了！

姜桃越發不好意思，連沈時恩這樣的大男人做飯都比她厲害那麼多，一比之下，她的廚藝真的上不得檯面啊……

都奔波了一上午，大家很快就吃完了麵條。

沈時恩和蕭世南胃口大，如今在自己家，終於不用顧忌什麼，吃完又去添，把鍋裡剩的麵條全下肚了，才饜足地放下碗。

姜桃是今天除了姜霖外，做活最少的，吃完便搶著去洗碗。

沈時恩按住她。「洗碗傷手，妳的手還要做刺繡的。」

做刺繡的最寶貝的就是一雙手，要是手粗了，摸光滑的料子會拉絲。

姜桃也知道這個，但什麼都不幫忙，顯得她很憊懶似的，便小聲道：「偶爾洗一次，應該沒關係吧？」

姜楊也說讓她歇著，幫沈時恩一道收拾桌子，端著碗筷去灶房了。

第三十二章

下午，大家歇息一會兒，又開始忙自己的事。

沈時恩和姜桃出門幫家裡添置東西，姜楊則帶著姜霖寫功課。蕭世南沒什麼事，沈時恩想著他難得休息，讓他歇著去了。

搬進城時，姜桃把能想到的、可能用到的東西全帶過來了，老舉人家也留下不少東西，但需要購置的東西也不少。

首先是碗筷之類的，從前和孫氏、姜老太爺一起吃飯，所以碗筷是共用的，搬過來的時候，姜桃不好意思多拿，只拿了幾個碗、幾個盤子和幾雙筷子。以後一家子吃飯，說不定還會有上門的客人，還是多備一些的好。

然後是廚房的調味料，她沒拿姜家灶房的。今天午飯用的，還是之前老舉人家剩下的。再來，他們姊弟三個不缺什麼，但沈時恩和蕭世南缺的東西太多了。今天蕭世南搬東西時，一個沒注意，勾破了袖子。他身量比姜楊高大不少，不能讓他先穿姜楊的衣服湊合。

於是，姜桃就不吝惜了，在街邊的攤位上買了一整套碗碟，另外還買了兩個盛湯用的大湯碗，說給沈時恩和蕭世南吃飯用，省得他們一趟趟來回添飯。

買好調味料，姜桃拉著沈時恩去了成衣鋪子，說替他們買幾身衣服。

沈時恩提著她買的大包小包，一直沒有怨言，直到聽她這麼說了，才開口道：「不用買這些，我和小南日常那兩身就夠了。」

姜桃沒理他，進了鋪子，就請夥計幫著挑。

最後，一人添了兩身新衣裳，不過銀錢有限，所以選的是普通細布。四件衣服加起來，花不到一兩銀子。

買完衣服就是鞋了，幹粗活最費鞋，沈時恩腳上的布鞋鞋底都癟了。

姜桃問了他和蕭世南的大小，一人買了一雙。又怕兩個弟弟心裡泛酸，再幫他們一人買了一刀紙。

紙就金貴了，姜桃根本不敢去看那些貴的，也不想買次等發黃的那種，遂只買了稍好一些的，如此還花了一兩。

後來她看沈時恩兩隻手快提不下了，說先這樣，以後缺什麼再來買。

「妳呢？」回家的路上，沈時恩問她。「怎麼不給自己買點東西？」

姜桃笑著搖了搖頭。「我什麼都不缺啊。」

沈時恩抿了抿唇，沒說話，目光落在她髮髻上。

姜桃的頭髮生得極好，濃黑順滑，像墨色錦緞，只隨意綰了個最普通的婦人髮髻，都好看極了。

只是，這樣好看的頭髮，卻只插著一支小小的銀簪。

姜桃察覺到他的目光，摸摸頭上的髮簪。「我也不愛這些，而且我有好幾支銀簪呢，從前爹娘在時買給我的。」

原身的爹娘從未重男輕女，對長女寶貝得很，十二歲開始，就開始幫她打銀簪子。到他們意外去世之前，原身已有五支銀簪子，不過她手也鬆，想著反正日後爹娘還會打新的，就送了兩支給手帕交錢芳兒。還有，他們替原身置辦嫁妝時，瞞著姜老太爺和孫氏，打了一支金簪子給她。

孫氏活到這把年紀，身邊也就一只金手鐲和一對金耳環。

所以原身爹娘囑咐姜桃，出嫁前千萬不能拿出金簪，原身也寶貝得跟什麼似的，每天都要拿帕子擦拭一遍。

後來，姜桃穿越，年前替原身爹娘上墳時，偷偷把那支金簪埋進去，算是給原身立的衣冠塚。這樣以後給原身爹娘上墳燒紙錢時，也能供奉到她。

不過沈時恩這話倒是給姜桃提了醒，還有兩支銀簪子在錢芳兒那裡呢，既然看不上原身對她的心意，豈不得讓她吐出來！

兩人說著話，回到了家，剛走到天井裡，便聽到姜楊和蕭世南吵起來了！

兩人吵起來的原因並不複雜。

下午，姜楊帶著姜霖寫功課。

姜霖入學不過半個月，功課就是描紅寫大字。午飯前蕭世南買給他的糖葫蘆還沒吃完，便一隻手拿糖葫蘆、一隻手拿筆寫字。

起初姜楊在一旁看書看得認真，姜霖又小口小口吃得悄無聲息，就沒發現，等瞧見了，就皺眉喝斥他。

「功課豈能兒戲？要麼你吃完了再寫，要麼你寫完了再吃。」

姜桃不在家，姜霖對姜楊就沒那麼恭敬，當即道：「糖葫蘆放久，外頭的糖衣就化掉，不好吃了。要寫的大字多得很，吃完卻來不及寫完怎麼辦？我一邊吃、一邊寫，小心一些，別沾在紙上，不就好了嗎？」

話音未落，竹籤上咬剩的半顆果子就掉在紙上。

姜霖很心虛，立刻放下糖葫蘆，又把掉的捏起來放進嘴裡。

姜楊實在看不下去了，黑著臉道：「吃吃吃，就知道吃，咱們家怎麼出了你這樣的孩子？」走到書桌旁，看到紙上髒了一塊，拿起來就揉了，叫姜霖重寫。

姜霖立刻急了，跳起來搶。「你幹麼啊?!只髒了一個角落而已，我還差兩個字，就寫完一整面了！」

兄弟倆吵著，蕭世南聽見，就過來問發生了什麼事。

姜霖拿回被揉皺的紙團，委屈巴巴地向他訴苦。

蕭世南打圓場，一面安撫姜霖、一面同姜楊道：「我還當發生什麼大事。我小時候也頑皮得很，還不如阿霖這麼小就知道乖乖練字呢。他這樣已經很好了，你不要對他太嚴格。」

姜楊今天也累著了，人累了脾氣更差，當下語氣不怎麼好地還嘴。「他以後是要科舉的，科舉第一項就是看卷面，他這習慣要是保持下去，以後讀再多的書、寫再好的文章都沒用。我不對他嚴格，考官能對他不嚴格嗎？你不懂就別說話！」

蕭世南聽出姜楊是為姜霖好，但小傢伙眼淚汪汪的樣子實在太可憐，又幫著說了一句。「那你好好跟阿霖說，一開口就喝斥他，揉掉他快寫完的字，他肯定難過，到底年紀還小嘛。」

姜楊真的生氣了，氣的倒不是蕭世南幫著姜霖說話，而是氣姜霖。姜霖同姜桃比他親近就算了，怎麼連只認識幾天的蕭世南都比他親？

蕭世南不過買了一串糖葫蘆，又幫著說了幾句好話，他那好壞不分的弟弟就抱著人家的腰不撒手了！

「我教自己弟弟寫功課，關你什麼事？」姜楊黑著臉，又對姜霖道：「你過來，給我站在這裡，一個字、一個字重寫，我看著你寫，一個字寫不好，就整張作廢！」

姜霖委委屈屈地抱著蕭世南不撒手，把姜楊的話當耳旁風。

「你哥真惱了，你先去寫吧。等你姊姊回來，你再告狀。」蕭世南小聲勸他。

姜霖噘著嘴，不肯挪腳。「姊姊只會讓我尊敬兄長，一次都沒有罵過他。」

「別扯閒話。」姜楊拍桌子，又對蕭世南道：「跟你沒關係，你去自己屋裡待著去。」

蕭世南一直好脾氣地充當他們兄弟的和事佬，可姜楊一會兒說他什麼都不懂，一會兒又說跟他沒關係，也把他惹毛了。

「什麼叫跟我沒關係？咱們日後住在一處，我哥可是交代我把你們當弟弟看。你這麼說，我倒像個外人似的。」

「我沒說你是外人，我只是說，我教阿霖讀書這件事，和你沒關係！」

「既然是一家兄弟，有什麼是我不能參與的？還是你看不起我？覺得我對這些舞文弄墨的東西一竅不通？」

姜桃和沈時恩回來時，正好聽他們吵到這裡。

姜霖立刻衝過來抱住姜桃，等問清事情的原委，也有些汗顏。其實就是很小的事情，如果她在的話，他們兄弟倆根本不會吵起來，蕭世南也無辜，好心充當和事佬，結果被姜楊的惡語波及了。

「你隨我出來。」沈時恩喊了蕭世南出去。

姜桃留在屋子裡，和姜楊、姜霖說話。

她先說姜霖。「我早就說了，你課業上的事，家裡沒有人比你哥哥有經驗。旁的便罷了，這方面你不聽他的，還能聽誰的？而且，我怎麼和你說的？哥哥就是哥哥，他可能會有錯，但是你不能不尊重他。遇上事，你可以和他討論，只躲在旁人身後算什麼？雖然你小南哥哥不是外人，但你這樣做，讓阿楊怎麼想？覺得你們親兄弟之間有嫌隙？幸虧是在家裡，要是讓旁人見到這樣，該笑話咱們，一筆寫不出兩個姜的兄弟，居然沒比陌生人強多少。」

姜霖癟癟嘴，說知道錯了。「以後我不會這樣了。」

姜楊撇撇嘴，還是不高興，姜霖只在姜桃面前賣乖，要是姜桃不在，他能有現在一半乖巧，今天何至於鬧起來？

接著，姜桃沒把姜霖支出去，第一次當著他的面說姜楊。

「之前我已經勸過你，說我知道你的心是好的，但是別人不知道。良言一句三冬暖，惡語一句六月寒，這道理難道還要我教你？你說你對旁人會注意，不會這樣的，但你也說了，今天阿霖能一面吃東西、一面寫字，往後說不定會養成壞習慣。

「那你自己呢？之前你只是對著我和阿霖，今天卻波及到來勸架的小南，這在家裡養成習慣了，出去可怎麼辦？就算讓你考中了，做了官，你這樣的脾氣，日後在官場上如何與人交際相處？」

剛剛姜霖還蔫蔫的，眼下聽到姜桃也說姜楊，心情立刻陰轉晴。

姜桃心平氣和地說完，也不罵他們，讓他們繼續寫功課。

自家兩個弟弟，她還是知道的，平常就愛吵架。老毛病難改，但都不是記恨的人，睡一覺就沒有隔夜仇了。

她比較擔心蕭世南。畢竟她不了解他，怕他因為今天的事生出嫌隙。而且在她看來，蕭世南真的很無辜，脾氣也算很好了，便打算去看看蕭世南。

姜桃剛走進屋，便聽見蕭世南憋憋地說：「二哥，我知道錯了。」

沈時恩道：「他們是親兄弟，咱們並不了解他們，或許那就是他們的相處方式呢？阿楊是半大少年，正是要面子的年紀，私下裡他弟弟頂撞幾句，可能不算什麼大事，你一去，他自覺丟臉，可不就真惱了？」

姜桃一聽，快步進去，打了岔。

「你別說他，真有不對，阿楊跟阿霖可比他不對多了。他們確實是親兄弟，但小南也不是外人。讓我說，今天的事情，就是咱們剛住在一起，對彼此還不了解。阿楊就是嘴壞，對著越在意的人，越沒好話。阿霖看著乖，沒人時會放肆一些，卻也有度，不過要是有人替他撐腰，那不得了了，什麼裝委屈啊、告狀啊，沒有不在行的。」

她說著，又念叨蕭世南。「你也是聰明臉孔笨肚腸，他嘴壞，你不一定說得過他。早在他說『你懂什麼』、『不關你的事』這種話時，你就該教訓教訓他。」

「我教訓他？」蕭世南被說得懵了。

姜桃點頭。「對啊，說不過他，你給他一拳，保准他老老實實的。反正他那嘴毒的性子不收斂，早晚要被人打。被外人打，不如被咱們自家人打。」

蕭世南忍不住笑出聲來。「那可不行，我哥說阿楊身體不好，我雖看著也文弱，但到底也做過一些力氣活，一拳打壞了他，怎麼辦？」

姜桃聞言，不逗他了，只笑道：「反正你們吵架，我只會挨個兒說你們，不會罵的。畢竟嘴唇也有咬到舌頭的時候，何況你們幾個大活人。但說好了，吵過鬧過，打架也成，就是不能記仇。」

蕭世南立刻搖頭。「拌嘴的小事而已，我現在都不生氣了，怎麼還會記仇？」

姜桃說這樣就好，又從沈時恩放在桌上的那堆東西中找出給蕭世南買的新衣服和新鞋，讓他快穿著試試，要是不合適，還能回去換。

這會兒，蕭世南是真的完全忘記了方才的事，驚訝道：「都是給我的？」

姜桃有些歉然。「家裡銀錢不多了，等之後寬裕些，再給你買好一點的。」

雖然她沒多問沈時恩他們的過去，但不論看他們的氣度還是談吐舉止，便能猜出，他們從前的生活環境應該很優渥，最差應該也是大戶人家管事的孩子。

蕭世南說不會，愛惜摸著細布衣裳，說今天身上出了好多汗，一時間竟捨不得直接穿。

姜桃心想，衣服應該不會差太大，但鞋卻是要試一試的，就讓他先試鞋。

試完果然不合腳，腳趾頭都頂著了，她不由看沈時恩一眼，意思是他這哥哥怎麼當的，連自己弟弟穿多大的鞋都不知道？

蕭世南幫著解釋道：「這幾年我的腳長得快，不怪二哥。」

姜桃聽了就想，這才是兄弟啊，根本不會因為一點小事爭吵。再看看自家那兩個冤家，一會兒沒盯著就鬥得像烏眼雞。

正月十五之後，姜霖就被姜楊帶去學堂，一起住學舍，她成婚前幾日才回來。她不放心，問過好幾回，兩個人都說沒事，現在想來肯定是騙人的，私下裡不知道吵過多少回了。不過算了，兄弟間打打鬧鬧，也是一種促進感情的方式，她看得到的，就幫著兩頭說說，看不到的便隨他們去了，總不能老媽子似的跟在後頭念叨，她看顧不了他們一輩子。

見蕭世南不生氣了，姜桃才把新買的兩刀紙送去給姜楊兄弟。

這會兒，兄弟倆又共用一張長桌寫功課了，一個看書，一個寫大字，雖然沒說話，但臉上已無氣憤或怨懟的神情。

姜楊見了紙，忍不住翹了翹嘴角。若說讀書最費什麼，那肯定是紙。而且這樣的好紙，他已經有些日子沒用到了。

而姜霖看到紙，頓時興趣缺缺，嘟著嘴說，還不如買糕點吃來得划算。

「你啊，你哥哥有一點沒說錯，除了吃的，就想不到別的了。」姜桃輕輕戳戳姜霖的胖臉蛋。「明天我送你們上學，讓你在外面吃早點好不好？」

姜霖立刻笑起來，說要吃餛飩，皮薄餡大、全是肉的那種。

姜桃無奈應下，讓他先專心寫功課，功課寫不好，別說餛飩，晚飯都得往後延。

怕他們分心，姜桃說完話就出去了。

走到屋外，她站住腳，輕輕嘆了口氣。

不知怎的，她忽然有了種在當幼稚園老師的錯覺。果然孩子一多，事情也跟著多了。

在她看來，三個弟弟都是好的，只是性情不同。蕭世南對姜楊他們來說是陌生的，而姜楊和姜霖雖是親兄弟，以前卻各住各的，現在他們突然生活在一個屋簷下，摩擦肯定少不了。希望他們熟悉起來後，不用再讓她操心。

她剛準備走，便聽見姜霖在屋裡壓低了聲音問：「姊姊說明天送我們去上學，那她發現了學堂的事情怎麼辦？」

姜楊答道：「發現不了，她送咱們到門口而已。只要你不多說什麼，肯定不會露餡。」

姜桃剛想聽聽他們到底有什麼事情瞞著她，兄弟倆卻不再說話了。

她又站了一會兒，覺得此時進去追問，好像不大合適，彷彿她方才在偷聽一般，且先按下，想著等明天送他們上學時，再好好問問。

第二天一大早，姜桃和姜楊、姜霖一道出了門。

她想著前一天聽到的話，在街邊攤子吃餛飩時，有意無意地問了最近學堂裡的事情。

姜楊還是那套說詞。「一切都好。我六歲就跟著先生念書，在學堂的時間比在家還多，能有什麼事兒呢？」

姜桃又去看姜霖。小傢伙顧著埋頭吃餛飩，被問起了，才茫然抬頭。「學堂什麼事兒啊？就是念書，然後練字啊。」又催促姜桃。「姊姊快吃吧，等會兒涼掉，餛飩皮就爛了。」

看他們這麼坦然的樣子，姜桃有些不確定了，難道是她想得太多，兄弟倆說的只是無關緊要、他們彼此之間的小秘密？不然姜楊可能瞞她，姜霖卻是不會瞞她的——這小傢伙最乖，什麼不高興的事都願意和她訴苦、撒嬌。

看著時辰不早，她沒再追問，送他們去學堂，看著他們和齋夫打招呼進去，才轉身離開，去了衛宅。

第三十三章

衛宅這邊，衛夫人已經起床，正在屋裡用早飯，聽下人稟報說姜桃來了，立刻讓身邊的丫鬟把她迎進來。

姜桃進了屋，福身行禮，又道：「實在抱歉，家裡的事情有些多，讓夫人久等了。」

衛夫人笑道：「我才是真的不好意思，妳成婚第三天，就讓妳過來做活。」

寒暄兩句，衛夫人讓人撤下膳食，也不和姜桃兜圈子，直接道：「我這幾日要出門拜訪，需要妳給我和小女置辦兩身行頭。我家嬤嬤已經裁好了新衣，妳看看繡什麼比較合適。」

兩人說著話，丫鬟捧上兩身衣裙。一件是天青色褙子，下襯月白色馬面裙；另一條是鵝黃色齊胸對襟襦裙。

天青色素淨，鵝黃色嬌嫩，姜桃一眼就知道前者是衛夫人穿的，後一件是替衛家小姐準備的。

她略想了想，道：「夫人的衣裙繡祥雲紋如何？在裙襬處繡出層層雲紋，行動間便有如雲卷雲舒之態。小姐的上衫繡淺粉色桃花，裙頭繡小鹿臥於花叢之間，裙襬則用略深一些的黃線繡迎春花如何？」

衛夫人見姜桃頃刻間便有了想法，已經感到吃驚，再仔細聽姜桃的話，確實貼合她的心意——她要的就是精緻討喜，但又不能過於富貴惹眼。

「妳拿主意便是。需要什麼，儘管和丫鬟開口。」衛夫人笑著頷首，命人把姜桃引到正屋旁邊的廂房做活。

丫鬟帶姜桃過去，備好彩線和針線笸籮，還奉上香茗。

姜桃沒想到這份工待遇如此之好，不僅衛夫人對她客客氣氣，還配了個丫鬟給她當助手。不過，這當然和她沒什麼關係，而是跟衛夫人要去拜訪的貴人有關。

能讓衛夫人如此緊張的，到底是什麼樣的人物呢？

姜桃心中想著，手下動作依舊有條不紊。因為知道衛夫人要去見貴人，她不敢再藏拙，用的是師傅曾經教過的繡法。不過這樣的繡法雖然高明，但因為她師傅的崇拜者太多，市面上有不少仿品。不是特別精通的行家，也看不出是原版繡法，還是模仿之作。

丫鬟一直在旁邊守著，不錯眼地瞧她手下針線翻飛。起初見姜桃連花樣子都不描，逕自穿針引線開始繡，心裡還偷笑，覺得這繡娘太托大了，若是沒個十數年的繡工，如何敢這般行事，也不怕毀了她們太太的衣裙。

姜桃看著不過十五、六歲，聽說又是農家出身，丫鬟可不覺得農家姑娘五、六歲便有師傅帶著學刺繡，因此便想找機會去跟衛夫人稟報一聲。

可就在她想著心事的工夫，一朵舒展的祥雲便呈現在姜桃手下。

丫鬟從沒見過這樣快又繡得這樣美的手藝，熟練飛快的動作讓她眼花撩亂，一時間看呆了，再不敢小瞧了姜桃。

中午之前，新衣裙襬的祥雲已經繡得差不多了。

姜桃覺得眼睛瘦脹，手腕也有些發硬，讓丫鬟把繡好的拿去先給衛夫人瞧瞧，若是滿意，她再接著繡下去。

衛夫人在正屋裡看家裡的用度帳冊，聽說姜桃已經繡好一部分，甚是詫異。從前府裡的繡娘做活，一身衣裙能在半個月內繡完，都算快的。雖然她交代姜桃這次的衣裙要得急，但也沒想到會這樣快。

半天能繡出什麼來？莫不是隨便繡一些糊弄她的吧？

這麼想著，丫鬟已經把繡好祥雲紋的馬面裙呈到衛夫人面前。

衛夫人一看，更是驚訝，再三追問丫鬟。「這是妳看著她繡的？」

丫鬟道：「太太吩咐奴婢好生照看繡娘，奴婢一步未敢離開過。」

衛夫人伸手細細撫摸裙襬上形態不一、卻仙氣飄飄的祥雲，心中忽然有了別的想頭。

蘇大家愛才，這不是秘密。聽說當初她被請到寧北侯府，只是答應教養侯府嫡女數月，可那嫡女展現出驚人的天賦，蘇大家才在侯府一待數年，視之如親女。

衛夫人了解自家女兒，讓她拿針線，跟要她命似的，眼下十四歲了，只給家裡人做過幾個荷包。雖然繡得不算難看，但絕對和天賦搭不上邊。
之前她想著，讓自家女兒去做個記名弟子，這種弟子，蘇大家收過不少，想來不怎麼困難，但也沒有十全的把握。
如今她既知道自家繡娘這般厲害，不如送她去當蘇大師的正式弟子，自家女兒跟著沾光依舊當記名弟子，豈不更有勝算？
這麼想著，衛夫人便命人請姜桃來，一道用午膳。

姜桃聽了丫鬟的傳話，受寵若驚，跟著她過去。
進了屋，姜桃向衛夫人道：「我家就在茶壺巷，來回不到兩刻鐘。夫人不必這般客氣，我回去隨便吃一點，肯定不會耽誤下午的活計。」
衛夫人也跟著笑，讓丫鬟給她看座，添了碗筷。「我家老爺不在家，孩子們讀書的讀書，瘋玩的瘋玩，我身邊也冷清，妳就當是陪著我吃一些。」
姜桃聞言，不好推辭，道謝落坐。
衛家的午飯很簡單，衛夫人自己吃飯，就是三菜一湯罷了。
但這簡單是對曾經做過高官的衛家來說的，和農家相比，完全是另一個級別。
丫鬟們很快呈上奶汁魚片、玉筍蕨菜、鮮蘑菜心，並一道草菇蛋花湯。這些菜式清淡精緻，不論賣相還是香味，都是姜桃只在上輩子見過、聞過的。

「沒有事先準備，委屈妳隨便吃一些。這幾天就在我這裡用飯，若是有什麼想吃的，儘管和丫鬟說。」

姜桃連忙搖頭，說這已經很好了。

衛家吃飯講究食不言的規矩，所以衛夫人不再和她說話，請她動筷。

姜桃一手端碗、一手挾菜。飯菜的味道真的很不錯，是她這輩子吃過最好吃的了！之前她還對婚宴上那碗紅燒豬蹄念念不忘，但那濃油赤醬的肉食和這色香味俱全的精緻小菜一比，高下立現。

她很快吃完一碗飯，而衛夫人用了半碗之後，也放下了筷子。

丫鬟上前撤下膳食，又上溫水給她們漱口。

衛夫人在飯桌上觀察姜桃的禮儀，真是挑不出一點錯處，甚至覺得，連她家衛茹的儀態，也不如姜桃的好看。如今見她素手端起茶碗，掀開茶蓋抿一口熱水，再用袖子擋住口鼻，側頭吐在丫鬟捧著的小盂中，一串動作一氣呵成，不帶半分矯揉，實在賞心悅目。

衛夫人用帕子擦拭嘴角，問道：「阿桃，妳不介意我這般稱呼妳吧？」

姜桃道不會，衛夫人又接著說：「我看妳的姿態、禮儀實是百裡挑一，刺繡的手藝更是常人難及，不知道是不是幼時曾蒙名師教導？」

她已經打聽過姜桃的背景，知道她是秀才家的女兒，也隱隱聽到一些她不好的批命傳言。但讀書人家雖對鬼神有敬畏之心，卻不至於完全相信鬼神之說，所以不介意那些。

姜桃答道：「爹娘在世時，對我悉心教導，倒是沒有夫人說的名師。」對著衛夫人，姜桃沒敢貿然提之前在夢中承仙人教導的謊言，便說是原身爹娘教的。反正原身爹娘已經故去，衛夫人不可能打聽得那麼清楚。

衛夫人雖然詫異，倒也沒有不信，只是暗嘆，沒想到鄉野中也有那等講究規矩的讀書人家。姜桃爹娘去世是傷心事，她不好多提，遂沒接著問下去。

她們正說著話，突然有人打起簾子進屋。

來人是個十四、五歲的少年，面容生得十分白淨清秀，身穿翠色圓領綢衫，進了屋就呼熱，讓丫鬟給他上冰酪。

衛夫人的面上滿是寵溺，笑著罵道：「越大越沒規矩！小城這時節哪來的冰可用？給我好生坐著，心靜自然就涼了。」

「真真是什麼都不方便。」少年用手搧風，發現了屋裡的姜桃，眼中立刻現出驚豔之色，毫不講究地上前盯著姜桃的臉猛瞧，笑問：「家裡哪來這麼標緻好看的小娘子？」

姜桃被他孟浪的行徑嚇一跳，待看清他面容上的細微之處，抿唇笑起來，也不躲了。

面前的少年皮膚白淨得像剛剝了殼的雞蛋，睫毛纖長，嘴唇殷紅，喉頭也沒有喉結，哪裡是什麼公子，分明是個姑娘！

「茹兒，不許胡鬧！」衛夫人輕斥，又向姜桃歉然道：「小女頑劣，妳莫要見怪。」

姜桃搖頭笑笑。

衛茹調皮地對姜桃眨眨眼。「小娘子不僅貌美，還這般聰慧，一眼就發現我是女子？」

「許是因為長年刺繡，需要觀察細微之處，眼力比一般人好些罷了。」

看她們母女有話要說，姜桃很有眼色地站起身，說先去做活了。

姜桃出去後，衛茹笑著坐到衛夫人身邊，拉著她的衣袖撒嬌。

「娘，我悶壞了，我喜歡這個小娘子，以後讓她陪我一道玩好不好？」

「我都縱容妳換了男裝出去逛一上午，怎麼還悶？這麼大的姑娘，竟跟小孩兒似的？」

衛夫人一邊說她、一邊想到自己的盤算。先不管能不能成，若是能成，女兒跟姜桃處得越融洽越好，遂道：「阿桃還要幫咱們繡衣服，妳要真是喜歡她，就在旁邊看著她做活，但不許打擾她，知不知道？」

衛茹說知道了，隨即去換家常衣裙，隨便吃些東西，就去廂房找姜桃。

其實衛茹聽到衛夫人說讓她陪著姜桃做刺繡時，就覺得興致缺缺。她是真不愛琴棋書畫和女紅，無奈她錯投成女兒身，就是離不開這些。

他們闔家搬回小城幾個月，她說想出去看看，從去年年底求到現在，才得了半天工夫，自己出去逛逛。

而且說是她自己逛，可後頭還跟著一大堆丫鬟、婆子，只在街上酒樓吃了早點，再聽一會兒說書，逛逛店鋪就回來了，實在無趣。

不過，難得家裡來個生人，還是本地人，總比自己悶著讀書練字來得有趣，所以她還是去尋姜桃了。

姜桃坐在向光處，白皙肌膚在日照下像薄胎白瓷一般通透，微微彎曲的頸項優美得像畫筆精心勾勒出來一般，連剛進來、同樣身為女子的衛茹也看呆了。

等回過神來，衛茹搬了凳子挨著姜桃坐，和她攀談。

「我娘說從縣官夫人那兒尋到一個很不錯的繡娘，我還以為是和從前家裡繡娘差不多大的婦人，怎麼妳看著這樣年輕？我十四歲了，妳應該沒比我大多少？」

姜桃手下動作不停，答道：「我剛滿十六，確實沒比小姐大多少。」

「妳又不是我家丫鬟，不用喊我小姐，以『妳我』相稱，隨意些便好。」衛茹趴在桌上，下巴靠著胳膊，接著問：「我看妳梳了婦人髮髻，已經嫁人了？」

姜桃也回答她，衛茹見她說話時，唇邊梨渦若隱若現，語氣也輕輕緩緩，讓人很是舒服，不由長長一嘆。「可惜我不是男子，不然這般的人兒，肯定輪不著妳現在的夫君。」

姜桃聽了，忍不住笑起來。

上輩子她交際應酬的機會不多，但多少見過一些高門大戶家的小姐，都是帶著傲氣，像衛茹這樣平易近人、心性像個孩子的，倒是第一回見著。

加上她和家裡幾個孩子相處多了，不覺得衛茹這樣惹人厭煩，又陪著她說了一會兒話。

後來還是丫鬟看不下去，勸道：「小姐，若平時便罷了，眼下姜娘子要趕著替太太和您繡衣裙。工夫已經不充裕，您再這麼耽誤她，怕是要來不及。」

「來不及就來不及，要我說，娘那想頭純粹是空想，人家憑什麼收我呢？」衛茹不以為然地撇撇嘴，又撐著下巴看姜桃繡了一會兒，隨即想到什麼，站起身對姜桃歉然道：「實在對不住，我難得見到生人，太過新奇所以莽撞了，這就不打擾妳。」

丫鬟提醒得沒錯，她娘對拜訪蘇大師的事很在意。若是耽誤這件事，她娘最多說她兩句，承擔責任的，肯定還是她眼前這個貌美的小娘子。沒道理因為她的玩鬧讓旁人承擔責罰，所以衛茹道完歉後，很快便離開了。

其實姜桃並沒有被打擾到，不過能清靜些，還是更有利於集中精神。

一個下午很快過去，等到需要掌燈的時候，姜桃放下針線，去向衛夫人告辭了。

剛走出衛宅所在的街道，姜桃就瞧見早等在路口的沈時恩。

平時沈時恩是不怎麼笑的，看到她便眉眼舒展，彎了彎唇。

姜桃也跟著笑，腳步輕快地朝他走去。

「怎麼來接我呀？還站得這麼遠？你可以和門房說一聲，進去坐著等我也行啊，不然站著太累了。」

沈時恩笑了笑。「只是站而已，有什麼累的？」也沒提為何故意站得這麼遠，只問她。

「忙了一天，累不累？要不要我揹妳回去？」

姜桃忙笑著搖頭。「我是做針線，又不是做體力活。的確有一點累，不過是眼睛和脖子不舒服。」話落，不由揉了揉眼睛。

說起來，她只有之前趕桌屏時這樣累過。

「別揉。」沈時恩拉住她的手。「揉了眼睛要發紅的，回去我絞熱巾帕幫妳敷。」

姜桃笑著應好，回握他粗礪溫熱的大手，兩人牽著手回家。

進門時，姜桃忽然一拍腦袋。「還沒去接阿楊和阿霖放學呢！」搬進城後，兩個弟弟便不用住學舍了。

姜楊從灶房裡端著飯菜出來，道：「我這麼大了，哪裡還需要妳去接？咱們家離學堂又不遠，我帶阿霖回家就成。」

姜桃聞著飯菜的香氣，也覺得餓了，不過身體的累大過了餓，隨便扒拉兩口飯，說想先歇歇，讓他們吃完把碗放著，她躺一會兒再起來洗。

沈時恩他們當然不會讓她洗碗，吃完便順手收拾了。

姜桃躺下沒多久，就開始迷糊，感覺有人絞了熱呼呼的帕子替她敷眼睛，接著有雙溫熱的大手探到她脖頸之後，輕輕揉捏，還有一雙肉肉的小拳頭幫她捶腿。

她舒服得直想嘆氣，還聽到蕭世南很小聲地問：「我燒好熱水了，要不要喊嫂子起來泡個澡再睡？」

姜楊以同樣的小聲回答道：「從前她忙起來的時候，覺也不睡，飯也不吃。如今還知道吃飯睡覺，就讓她先歇著。晚間我寫功課時看著火，她起來了隨時有得用。」

姜桃動動嘴唇，想讓他們別忙了，但還沒把話說出口，便睡著了。

一夜好夢，第二天姜桃覺得疲憊全消，連平時做刺繡最累的脖頸都不痠痛，不知前一夜沈時恩幫她揉了多久。

沈時恩聽到她起床的動靜，便端來熱水，道：「今天我和小南要回採石場服役，晚上可能來不及去接妳。妳天黑前就要回家，知道嗎？」

姜桃忍不住笑著嗔他。「我又不是小孩子了。而且從衛宅回家，路程不過一刻多鐘，眨眼工夫就走到了。」

她洗漱時，沈時恩和蕭世南出了門，便招呼姜楊和姜霖，說送他們上學。

姜楊卻不肯讓她送。「妳從家裡去衛家，只要一刻多鐘，若是送我們去上學，得多走快兩刻鐘的路。昨兒妳剛沾枕頭就睡了，今天洗個澡再出門。」說著，又壓低聲音。「怎麼也是剛成婚，不好讓姊夫嫌棄的，知不知道？」

姜桃好笑地看這小管家公一眼，無奈地說知道了。

等兩個小子也出門後，姜桃便進了灶房。

灶房裡的水缸和長桌都被挪動，空出一個小角落，放了大木桶。

木桶還帶著水的痕跡，顯然剛洗刷過。灶上也熱著一鍋水，兌上旁邊水缸裡的冷水，就能洗澡。

姜桃美滋滋地在浴桶裡泡了一刻鐘，換了乾淨衣裙，接著去上工了。

就這樣忙了五天，姜桃終於繡完衛夫人和衛茹的衣裙。

衛茹真的挺喜歡和姜桃聊天，但沒有再去打擾她做活，只在午間用飯時溜過去，尋她說上幾句。

姜桃心想，五天便做完平常繡娘半個多月才能做完的活計，接下來應該沒什麼事了。

衛夫人也是這麼說的，同她道：「這幾天妳連面色都熬白了，我心裡實在過意不去，放妳一句的假。」

一句就是十天，姜桃彎了彎唇，起身道謝。

不過，衛夫人又添了一句。「明日我們出門，妳跟著我們一道去可好？至多花半日工夫，結束之後，妳便直接回家歇著吧。」

老闆都答應給十天長假，只是陪著出門一遭，也不是多累人的事。雖然奇怪衛夫人為何要帶她一道去，但那是老闆的私事，她當是陪著出差，沒有多問，直接應下了。

衛夫人到楚家別院時，蘇如是剛剛起身。

丫鬟並不認得衛夫人，只拿著拜帖給蘇如是看，不高興道：「這些人怎麼這般沒眼色？都說了您來此處是散心休養，拜帖還是一張張送來。咱們今日就要回京，臨行前居然還收到一張。」

蘇如是的身分，衛夫人立刻就猜到了，其他人雖不如衛夫人機敏，但這幾天的工夫，也足夠他們反應，因此別院的門房已經收到成筐的拜帖。

蘇如是接過拜帖看了看，對曾經榮極一時的衛家倒是有些印象。不過她已經避世好幾年，不在乎會不會得罪這些有根基的人家。

她放下拜帖，轉頭問丫鬟。「小榮呢？怎麼一上午都沒見到他？」

「少爺他……他……」丫鬟咬著嘴唇，答不上來。

蘇如是耐心地等著她回答，丫鬟沒辦法了，認命道：「少爺說，既是為了那繡娘來的，沒道理連面都不見，這麼空跑一趟。所以，一大早便命年掌櫃去那繡娘家，說就是綁，也要把人綁來。」

「這小子。」蘇如是無奈地笑了笑。

她知道楚鶴榮是一片好心，儘管他不知她此行為何而來，卻是真心實意替她打算。

在這裡待了五日，蘇如是多次想讓人把繡桌屏的繡娘尋來。可是尋來有什麼用呢？一個在這裡土生土長、有家人、有夫君的女子，怎麼會是她那苦命的徒弟？此舉不過是將她最後的念想打破而已。

既然楚鶴榮去尋那繡娘了，她就見一見衛氏母女吧。若是不打破這念想，她後半輩子如何安生？只要想到徒弟可能沒死，可能在某處受苦，她就食不知味、夜不能寐，一顆心彷彿被剖成兩半，血淋淋地放在火上炙烤。

蘇如是長長地嘆了口氣，吩咐丫鬟。「讓下頭的人先歇著，等小榮回來，咱們再出發。」說著，目光落在桌上的拜帖上。「把衛夫人請進來吧，也是緣分一場。」

楚鶴榮去尋那繡娘，她心裡七上八下地難受，既然恰好來了客人，那就見一見吧。分一分神，總好過她一個人胡思亂想。

丫鬟應是去了。

第三十四章

片刻後，楚家丫鬟到門口迎衛夫人，招呼道：「請跟我來。」

衛夫人已經候了快兩刻鐘，倒也不見怒容，笑著微微頷首。

姜桃跟在後頭，用眼角餘光打量可以用富麗堂皇來形容的楚家別院。

她真沒想到小城裡還有裝潢得這麼闊綽的宅子，雕梁畫棟自不必說，連迴廊上的木頭柱子都是紅木的。

住在這樣地方的人，定然非富即貴，難怪衛夫人這般鄭重，在門口等了那麼久也不惱。

到了蘇如是住的小院，丫鬟道：「請衛夫人和衛小姐進屋，其他人在外頭候一候吧。」

衛夫人知道蘇如是這幾年不怎麼愛見人，能這麼順利地見到她，已經是意外之喜，遂轉頭吩咐姜桃和她帶來的丫鬟，讓她們在外頭待著，莫要發出聲響。

姜桃等人應下，被其他丫鬟引到耳房裡坐。

衛夫人與衛茹進屋前，還不忘叮囑衛茹。「蘇大家愛清靜，等會兒進去了，她不問妳，妳不許多嘴多舌。」

衛茹蔫蔫地應是，又伸手拉衛夫人的衣袖。「娘，我會老老實實聽您的話，但若蘇大家還是不肯收我為徒，回去了可不能怪我。」

衛夫人趕緊拍衛茹的手，輕聲斥責她。「沒規矩，等會兒不許這樣。」

替她們引路的丫鬟，是這幾年一直在蘇如是身邊伺候的楚家家生子玉釧。

玉釧她娘伺候了楚老太太一輩子，因病去世前，把老來女託付給楚老太太看顧。

楚家人丁興旺，但孫輩都是男孫。楚老太太是真心喜歡玉釧，把她當半個孫女瞧。

之後，蘇如是住進楚家，玉釧便萌生出想拜蘇如是為師的心思。

楚老太太知道自家好友心灰意冷，暫時沒有收徒的念頭，便把玉釧派到蘇如是身邊，讓玉釧憑自己的造化去爭取。

三年多來，玉釧一直小心本分地照顧蘇如是的起居，蘇如是待她和氣，卻從不曾在刺繡上指點過她。

如今聽到衛夫人居然想把自家女兒送到蘇如是身邊，這樣心存妄想的人，這些年她不知道見過多少了。

她想著，蔑笑著將衛夫人和衛茹上下打量了個遍——衛夫人穿著一件天青色褙子，下配一條月白馬面裙，極為素淨，甚至在玉釧看來是素淨過頭，顯得有些寒酸。不過馬面裙裙襬繡了層巒疊嶂的祥雲，行動間雲卷雲舒，很有些動態美感。

再看她身旁的衛茹，一襲嬌嫩的鵝黃色對襟襦裙，上衫點綴著十來朵拇指大的粉嫩桃花，花瓣、姿態不一，迎風舒展，胸口衣料上繡著一隻靈巧可愛的小鹿。小鹿的眼睛尤為生動，水汪汪、烏溜溜，好像真的在跟人對視。

玉釧既想拜蘇大家為師，自然是精通針線的。看到這裡，她唇邊的不屑冷笑便收住，自詡繡不出這樣精巧討喜的圖案。如果這些是眼前這位少女繡出來的，那麼蘇大家可能真會對她另眼相待。

不容她再細看和細想，衛夫人和衛茹已經進了屋。

玉釧無奈地咬咬唇，又跺了跺腳，只能希望一切全是她多想。

蘇如是見到衛夫人和衛茹之後，讓人給她們上茶看座。

「久聞您的盛名，今日終於見著您了。」衛夫人客客氣氣地同蘇如是寒暄。「貿然上門叨擾，實在抱歉，可家中小女一心仰慕您，非要磨我帶她來。」說著，看向衛茹。「如今終於見到蘇大家，還不快快上前見禮？」

衛茹對自家娘親這種場面話不以為然，卻不敢表現出來，站起身，恭恭敬敬地向蘇如是福身行禮。

蘇如是心裡記掛著楚鶴榮去尋的繡娘，沒仔細打量衛茹，只心不在焉地點頭道：「是個好孩子。快坐著吧，莫要這樣客氣。」

衛茹輕聲應是，坐回衛夫人身邊。

衛夫人笑道：「這丫頭在家裡活潑得很，如今見著您，倒是不敢放肆了。我正頭疼如何教導她，您看，讓她到您身邊伺候，當個丫鬟如何？替您斟茶倒水也無妨，我就是想磨磨她的性子。」

蘇如是一聽這話，便明白其中的意思。雖然衛老太爺早些年就退下來，衛常謙也辭官歸鄉，但到底是書香門第，衛家的姑娘怎麼可能來給人當丫鬟？不過是客套話罷了。

早幾年，蘇如是或許還會因為不想得罪人而斟酌一番。但如今，她早不在乎那些了。

她端起茶盞，用茶蓋輕輕撥弄茶湯，半晌後才慢慢地道：「我老了，平常也不碰針線，用不著那麼多人伺候。衛夫人的一片好意，我只能辜負了。」

衛夫人對這樣的結果並不意外，但也不甘心就這麼被擋回來，遂道：「我聽說楚家老夫人有心栽培孫輩走讀書科舉的路子，如今我家老爺賦閒在家，正有意收學生。」

聽到這裡，蘇如是便把茶碗放下了。

她同楚老太太是幼時認識的朋友，這幾年多虧楚家的照顧。她不是不知道報恩的人，可她也真的不想再收徒。

衛夫人見蘇如是似乎被打動了，接著道：「我家老爺從前的官位雖然不高，但也是兩榜進士出身。若能結下師徒緣分，對咱們兩家都好，是不是？」話落，便對衛茹使眼色。

衛茹心裡不願意，但還是配合地站起身，走到蘇如是面前，盈盈下拜。「我仰慕蘇大家已久，還請您體諒我一片孺慕之心。」

她屈膝蹲下時，裙襬如同盛開的花一般，迤邐展開。

蘇如是這才注意到她的下裙竟也繡有圖案，用了顏色稍深的黃線，繡出許多迎春花。

迎春花迎風舒展，片片花瓣紋路清晰可見，但因為和底色太過接近，乍看之下，不會發現的。

蘇如是心神一蕩，再無心思去聽她們說話。

很多年前，她還在寧北侯府，陪在徒弟身邊，侯夫人看不得徒弟打扮得花枝招展，徒弟就用同色繡線在自己的裙襬繡上大片大片的花。

她看著好笑，道：「旁人做刺繡，只怕別人瞧不見自己身上的花樣，力求和底色不同，好引人注目。我活了這些年，從沒見過妳這樣做的，這不是白費功夫嗎？」

徒弟也笑。「誰說女子打扮得漂漂亮亮的，就是為了給旁人瞧？我偏不，我只為了自己高興。」

她說著，提起裙襬轉圈。

「而且，離得遠了確實瞧不著，離得近，不就瞧見了？師傅，您仔細看看，我這裙子是不是特別不同，特別的美？」

徒弟雖然身子弱些，又整日被繼母關在家裡，卻笑得比誰都快活。

她也跟著笑，誇道：「是很美。」裙子美，徒弟純真無憂的笑容更美。

時隔經年，蘇如是再沒見過這樣的繡法，也沒有見過如她徒弟那般的人。

「衛小姐身上的裙子……是何人所繡？」蘇如是顫抖著嘴唇，語不成句地追問。

「是我家的繡娘。」衛夫人覺得蘇如是的神情有些不對勁，但她注意到女兒身上的繡花是好事，便回答道：「是個小娘子，槐樹村姜家秀才的女兒，如今在我家做工。今日她也陪著我一起來，在外頭等候。」

槐樹村姜家……不就是之前替楚鶴榮繡桌屏的那個繡娘家嗎？

另一邊，玉釧一直躲在屋外，聽著裡頭的動靜。

起初聽聞蘇如是冷淡的回應，她唇邊泛起輕蔑的笑，果然如她所想，蘇如是還是不想收徒。隨後聽衛夫人以自家男人收學生為條件，便冷了臉，在肚子裡罵這些讀書人果然一肚子彎彎繞繞，居然想用別的條件交換。

她還來不及聽更多，院子裡其他下人瞧見她，不好再明著偷聽，只能甩了帕子走人。

「玉釧姊姊，可要去耳房休息？」小丫鬟端著點心經過廊下，笑著問道。

玉釧沒好氣地哼一聲。「耳房裡來了那麼多生人，怎麼休息？」

但站在廊下也不妥，讓蘇大家知道她偷聽，肯定要惱。所以，玉釧還是跟著小丫頭一道去了耳房。

此時，姜桃正跟幾個丫鬟坐在一起喝茶。

到了這會兒，她仍不知衛夫人拜訪的是誰，只從招待她們的小丫鬟口中得知，此處是楚家別院。

姓楚，又這般富貴，姜桃便想到芙蓉繡莊的少東家。只是她不了解，楚家有哪些人值得衛夫人這般鄭重對待？

正好，小丫鬟端著點心回來，姜桃便開口問了。

小丫鬟還沒回話，玉釧冷著臉哼聲道：「別在這兒假模假樣的，妳要是不清楚，能一大早跟著妳們主子趕著遞拜帖？」

她惱衛家母女，對著旁人不敢表現出來，但對姜桃她們，就沒什麼好顧忌的了，說完還倨傲地揚了揚下巴。

姜桃不明白她怎麼一來就不給好臉色，但還是道：「衛夫人只是讓我陪著一道來，我真不知今日她拜訪的是何人。」

玉釧又哼了一聲。「怕是衛夫人知道她想讓蘇大家收徒的盤算多半要落空，所以連妳們都瞞著，怕丟臉呢！」

姜桃如遭雷擊，愣在原地，半晌後才吶吶地、不敢置信地問：「蘇大家……是哪個蘇大家？」

玉釧聽了，更沒好氣。「刺繡名家蘇如是，天下哪個女子沒聽過她？我說妳要裝，也裝得像一些！」不理姜桃了，坐到一旁，讓小丫鬟給她倒茶。

姜桃呆坐良久，然後霍地起身，快步走出了耳房。

待她走到院子裡，正屋的門離她只有幾步之遙時，她突然不敢上前了。

她見到了師傅，該怎麼說呢？說她當時雖然死了，但後來借屍還魂？如此駭人聽聞的話，師傅會相信嗎？會嚇到她嗎？

她猶豫著，躊躇著，正屋的門忽然從裡頭打開了。

蘇如是走出來，看到了站在院子裡的陌生少女，眼神卻給她一種難以言說的熟悉感。

姜桃和她隔著半個院子對望，誰都不敢上前一步。

蘇大家還是她印象裡的樣子，穿著打扮很是素雅，一頭銀髮抿得一絲不亂。

師傅也不同了，以前雖然穿得簡單，但對一身繡技很是驕傲，衣服都是親手繡花的，衣領或者袖口，都會點綴她最喜歡的丁香花。而不是現在這樣，通身不帶一點繡樣。

蘇大家老了瘦了，臉上皺紋多了，頭上的白頭髮也變多，不到四年，她卻好像一下子老了十歲。

姜桃的眼淚不受控制地充斥眼眶，聽蘇大家顫抖著聲音問她。「妳是不是還想去醉香樓吃醬肘子、聽說書？是不是……是不是還想去梨園聽戲吃茶點？我帶妳去好不好？」

醉香樓和梨園，是姜桃上輩子最想去的地方。兩處並非真有特別之處，只是她太嚮往外頭的世界，那兩處是她從下人嘴裡時常聽到的熱鬧地方。

她已記不清同蘇大家提過多少回了，但凡有出門的機會，都要提一提。

但不管提多少次，師傅都以她身體不好為由，不肯放她去那等魚龍混雜的地方。久而久之，就成了她的執念。
可惜，直到她上輩子稀裡糊塗地結束，都沒去過那兩個心心念念的地方。
她掀了掀唇，忍不住想笑，淚珠卻快一步滾下來。
「還有醉香樓的酒糟魚、桂花酒、醬爆乳鴿，都是要吃的。還有梨園傳聞中最好看的小青衣，要點他單獨給我演一齣《嫦娥奔月》。」
聽姜桃說出這幾年回憶無數遍的話，蘇如是身子微顫，閉了閉眼，才讓激盪的心神平復下來。
她紅著眼眶，對姜桃伸出手。
姜桃快步走過去，卻沒有握住她的手掌，而是捏住她的尾指。
上輩子，她把師傅當母親，想要她牽著自己，就像別人家的娘牽著女兒一般。
蘇如是卻道，她到底是侯門嫡女，若是被人瞧見，向她繼母告狀，繼母少不得要責備她形容無狀。
那會兒姜桃剛穿過來沒幾年，第一世雖活到少年，但長年與世隔絕，性子還如孩童一般。聽到那樣的回答，失落得好幾天沒個笑臉。
她身子一直不好，蘇如是心疼至極，同她打商量，只牽手指好不好？如此衣袖一擋，旁人便看不真切了。
這是只有她們師徒倆知道的小秘密。

兩人牽著手，逕自進了屋。

衛夫人和衛茹後腳跟著蘇如是出來，一頭霧水地聽了她們的對話，還沒反應過來，門就關上了。

蘇如是的聲音隨即從裡頭傳來。「還請衛夫人和衛小姐去廂房稍待片刻。」

母女倆還是糊裡糊塗，但到底有求於人，便讓楚家丫鬟帶她們去了廂房。

蘇如是在人前還算鎮定，進了屋，盯著姜桃陌生的臉龐，再說不出一句完整的話。

「妳……妳……」

姜桃放開蘇如是的手，替她輕拍後背順氣，解釋道：「我也不知道怎麼和您說，當年庵堂大火之後，我醒來，就成了農家女姜桃。這事情很詭異是不是？我也覺得難以置信。不然您考考我吧，從前的事情，我都記得，您隨便問。」

平復心情的蘇如是沒問從前的事，只把姜桃拉到身邊坐下，溫熱手掌緊緊攥住她的手，直直盯著她。

「這些年，妳過得好不好？吃得好嗎？睡得好嗎？還有沒有生病？」

姜桃已經準備好各種應答，甚至還想好了，不把受的苦難告訴師傅，只說她過得很好，不生病了，能靠著師傅教的手藝掙錢，還有了關心她的家人和夫君……

但聽到師傅這樣問了，她的眼淚竟不受控制地流下來，幾次張嘴，都沒能把準備好的話說出口。

蘇如是愛憐地幫她擦眼淚，又佯裝生氣地輕聲罵道：「是不是長本事了？我問妳話，都不肯說了？」

姜桃再也忍不住，如孩童般，哇一聲哭出來，無比委屈地抽噎著。

「我過得一點都不好，藉著這副身體剛活過來的時候，病得要死，可那家人好壞，每天給我吃冷得結出冰碴子的湯藥，連個炭盆都不給我。我告訴自己，原身的身子很好，只要撐下去，就能擁有一個健康的身體。可是我也害怕，怕自己撐不下去，怕吃完藥睡下之後，再也沒有睜眼的時候。

「後來，他們看我像治不好了，就把我送到山上的廟等死。廟裡比那個家好，可是只有我一個人，從白天待到日落，再從日落等到天明，待了快半個月。

「廟裡的東西也難吃死了，那家人給我的乾糧，幾天就吃完了，只能去找書上看過的野菜。其實好多野菜我根本沒見過，怕吃著吃著就吃死了，可我不吃，才真的會死……」

姜桃語無倫次，越說越委屈，一直哽咽。

蘇如是輕輕捋著她的後背，沒有打斷，耐心地等她慢慢說。

「後來我病好了，回到那個家，他們說原身的爹娘是我剋死的，非要讓我儘早嫁人。我恨死他們了，怎麼能那麼壞？」

姜桃像小孩和母親告狀一般，說個不停。

「我只是想活著而已，他們怎麼就那麼容不得我呢？那家的兩個媳婦還擅自作主，找人來跟我相看，幸好來的是我之前在廟裡認識的男人。我和他成親了，他待我很好，可有時回想之前的事，還是會惶恐，如果我不是那麼幸運呢？會不會真被他們逼著胡亂嫁人？」

沒有人是生來就堅強，無所畏懼。如果有，那只是愛她的人不在身邊罷了。

姜桃絮絮叨叨說了一大堆，眼淚不知流了多少，良久之後才停下來，卻還是哭得打嗝。

蘇如是靜靜地聽，眼淚沒有姜桃那麼多，但神情嚴肅、眼眶血紅。

看姜桃哭得沒眼淚了，蘇如是拿出帕子替她擦臉，還用帕子擰她的鼻子，讓她擤鼻涕。

姜桃藉著她的手擤完鼻涕，不好意思起來，臉紅紅地窩在蘇如是懷裡，不肯抬頭，生自己的悶氣。明明都打好腹稿了，怎麼被師傅一問，就像幾歲小孩一樣哽咽著開始訴苦，不僅丟臉，還讓師傅心裡難受。

蘇如是小心翼翼地伸手回抱她，生怕如同無數次午夜夢迴那樣，一伸手卻抱了個空，也唯恐是年紀大了，大白天便開始作夢。

如果這是一場夢，那就永遠不要醒來吧。

第三十五章

師徒倆從晨間待到近午，完全沒從屋裡出來，和衛夫人母女一樣，楚家其他人也不知到底發生了什麼事。

尤其是玉釧，問清蘇如是帶進屋裡的是衛夫人帶來的繡娘，衛家母女身上的衣裙也是她繡的，頓時就急了。但急也沒用，她只能不甘心地在正屋門口打轉，也不敢當著眾人的面，明目張膽地偷聽。

中午，楚鶴榮黑著臉，一瘸一拐地回來了。

相較於他只是走路姿勢略顯怪異，身旁跟著的家丁，形容更為可怖，一個個鼻青臉腫，連本來樣貌都看不清了。

「少爺這是怎麼了？」別院的下人嚇得不輕，只敢站得遠遠地詢問，不敢上前。

玉釧見了楚鶴榮，面上露出喜色，上前道：「少爺總算回來了。今早來了一對母女，蘇師傅也不知是怎麼了，瞧見她們帶來的繡娘，就說了些很奇怪的話，然後跟那個繡娘進屋不出來了。如今已過了一上午，您快進去瞧瞧吧。」

「妳笑什麼笑？看本少爺被人打了，妳很高興是不是？」楚鶴榮正沒好氣，對著玉釧就是一通罵。

別看玉釧在別的下人面前是一副主子派頭，但楚鶴榮這樣的正經主子，卻是不給她面子的，尤其是在楚鶴榮一肚子氣的時候。

今天一大早，天還沒亮，他就帶著年掌櫃去了姜家村尋繡娘。

沒想到，兩人到了姜家，才知那繡娘嫁人後就搬進縣城，不住在村裡了。

撲空的楚鶴榮沒死心，向姜老太爺打聽姜桃在城裡的住所。

可他不知道，姜桃告訴過姜老太爺，說城裡兩家很大的繡莊在打擂臺，她暫時不想牽扯其中。若那兩家又派人來問，搪塞就好，不要多說她的消息。

所以，任憑楚鶴榮拉下臉說盡好話，姜老太爺就是半個字也不肯透露。

後來，楚鶴榮也急了，讓年掌櫃拿出銀票，只要姜老太爺肯說，銀票全是他的。

姜老太爺雖是鄉下人，但重規矩、好面子，哪裡受過這等屈辱，拿著掃帚，把他們全趕了出去。

楚鶴榮不能真跟一個老爺子動手，只能灰溜溜地吃了閉門羹。

但他興師動眾地來了，肯定不能空著手回去，便用銀錢去向槐樹村的村民打聽。

財帛動人心，村民們自然心動，但也不知姜桃他們究竟搬到哪裡。不過，他們曉得沈時恩是苦役，所以把白山採石場的位置告訴楚鶴榮。

於是，楚鶴榮馬不停蹄地帶著年掌櫃，往採石場去了。

又是一通趕，累了半個早上、又挨了姜老太爺一通罵的楚鶴榮，也是一肚子邪火。

到了採石場，尋得沈時恩，楚鶴榮也不說旁的，開門見山地道：「我是楚家的孫少爺，我覺得你媳婦兒繡技好，你讓她和我去一趟我家別院。」

他說著，讓年掌櫃拿銀票，又想著這些銀票連姜家老頭子都打動不了，怕是也難打動眼前的壯漢，遂又摘下手上的玉扳指、隨身攜帶的玉珮等一些貴重物品。

「這些都是你的！若還不夠，你只管說個數，我家金銀多的是。」

沈時恩聽了，放下手裡的十字鎬，朝他走來。

再然後，楚鶴榮就看不清了，眨眼之間，他帶的家丁全哀號著倒在地上。

楚鶴榮嚇得掉頭就跑，被沈時恩一腳踹在屁股上，摔了個狗吃屎。

幸好在沈時恩沙包大的拳頭落到他身上之前，他身邊的年掌櫃急急開口了。

「壯士住手！我們少東家沒有惡意，是家中長輩喜歡上次您家繡娘繡的桌屏，想讓繡娘去見見那位長輩而已！」

沈時恩這才沒動手。

楚鶴榮免於皮肉之苦，不敢再跟沈時恩歪纏，從地上爬起來，邊跑邊喊。「山高水長，你小子有本事別跑！等小爺回去叫夠了人，再來收拾你！」

然後，他夾著尾巴，帶著一幫子傷兵殘將回去了。

楚鶴榮一進府，看玉釧還敢笑著同他講話，能有好臉才有鬼！

「把別院所有家丁全喊來！」楚鶴榮撥開玉釧，氣憤道：「自古雙拳難敵四手。小爺就不信，他真是武曲星下凡不成？小爺倒要看看他一個人能打多少個！」

年掌櫃急急地勸他。「少東家，是您那話說得好像是您看上了人家媳婦一樣，是誤會一場啊。」

楚鶴榮不耐煩。「你要是怕了就明說！人呢？都死了嗎？還不快給我滾過來！」

年掌櫃確實怕，楚鶴榮沒看清，他可看清了，沈時恩出拳快得像一陣風，絕對是打小下苦工的練家子。楚家家丁雖然訓練有素，但打人功力一般，和練家子根本沒得比。幸虧他當時和楚鶴榮站在一處，沒像家丁似的衝上前，不然他這把老骨頭還真遭不住對方一拳！

見楚鶴榮怒火滔天、聽不進勸的樣子，他不敢多說什麼，只能走到正屋門口，隔著門板請蘇大家出來。

蘇大家在屋裡，也聽到外頭的動靜，換了一條乾淨帕子替姜桃擦眼淚，起身開門。

楚鶴榮看到她出來，收斂怒氣，上前道：「驚擾到您了嗎？實在抱歉。您先在屋裡歇著，等我找人收拾那苦役，咱們再出發。」

蘇如是道不忙著離開，又問他發生什麼事？

楚鶴榮有點委屈地告狀。「還能有什麼事？就是那槐樹村繡娘的夫君不識好歹，我給他銀錢，讓他喊媳婦同我走一遭。結果他二話不說就打人，還踢我，真是不知好歹！」

蘇如是挑眉，轉頭看向身後的姜桃。

姜桃從她後頭走出來，聽到有人罵沈時恩，回嘴道：「我丈夫不是那樣不分青紅皂白的人，肯定是你先惹到他了！」

楚鶴榮在繡莊匆匆見過姜桃一面，但沒把她放在心上，如今見了她只覺得有些眼熟，扠著腰說：「妳是誰啊？關妳什麼事？」

年掌櫃在旁邊扯扯他的衣袖，把姜桃的身分告訴他。

楚鶴榮也懵了，她家人不是不讓她來嗎？怎麼兜了一大圈，人早就來自家別院了？那他這一上午又被轟、又挨打的，算怎麼回事?!

「反正我什麼都沒幹……嗯，可能是我說了讓人誤會的話，但他也不能不由分說就打人啊，連我爹娘都沒打過我呢！」

今日蘇如是心情大好，便抿了抿唇，笑道：「好了小榮，不鬧了，都是一家人。我代阿桃的夫君向你道歉好不好？」

楚鶴榮見蘇如是笑了，先是一愣，快四年了，他從沒見過蘇如是笑，還以為她就是那樣冷清的人，又聽蘇如是這麼說，更懵了。

「您不是才見了這繡娘一面嗎？怎麼就成一家人了？」

蘇如是不好多說，她能接受自己的徒弟借屍還魂，但旁人肯定不能理解，說不定會把姜桃當成妖怪。而且，當年的事雖然過去了，但涉及皇權紛爭，誰都難保還會不會牽出別的風波來。

她不敢拿徒弟的安危冒險，只道：「我和這丫頭投緣，決定收她當義女。」

「義女?!」

這下，不僅是楚鶴榮和玉釧等人吃驚了，連衛夫人都沒想到事情會發展成這樣。

蘇如是笑著看向姜桃。「妳可願意？」

從前她顧忌徒弟貴重的身分，連牽手那樣的行為都不敢有。現下徒弟重活一世，她只想把欠徒弟的彌補給她，包括母女名分。

姜桃又想哭了，但在人前，還是努力忍住眼淚，點點頭。「我自然是願意的。」

「恭喜蘇大家！」衛夫人第一個出聲賀喜，也不忘給自己表功。「我不過想著阿桃性子和模樣討喜，繡技又好，便想著讓她當您的學徒，沒想到她竟這般得您的喜歡。」

蘇如是聞言，對著衛夫人微微頷首，承了她這份情。

「那……那我怎麼報仇啊？」楚鶴榮懵懵地撓後腦勺，自顧自嘀咕。「您和我奶奶是同輩，那這繡娘不成了我姑姑，她夫君不就是我姑父？怎麼跑這一趟，我還多出兩個長輩？」

姜桃聽到便宜大姪子的嘀咕，忍不住笑出了聲。

等笑夠了，姜桃還是正色同蘇如是道：「我身上還戴著孝，現下不好明著認乾娘。」

蘇如是點點頭，說是不急，私下裡知道就成。

一點虛禮有什麼好在乎的呢？她只要看徒弟好好地活著就好。

「那咱們還走嗎？」楚鶴榮終於收回神智，不敢再提報仇的事了。

蘇如是搖搖頭。「不走了。」她不會再和她的阿桃分開了。

「那我自己回去跟奶奶報信？」

蘇如是搖頭，看向衛夫人。

「衛先生正在收學生，小榮隨他讀書去吧。我給你奶奶寫封信，知會她一聲，她只有替你高興的分兒。」

聽到這裡，楚鶴榮已經不是懵了，而是如遭雷擊，愣在原地，腦子裡瞬間一片空白。他堂堂楚家最受寵的孫少爺要在這小縣城裡讀書？這發展未免太讓人始料不及！

這下，最高興的就屬衛夫人，蘇如是這麼說，作為交換，便是也肯收下她女兒了。

「好好好，真是雙喜臨門。」衛夫人臉上是止不住的笑，而後又改口道：「不對，是三喜臨門。往後我們茹兒就拜託蘇大家照看了。」

蘇如是便請衛夫人母女去正屋說話，把愣在原地的楚鶴榮也一道喊進來。

楚鶴榮垂頭喪氣地進屋，聽著蘇如是和衛夫人商量雙方收徒的事，心裡縱然不願意，也不敢出聲了。

等蘇如是和衛夫人說完話，讓人送走她們母女後，楚鶴榮立刻哭喪著臉，出聲哀求了。

「蘇師傅，蘇奶奶，我求求您了！我不想讀書！」

蘇如是勸他。「你不讀書，往後能做什麼呢？」

「還能幹啥？做生意啊。」

「你奶奶在你十五歲的時候，把芙蓉繡莊撥到你名下，全國共有十來家鋪子，有一家不虧錢的嗎？」

姜桃還在場，楚鶴榮有些赧然地道：「那怎麼叫虧錢呢？那是……」聲音低了下去。「那只是盈餘少。旁的不說，就說縣城裡這家，一年也能賺個百兩呢。」

說到這裡，他實在不好意思講下去了，一百兩還不夠買他身上半塊玉珮。更別說他日常的花銷，去聽個戲，隨手打賞也要幾十兩。

「這事我說了也不算，等我寫信問過你奶奶，你聽她怎麼說。」

楚鶴榮聞言，更沒話說了。

他太清楚楚老夫人多希望楚家能出個讀書人，可惜他那些堂兄弟，生意頭腦個個好，但是讀書作文章就不頂用。至於他，更不值一提，家裡最不濟的就是他了。

這消息傳回家裡，別說他奶奶，連他爹娘都只有高興的分兒。

蘇如是看他跟霜打了的茄子似的，溫聲同他道：「妳奶奶比我還大幾歲，楚家遲早是要分的，你明不明白？」

這點，楚鶴榮倒是真的明白，他沒蠢到無可救藥。尤其今年過年是楚老夫人的六十整壽，他大伯在壽宴上提過這事，雖然被回絕了，但楚老夫人也沒把話說死，等於是默許了這兩年就分家的意思。

他爹是楚老夫人最小的兒子，也是高不成、低不就的，分家後，他們這房得到的財產不會少，但也不會多。因此，過年時他爹嘴上急出了兩個大火疱，他娘也整宿整宿地睡不好。不因為家裡氣氛太壓抑了，所以楚老夫人讓楚鶴榮陪著蘇如是來小縣城尋人時，他二話不說就答應了。

先不論書能不能讀好吧，只要他能讀，便能在楚老夫人面前賣個好，分家時，也能多分一些，起碼讓他爹娘不用那麼著急上火。

楚鶴榮知道這是蘇如是為他打算，不然只要放出衛常謙收學生的消息，他那些堂兄弟，不管擅不擅長讀書，肯定都樂意過來占名頭的。

其實，蘇如是這麼做也有私心，一來是償了楚鶴榮特地送她過來和衛夫人把姜桃送到她面前的情，二來是想護著姜桃。她不敢貿然把姜桃帶回京城，也不想走漏消息。最保險的做法，就是把陪她來的人全留在此處。

於是，蘇如是又柔聲寬慰楚鶴榮。「只是讓你拜衛先生為師，每日白日去衛家讀書，晚間就能回來了。你有什麼想要的，我幫你寫信向你奶奶要。」

若楚老太太知道楚鶴榮拜到衛先生名下，肯定高興極了，沒有不應的。

楚鶴榮這才覺得心裡好受些，但還是有些蔫蔫的。

「我也沒什麼特別想要的，就是這裡的飯食吃不慣，得要個家裡的廚子。還有這裡的床榻也不舒服，得做幾床雲錦的床褥來，而且，我沒帶多少換洗的衣裳。還有，讀書也得休息吧，這小縣城裡什麼玩樂都沒有，得把我養的狗和雞都送來。」

姜桃在旁邊聽得愣住，這還叫沒有什麼特別的要求？這楚家小少爺真真是嬌生慣養，恨不能把楚家整個搬過來。

蘇如是沒有不應的，耐心地聽楚鶴榮絮叨好一通，點點頭。「好，你說的，我都記下了，等會兒我就給你奶奶寫信，全幫你寫上。」

楚鶴榮的臉上這才有了笑。「那您別忘了替我要銀錢。我出來得匆忙，身上只帶了一千多兩，沒剩多少了。在外頭，衣食住行都費錢呢。」

正說著話，外頭響起人聲，姜桃被楚鶴榮的炫富傷到，就出去看發生了什麼事。

剛出屋門，姜桃就看到沈時恩站在院子裡。

「你怎麼來啦？」她驚喜地笑道。

沈時恩自然是來尋她的，楚鶴榮帶著人到採石場，他雖把人打發走，但想到姜桃還在衛家，說不定楚鶴榮會再上門，便去了衛家。聽說衛夫人帶著她去楚家別院，心中著急，才一路尋了過來。

姜桃雖然在笑，但是眼眶紅紅的，一看就是大哭過的模樣。

沈時恩瞇了瞇眼，周身湧現出濃重的煞氣。

楚家別院的下人連攔他都不敢了，連忙退後好幾步。

沈時恩黑著臉，往姜桃身邊走，剛要問她有沒有受傷，就看到楚鶴榮從她身後走出來，心中殺機頓現。

楚鶴榮見到他，也愣了一下，然後低下頭，有些害羞地低聲喊——

「姑父！」

第三十六章

沈時恩被這突如其來的一聲姑父喊得發愣，拳頭捏了又鬆、鬆了又捏，最後還是問姜桃。「怎麼回事？」

姜桃忍住笑。「楚家的長輩說同我有緣，又十分喜歡我的繡品，想認我當義女。按著輩分，小榮該喊我一聲姑姑，自然就喊你姑父了。」

姜桃還不知道楚鶴榮的大名，就跟蘇如是一樣，喊他小榮。

楚鶴榮快臊死了。沈時恩看著沒比他大幾歲，姜桃面嫩，瞧著比他還小呢！這一口一個小榮，把他喊得再也威風不起來了。

而且，半個時辰前，他還叫囂著山高水長，讓對方別跑……唉，這哪裡是什麼山高水長，這叫風水輪流轉。不知道怎麼轉的，他平白就比人矮了一個輩分。

他自覺沒臉再待下去，帶著那群受傷的家丁躲開了。

「那妳怎麼哭了？」沈時恩抓著她的手，輕輕捏了捏。「是有人欺負妳了？」

姜桃搖搖頭。「是師……義母問了些家裡的事情，我一個沒忍住，就掉了眼淚。」又試探著問沈時恩。「你要不要見見她老人家？」

她知道沈時恩是京城人氏，很可能會認出蘇如是，也應該多少聽說過，她師傅不會輕易收徒，更別說是義女，到時候他心裡肯定會有疑問。
她和沈時恩已經是夫妻，雖然成婚的時日不算長，但不想和他有秘密。
她今天賭過一次，在蘇如是身上賭贏了——師傅相信她，可心情尚未完全平復，一時間也很忐忑，如何把聳人聽聞的經歷再說一遍。
所以，她想等沈時恩的答案再決斷。若是他說要見，察覺到事情不對勁，她就對他和盤托出。
但沈時恩搖頭。「我身上骯髒，太過失禮，有機會再見。」
沈時恩想的是，楚家從前是皇商，如今雖然不是了，但到底曾經跟豪門貴族有往來。像楚鶴榮這樣的毛頭小子或許不認得他，楚家其他長輩就難說了。如果對方認出他，招致的禍端，不是姜桃能承受得起的。
兩人各懷著心事，誰都沒有察覺對方的不對勁。
沈時恩說完話，沒在楚家別院多待，只說採石場還有事，就告辭了。
蘇如是一直待在主屋裡沒出去，等姜桃送走沈時恩回來，才點頭道：「不見是好的，對妳、對他都好。」
姜桃上輩子的身亡實在太過詭異，這些年她都沒有放棄追查真相。但楚家這樣財大勢大的人家，幫著她追查三年多，卻還是什麼線索都查不出，幕後黑手勢力有多大，可想而知。

姜桃知道她的擔心，也道：「您說的我都明白，我會等適當的時機再同他說。」

蘇如是讓姜桃在她旁邊坐下，不錯眼地盯著她。「妳說他對妳很好，可不是騙我的？」

「我騙您這個做什麼呀？」提到沈時恩，姜桃止不住笑，眼睛也發亮。「遠的不說，他知道小榮在找我，就從城外的採石場一路尋到這裡。要不是剛剛小榮及時喊了他一聲姑父，說不定就要動手了。

「師傅，您別看他是苦役，但在這邊的採石場服役的，都是沒有犯過重罪、受主家牽連的人。他只是身分差了些，但模樣和心性、本事都是百裡挑一。幸虧他身分差了些，不然還真輪不到我。」

蘇如是不用仔細聽姜桃的話，只看她略帶嬌羞的甜蜜神情，就知道她過得很好了，不由笑道：「怎麼輪不著妳？我看妳是最好的，娶到妳，是他的福氣才對。」

師徒倆跟從前一樣，靠在一處說話。

等午飯的時辰到了，玉釧終於能光明正大地進屋，笑著進來問蘇如是，今日想用什麼？為替以為已經死去的徒兒祈福，這些年蘇如是茹素，但今日自然不同了，道：「時辰不早了，現做來不及，讓廚子去縣城裡最大的酒樓買幾道菜來，要醬肘子、酒糟魚和醬爆乳鴿。再打一壺酒，桂花酒最好。」

這些正是姜桃想吃的，姜桃笑得眉眼彎彎，輕聲道：「我現在吃素呢。」

蘇如是對著玉釧微微頷首，示意她可以去辦了，又勸姜桃。「妳吃什麼素呢？現在又不生病了，看著還這樣瘦，肯定是沒吃好。」

玉釧見狀，快恨死了，怎麼也想不明白，不過半日，蘇大家就冒出這麼個義女。兩人看著這般親密無狀，再容不下第三人似的。但是再恨又有什麼用呢？她到底是楚家的丫鬟，只能瞪姜桃兩眼，還是得應聲下去做事。

等玉釧走了，屋裡又只剩下她們，姜桃才道：「我身上還戴孝，雖然不是我真正的父母，但到底占了他們女兒的身子，為他們守孝，本就是應該的。」

兩人說了一上午的話，姜桃已經把姜家的事情全告訴了蘇如是。

所以蘇如是並不意外，只是勸道：「我理解妳的心意，但守孝這種事，本就在心，不在虛禮。妳能代替死去的姜家姑娘照顧兩個弟弟，就是對她爹娘最大的孝順。我也不逼妳，就今日順我一回可好？」

這幾年，蘇如是夢過姜桃不下百回。很多時候夢到的都是從前的事，最常出現的情景，便是徒弟拉著她的衣袖同她撒嬌，說想吃這樣、想吃那樣的。

她醒來，心就揪得生疼，恨從前顧忌的太多太多，給徒弟的太少太少，連頓她想吃的飯都沒能陪她吃。

姜桃看出蘇如是眉間的愁苦，故作輕鬆道：「師傅說的這是哪裡話，我有多嘴饞，難道您還不知道？從前您說的是對的，我身子不好，不好吃那些不消化的東西。現在不同了，吃啥都香得很。上回吃肉，還是我成親的時候，阿楊端給我的那一碗豬蹄……」她誇張地咂吧嘴。「讓我回味到現在了。」

蘇如是一聽，果然笑出來，再沒工夫回憶從前的悽苦，點點她的鼻子。「成婚當天在新房裡吃豬蹄，全天下也就妳這丫頭做得出來。」說到這裡，又忍不住一嘆。「我到縣城那天，正好是妳的婚期，只是當時我完全沒想到會這樣，可惜沒能喝上妳的喜酒。」

「師傅都和我相逢了，往後每一日都是大喜，這喜酒不是隨便什麼時候都能喝？」姜桃佯裝認真地想了想。「不然，我想辦法再辦一回婚禮，下回讓師傅當主婚人？」

蘇如是又是一陣笑。「快別說了，成婚這種事，哪有下回的？」

沒一會兒，下面的人把蘇如是要的菜買回來了。

蘇如是讓人去喊楚鶴榮，小丫鬟去了，回來稟報，說少爺要給家裡的老太太、三老爺和三太太各寫一封信，讓她們先吃，不用等他。

蘇如是聽楚老太太提過，楚鶴榮拿筆桿子，跟要他的命似的，估計三封家書沒有一、兩個時辰寫不完，便讓人單獨給他留飯，自己和姜桃先吃。

姜桃在蘇如是面前，也不客氣，不肯吃飯，只挑著肉吃。

蘇如是由著她，看著她大快朵頤的樣子，臉上的笑沒淡下來過。

玉釧在旁邊伺候，氣得眼珠子都要瞪出來了，到底是窮人出身的丫頭，活像幾輩子沒吃過肉似的！可她不得不承認，雖然姜桃一直挾肉吃，但小口小口吃著，沒有發出半點咀嚼聲，吃相實在稱不上難看。但是，再好看的儀態，也改不了她那餓死鬼投胎的本性！

兩刻鐘後，姜桃饜足地放下筷子，說已經飽了。

蘇如是也跟著放下碗，說飽了便在屋裡走走，消消食。

姜桃犯起睏，忍不住打了個哈欠，但還是聽話地在屋裡走動起來。

蘇如是見她打完哈欠，眼淚都冒出來了，且眼下的青影未消，想到衛家母女身上簇新的衣裙，猜到是姜桃這些天趕工辛苦繡出來的，遂讓小丫鬟去鋪床。

等小丫鬟把床鋪好，姜桃也不客氣，笑咪咪地去睡午覺了。

蘇如是守著她睡下，見她睡沈了才起身，去外間給楚老太太寫信。

一封信寫了兩刻鐘，寫完用火漆封上。蘇如是喚來日常送信的家丁，又取隨身攜帶的印章，讓他一併送回京城。

玉釧一直守著蘇如是，雖然沒看到信裡內容，但瞧她拿出印章時，心忍不住跳了跳。她強忍住心頭的不安，若無其事地打聽。「您這是做什麼？印章這樣的東西，可不能有半點閃失。」

蘇如是道沒什麼，取用一些自己名下的錢財而已。

別看楚家家大業大，而蘇如是只是孤家寡人。但早些年蘇家在前朝風光的時候，楚家祖先不過是農人，兩家的底蘊根本不能相比。

更鮮少有人知道，當年楚家剛脫離皇商身分，遇過極大的危機，是蘇如是慷慨解囊，一下子給楚老太太十萬兩救急，才有了轉圜的餘地，得以保全楚家絕大部分生意。為了表示感謝，每年楚老太太都會從盈利中拿出一成給蘇如是。

玉釧是楚老太太身邊的人，自然知道這個，這也是她削尖了腦袋想當蘇如是徒弟的真正原因。

她萬萬沒想到，她服侍蘇如是幾年，非但連個師徒名分都沒撈著，且不過半天工夫，蘇如是便收了個極喜歡的義女，還要取用名下的銀錢。要動用印章的，絕不是一筆小數目。

玉釧心急如焚，從蘇如是那裡離開後，直奔楚鶴榮而去。

楚鶴榮正如臨大敵地咬著筆桿子發愁。他奶奶說得確實沒錯，舞文弄墨就是要他的命。平時還好些，家書嘛，隨便糊弄幾句就成。但今遭變故太大，他有心想在他奶奶和爹娘面前表功，就得好好琢磨琢磨怎麼寫了。

正一籌莫展之際，小廝進來稟報，說玉釧求見。

玉釧是楚老太太養大的，楚鶴榮還是要給楚老太太面子，擱下筆桿說，讓她進來。

剛剛玉釧被楚鶴榮在人前罵了一通，這會兒可不敢隨便笑了，進了屋，先打量楚鶴榮的臉色，見他已然無恙，才大著膽子，稟報蘇如是取用印章的事。

楚鶴榮當她特地過來是有什麼要緊的事，一聽不過如此，眉頭又蹙了起來。

「蘇師傅用她自己的印章，取她自己名下的銀錢，關妳什麼事啊？」

玉釧急了。「取用印章，動用的銀錢起碼一萬兩。這樣大筆的銀錢，如何能不謹慎？」

楚鶴榮又想了想，忽然笑了。「想來是蘇師傅心疼我吧。之前我跟她說，身上銀錢不夠了，讓她寫信時同奶奶提一句。我奶奶那人，妳也是知道的，估計不會給我多少。蘇師傅待我真好。」

玉釧聽了，嘴角不覺抽了抽。這個小少爺的腦子到底怎麼長的？為什麼會覺得蘇如是取銀錢是給他花？也太自作多情了！

「若蘇師傅取銀錢是給您用，便也罷了，若是給那只認識半天的義女呢？」玉釧強忍著怒氣。「那人來路不明，不過半日就哄得蘇師傅收下她不說，還打起蘇師傅銀錢的主意，這樣狼子野心的人，實在不能不防！」

楚鶴榮看傻子似的看著她。「就算真如妳說的這樣，蘇師傅自己喜歡她，收她當義女，也是蘇師傅自己願意，想拿體己銀子給她花，這都是蘇師傅自己的事。再說她無兒無女，銀子這種東西生不帶來、死不帶去，不給她義女花，難道等百年後全捐給善堂不成？」

玉釧聽了這話，差點吐血。就是因為蘇如是無兒無女，她的身家才有想頭啊！

「好了，我說妳別鹹吃蘿蔔淡操心了，快下去吧，別打擾本少爺寫信。」楚鶴榮不再理她，又拿起筆苦思冥想。

玉釧和他根本說不到一處，懶得再同他雞同鴨講。

不過楚鶴榮倒是給她提了個醒，蘇如是給楚老太太的信是單獨送的，她不好插手。但楚鶴榮派人送家書時，她也可以寫封信來夾在裡面。

楚老太太素來疼她，也相信她，她可得跟她老人家好好說道說道！

姜桃這一覺睡了快兩個時辰，已經是黃昏時分。

楚家別院的高床軟枕格外舒服，她很久沒有睡得這麼舒坦了。

蘇如是還在內室守著她，在旁邊悄無聲息地做針線。

姜桃舒服地伸了個懶腰，一邊下床穿鞋、一邊道：「時辰不早，我得先回家去了。」

蘇如是捨不得她。「不如用了晚飯再走？」

姜桃搖搖頭。「阿楊他們會等我用飯的。我還是先回去，明日再過來。」

隔天是蘇如是和衛夫人說好的收徒之日，姜桃身為促成這樁美事的關鍵人物，自然不能缺席。

蘇如是替她綰頭髮，看她滿頭烏髮上只插著一支細小的銀簪，身上的淡藍色衣裙也洗得發白，心疼地皺起眉。

等到姜桃洗完臉，準備告辭，蘇如是拉住她，往她手裡塞了一疊銀票。

「出來得匆忙，我身上沒有多少。妳先用著，有不夠的，儘管和我說。」

從前的姜桃其實對銀錢並沒有什麼概念，但到了這輩子，她太清楚銀錢難掙了。

看著手裡這一疊百兩銀票，她實在覺得燙手。「我不能收。師傅的銀錢掙得也不容易。而且您現在年紀大了，不好再做太多針線活。這些錢都是您的養老錢，我不好動的。」

蘇如是聞言，笑了起來。雖然她看著徒弟長大，但一直沒和徒弟說過自己的身家，所以姜桃才以為，她的銀錢都是靠著做刺繡賺來的。

她沒多解釋，只道：「多的不說，師傅養老傍身的銀錢，早賺夠了。難道我們之間還要客氣嗎？再說妳從前不是都把月錢給我，讓我幫妳攢著？」

這倒是真的，上輩子姜桃是侯府嫡女，繼母一個月給她三十兩月錢。那三十兩，就現在的姜桃來看，是挺多的，但在侯府實在不夠看，畢竟那樣的高門大戶，日常給丫鬟的賞錢都有三、五兩。

不過，姜桃要銀錢也沒處使，下人們避她如蛇蠍，不肯收她的銀錢替她辦事。姜桃乾脆把月錢全給了蘇如是，替她攢著，想著日後要是嫁出去，有個幾百兩傍身，也不錯。

誰知道攢啊攢的，攢了好些年，她上輩子都死了，那些銀錢也沒用到過。

姜桃拿了二百兩銀票，其餘的退還給蘇如是。「師傅猛然給我這麼多銀錢，我也沒地方花。要是驟然變得富貴，不知旁人怎麼想。我先要二百兩就夠了。」

蘇如是沒勉強她，牽著她的手，送她出去，還問她要不要坐馬車？

姜桃拒絕，只說路程很近。

師徒倆又在門口說了好一會兒話，才依依不捨地分別。

姜桃腳步輕快地回茶壺巷，到家的時候，天色還沒暗。

姜楊和姜霖已經從學堂回來，在自己屋裡寫功課。

前幾日姜桃忙得回家吃完飯就睡，沒空關心他們兄弟倆，遂輕手輕腳進了廂房，壓低了聲音道：「寫功課哪？」

姜霖一見她就笑，正要放下筆，從椅子上跳起來，可姜楊抬起頭瞄他一眼，他又只能不情不願地坐回去，對著姜桃眨眨眼，讓她稍微等一會兒。

姜桃見狀，不好再打擾他們，乾脆提了菜籃子出去買菜。

之前想攢著銀錢替蕭世南贖身，她一直捨不得買些好菜，現在從師傅那裡得了二百兩，不說蕭世南，連沈時恩的贖身錢都夠了，就不用再那麼節省。

姜桃趕在菜市收攤之前買了兩斤排骨、一隻燒雞，若干茄子、黃瓜等蔬菜，還有日常要吃的雞蛋。

現在家裡人多了，她想著，別的不能保證，每天早晚一個雞蛋，總是要夠的。

等姜桃提著滿滿當當的菜回家時，天色已經發暗了。

進了家門，姜桃正要招呼弟弟們幫忙拿菜，卻看到姜楊已經從他屋裡出來，坐在正屋待客的桌前，而他對面也坐著一個人。

「這是來客了？我正好買了菜！」姜桃樂呵呵地進屋，然而等她看清來人是誰，臉上的笑立刻淡了下去。

因為來的不是旁人，而是姜柏！

「你來做什麼？」姜桃把菜往旁邊一放，沒好氣地道。

姜柏對她明擺著不歡迎的態度視若無睹，笑道：「咱們同樣姓姜，我怎麼不能來了？」

姜桃一看他笑，覺得他不懷好意，也不兜圈子了，問他到底要做什麼？

姜柏自得地揚了揚下巴。「我已經過了縣試，特來向你們報喜。」說完話，雙手抱胸，等著欣賞他們姊弟氣急敗壞的跳腳模樣。

不過出乎他意料，姜楊的神情還是淡淡的，姜桃並沒有跳腳，更沒有氣急敗壞，只是問：「所以呢？」

姜柏愣了下。「所以我已經是正經童生，等過了府試和院試，就是秀才了！」

姜桃還是面不改色地問他。「然後呢？」

姜柏被她這態度激怒，霍地站起身。「功名意味著什麼，難道還要我來告訴妳？」

姜桃不急不躁地說：「功名意味著什麼，當然不用你告訴我，但你不過剛考過縣試啊。就算日後考上秀才，甚至考中舉人，高中狀元，和我們有什麼關係？」

姜桃覺得他可能是讀書讀傻了，姜家早分了，各家關起門來過自己的日子。不過就是考過縣試，值得這麼巴巴地上門來耀武揚威嗎？她又沒指望著要沾光。

「妳是不是覺得我後面肯定考不過，成不了秀才?!」姜柏氣得漲紅了臉，氣哼哼地往門邊走。「早晚讓妳知道，今日這樣侮辱我，會付出什麼樣的代價！」

姜桃無語地看著他拂袖離開，迷茫地問姜楊。「我什麼時候侮辱他了？別真讀書讀得腦子壞了吧？」

方才姜楊的面色實在說不上好看，此時卻忍不住彎了彎唇。「我三年不得科考，他從前素來不如我，如今跑在我前頭考過縣試，可不正是得意的時候？妳那不以為意的態度，可能真的惹怒他了。」

「但是他考不考中，本來就不關咱們家的事啊。」姜桃聳聳肩。「再說了，你天資比他好那麼多，就算晚些科考又怎麼了？只要現在你好好跟著先生讀書，三年後不鳴則已，一鳴驚人，連中三元、六元的，他拍馬也趕不上。」

聽到姜桃信心滿滿的話，姜楊眼神黯淡下去，幾次囁嚅著嘴唇想說什麼，最終卻還是什麼都沒有說出口。

見他神色微變，姜桃趕緊解釋道：「我不是要逼你，只要你認真努力了，就算考不上，我也不會說什麼。當然，我是打心底覺得你可以的！」

姜桃不懂科舉的事，但不管是原身的記憶，還是周遭所有人的態度，和姜楊自身的努力，都讓她對姜楊充滿信心。

「那如果……三年後我考不上呢？」姜楊躊躇再三，還是把想問的話問出口。

「那也沒關係，我供著你，三年後你也不過十六、七歲，還小呢。」姜桃笑道。

若是之前，她是不敢說這種話的。但現在不同，她認回師傅了，雖然沒打算動師傅的養老錢，但就像孩子尋到母親一般，做事說話自然有了底氣。

第三十七章

兩人正說著話，姜霖在廂房待不住了，在正屋門口探頭探腦。見家裡沒有外人，小傢伙才跨過門檻進來，膩到姜桃身邊，小聲撒嬌。「姊姊今天難得回來得早，也不陪陪我。」

姜桃把他拉到自己膝上，輕聲哄他。「姊姊怎麼沒陪你啦？剛剛你不是在寫功課嗎，姊姊就出去買菜了。今天是有些晚了，不過姊姊有一旬的假，這幾天都陪著你好不好？」

姜霖立刻眉開眼笑地點頭說好，又道：「那姊姊明天來接我下學，我想在外面吃點心。來城裡好幾天了，我除了學堂和家裡，哪兒都沒去過呢！」

姜桃當然應下，然後把姜霖放下地，她則起身去灶房。

雖然她放棄為自己的廚藝精進了，但熬湯這種活計還是會的，只要將排骨焯水，然後放進鍋裡燉著。她還檢查一下灶膛裡的柴火，才折返回屋。

剛到門口，她就聽姜楊不悅地說：「你為什麼讓姊姊去學堂？生怕她發現不了嗎？」

姜霖心虛地結巴道：「我、我忘了……我不是故意的。」

這種對話，幾天前姜桃便聽過，當時還以為是自己多心，如今再聽，就知道這兩兄弟肯定有重要的事瞞著她。

她若無其事地進了屋，笑著問：「你們兄弟說什麼悄悄話呢？」

姜霖慌張地低下頭，不等姜桃再問，便悶著頭往外跑。「我功課還沒寫完呢！」

姜桃的目標也不是他，轉頭看向姜楊。

姜楊頭疼地扶額。「被妳聽著，也沒什麼好瞞了。阿霖這小子，在學堂裡考了個倒數。他覺得丟臉，不讓我和妳說呢。」

姜桃笑道：「原來是這樣啊。」

姜楊點頭，然後嘆氣。「姊姊只裝不知道，這小子要面子呢，千叮萬囑我不許告訴妳的。妳要是戳穿了，他不知怎麼惱呢。」

說完話，他也去寫功課了。

等姜楊走後，姜桃唇邊的笑慢慢淡下去。直覺告訴她，姜楊在說謊！

只是，學堂到底能發生什麼事呢？

姜楊主意大，有事瞞著她還能理解。可是姜霖不同，他素來藏不住話，芝麻綠豆大的小事都想著和她這姊姊分享，還能瞞什麼大事？也正是因為姜霖那樣的性子，上回姜桃偶然聽到他們兄弟的談話，才沒有真正上心。

姜桃想著事情，便沒有注意時間，還是沈時恩和蕭世南進門了，才把她的思緒拉回來。

蕭世南進屋就道：「好香啊，家裡做什麼好吃的？」

姜桃這才一拍腦袋想起來，她的排骨還在鍋裡燉著，連忙去灶房。

沈時恩和蕭世南對她上回差點把灶房燒了的壯舉記憶猶新，後腳跟著她一道去了。

好在，燉湯出不了什麼岔子，除了一大鍋湯變成小半鍋湯以外。

「哈哈，如此都是精華了。」姜桃訕訕地笑著。「本來還擔心一大鍋湯喝不完，這下不用愁了。」

沈時恩彎唇，蕭世南一時間也不知道說什麼好，只能搔搔頭。

「其餘的我來吧。」沈時恩捲起衣袖，準備做其他的菜，讓姜桃和蕭世南去外面等著。

姜桃和蕭世南很有眼力地往外走，然而姜桃走到門邊，想到一件事，快步折回去。

沈時恩看她臉紅紅的，神情還帶著一些忐忑，以為她有什麼悄悄話要同他說，便用眼神把蕭世南直接趕出去。

等蕭世南走了，沈時恩附耳到姜桃唇邊，聽她壓低了聲音道——

「我忘記煮飯了，怎麼辦？」

沈時恩。「……」

兩刻鐘後，一家子吃上了熱呼呼的排骨麵條。

因為沒有主食，天色也晚了，最主要是排骨湯等不了，再不出鍋，熬下去就只能兌水了，不然實在不夠吃。

於是，沈時恩在排骨湯裡放了白菜，加一點鹽和醬油，再讓蕭世南跑個腿，去買麵條回來下鍋。

就著香噴噴的排骨湯，麵條變得格外好滋味，沈時恩還在每個人的碗裡都加了一個黃澄澄的荷包蛋。

姜楊和姜霖沒吃排骨，但肉的滋味都在湯裡了，兩人都比平時吃的多了不少。

沈時恩和蕭世南更別說了，用之前姜桃買給他們的湯碗，一人吃了一大碗。

最後那鍋排骨湯，別說排骨，連口湯都沒有剩下。

因為麵條不能放太久，所以大家埋頭猛吃，等吃完了，姜桃才同大家說，她得到楚家長輩賞識，想收她為義女的消息。

這個連姜霖都知道是好事，所以沒人提出異議。

飯後，姜楊和姜霖回屋念書，姜桃這才把二百兩銀票拿出來，同沈時恩和蕭世南說了，要替他們贖身。

蕭世南很高興，眉開眼笑道：「還是嫂子心疼我們！」

沈時恩沈吟半晌，卻沒有應下。「先讓小南免於苦役就好，我還在那處做工就行，也不是多累人的活計，做慣了也是一樣的。」

蕭世南聽他這樣說，便止住了笑，撓撓頭。「二哥要服役，我也跟著吧。」

「別啊。」姜桃看著沈時恩，有些急切地說：「從前是沒敢想能一下子有這麼多銀錢，所以想著先解決小南的事。如今既然銀錢夠了，你為什麼還要待在那樣的苦地方？」

沈時恩抿了抿唇，沒說話。他不過是為了不惹眼罷了，採石場魚龍混雜，正是藏身的好地方。若是他驟然富貴，肯定引人注意。如果是平時也罷了，若是再像上次一樣，來幾個京城探子，都不用跟蹤了，尋人一打聽，就能發現他的不對勁。

但是這些事，沈時恩不想告訴姜桃，怕牽累了她。

姜桃也不催他，只靜靜地等他的答案。

兩人沈默著，氣氛慢慢變得有些尷尬。

蕭世南只能硬著頭皮，沒話找話地問姜桃。「嫂子哪來這樣一大筆銀錢？」

「呃……」姜桃也語塞了，總不能告訴他們，這是她上輩子攢的吧。

停頓良久，姜桃只得道：「是從楚家長輩那兒拿的，不過算是我借的，往後會還的。」

聽了這話，蕭世南頭搖得像博浪鼓似的，說：「那我不能要了。嫂子掙錢辛苦，一百兩得做多少繡品才能還？其實我在採石場也沒做什麼太重的活計，而且我現在也大了，再過兩年，身子骨也能像二哥那樣結實，就更不怕吃苦了。」

「不行！」沈時恩和姜桃異口同聲道。

方才兩人還沈默不語，說完同樣的話，再對視一眼，又不約而同地笑起來。

「你嫂子的心意，你不要辜負。」沈時恩語重心長道：「也不用操心銀錢，這幾天我已經在尋獵物。等獵到了大的，這筆銀子自然就還上了。」

蕭世南素來聽沈時恩的話，也相信他的本事，聽他這般認真地說了，便點點頭。「我都聽你們的。只是你們別再吵架了，好不好？」

姜桃不由好笑。「我們什麼時候吵架了？」

蕭世南說不上來，反正方才的氣氛讓他覺得不太舒服。

說好第二天沈時恩就拿一百兩去替蕭世南贖身，姜桃就打發蕭世南回屋睡覺去了。

等關起門來，只剩他們夫妻，姜桃拉著沈時恩到炕上，挨著他坐下，用手指戳著他硬邦邦的胸膛。

「只剩咱們倆了，你是不是可以告訴我，為什麼非要待在採石場？」

兩人成親隔天就搬進城，之後姜桃忙起來，回家沾了枕頭就睡著。別說親熱了，連好好說話的工夫都沒有。

沈時恩看著姜桃嫩如春蔥的手指在自己胸前戳啊戳的，突然有些心猿意馬。

姜桃還沒發現不對勁，放柔聲音，繼續同他撒嬌。「到底為什麼嘛？總該有理由的。」

她是真的心疼他。

沈時恩的膚色是健康的小麥色，配合他精壯偉岸的身材，很是相得益彰。

可直到兩人成親後，姜桃才發現，他衣衫下的肌膚是那樣白淨，竟不輸她。

身上的白淨和臉上脖頸胸口的小麥色一比，不用多說，就知道苦役的活計有多辛苦。

等了半晌，依舊沒回應，姜桃氣鼓鼓地抬眼瞪他。
可對上的，卻是一雙熾熱如烈火的眸子。
姜桃心頭狂跳，還來不及說話，就被沈時恩攔腰抱起，往床榻而去……

第二天姜桃醒過來時，沈時恩已經出門了。
她黑著臉，扶著腰下床洗漱，心裡那叫一個後悔啊，腸子都悔青了！
本來是準備使用懷柔之策問清沈時恩的想法，沒想到把自己搭進去了。
一直折騰到天快亮的時候，魂都丟了，還問個鬼！
她剛洗漱完，蕭世南便來敲門，問她是不是起床了？
姜桃讓他自己推門進來。
蕭世南推開門，道：「二哥說嫂子不舒服，讓我今天好好照顧妳。嫂子餓不餓？要不要我出去給妳買點吃的？」
姜桃的臉更黑了。她的身子骨好得很，至於不舒服，還不是沈時恩那罪魁禍首造成的！
她扶著腰，慢慢站起身。「不用了，我早上還有事，得先去衛家。」
蕭世南看她步履蹣跚，便走到她身邊攙她，一直把她扶到家門口，才小心翼翼道：「嫂子，我二哥平時不是那樣的人。」
「啥？」在心理罵了沈時恩無數遍的姜桃一時間沒反應過來。

蕭世南解釋道：「我二哥雖會武，但從不輕易對人出手，更不會對家人那樣。昨天他可能是吵架急了，才傷了妳。我代他向妳賠不是，保證沒有下回。再有下回，我同他拚命！」

姜桃算聽明白了，這傻小子以為她不舒服，是因為沈時恩動手打她，登時哭笑不得。

「你把你哥想成什麼人啦？最沒本事的男人，才會動手打自己的媳婦兒。」

蕭世南也很糾結，他當然不覺得沈時恩會做這種事。可他嫂子起身後，就臉色不豫，然後扶著腰，走路挺辛苦的模樣，一看就知道不是生病不舒服，顯然是被人弄成這樣的。動手的除了他二哥，還能是誰呢？

縱然蕭世南千百個不願意把沈時恩想成那種人，可還是想不到為他辯解的理由，只能老老實實代他賠罪，還想著等沈時恩從採石場回來了，得和他好好說道說道。

嫂子待他們這麼好，不就是逼問他不肯離開採石場的理由嗎？至於動手嗎？

蕭世南也是藏不住話的人，一肚子的糾結都寫在臉上，姜桃瞧著，忍不住笑出聲，但閨房裡的事，不好和他多說，只道：「反正你二哥沒和我動手，不要亂想了！我就是……就是沒睡好，身上痠疼而已。」

蕭世南恍然大悟。「原來是這樣。那嫂子一定是睡得很不好了，妳眼睛下面的青影，比前兩天還重呢。」

可不是沒睡好嗎？整晚被擺弄成各種姿勢，跟練了一晚上花式體操沒什麼差別。

於是，蕭世南陪她出門，把人送到衛家才回去。

蘇如是和楚鶴榮已經帶著人和禮物先到了，姜桃進了門，就被引去行拜師禮的書房。因為兩家都沒想著大辦，所以拜師禮很簡單。

衛茹向蘇如是敬茶，衛常謙領楚鶴榮給至聖先師的畫像磕頭，喝了他的茶，就算禮成。

衛夫人最高興了，一下子就解決家裡的兩大檣難事。行完禮，便叮囑衛茹往後要聽蘇如是的話。

蘇如是同衛夫人道：「咱們兩家離得有些遠，坐馬車來回要小半個時辰。茹兒是妳的心肝寶貝，讓她兩頭奔波，實在有些不好。」

衛夫人也為這個發愁，倒不是覺得路上辛苦，畢竟和拜入蘇如是門下相比，這一點工夫算不上什麼，她是怕衛茹胡鬧。當娘的最是了解女兒，衛茹整日想著出門玩，在家裡壓著還好一些，要是放她每日出門，不知道要鬧出什麼風波來。

「小榮也是，他在家嬌生慣養，讀書講究起早，算算路上的工夫，他怕是天不亮就要起來。」蘇如是看衛夫人也在為這個發愁，遂接著道：「我就想著，不如帶著小榮搬到你們旁邊，和你們做鄰居。」

衛夫人當即笑道：「這敢情好！我這就讓人幫您去附近問問。」

衛家的隔壁是小門小戶的人家，但和衛家打過交道，知道這家是在京城做過大官的。所以當衛家的人說有親戚願意買他們的宅子時，想賣的鄰居沒有獅子大開口，只提了比市面高三成的價錢。

才幾百兩銀子，蘇如是沒有還價，直接讓人交付銀票。那家人也爽快，當即和衛家的下人去過契，宅子很快就成了蘇如是的私產。

衛夫人越發高興了，她本來還擔心蘇如是只在這小縣城小住幾天，如今看她那麼爽利地買下宅子，便知道她是準備長住了。

而比起女眷這邊的輕鬆氣氛，書房裡，衛常謙的臉色可就難看了。

他真沒想到，堂堂楚家的少爺，十七、八歲的人了，連《三字經》、《百家姓》、《千字文》都背得結結巴巴，四書五經更是翻都沒翻過。他隨便問了幾個淺顯的問題，楚鶴榮都答得牛頭不對馬嘴。

但是有什麼辦法呢？女兒也是他的寶貝。衛夫人去楚家拜訪蘇如是之前，和他提過，蘇如是可能不願意收他們女兒，便以他徒弟的名額去交換。

畢竟蘇如是如今不再收徒，想讓她特地為衛茹破例很難。而衛常謙本來就要收學生，且也沒說僅收一個，就算楚家少爺不堪，他再收合心意的人就是了。而且楚家雖然財力渾厚，卻是商賈之流，家裡幾代沒有讀書人，更未涉足官場，不用擔心被人說他退下來了，還想著培植勢力，最多是說他衛常謙被財迷了眼。

這樣的名聲雖然差，卻能放鬆京城那邊對他的防備。

跟這樣稍微損害風評的名聲相比，衛茹能得到的實質好處更多。衛常謙覺得為女兒犧牲一些，實在不算什麼，而且他也想著好好教楚家少爺，不說讓他走上仕途，做個儒商，總是不難的。到時候旁人便知，原來是他們誤會了，他的名聲自然更上一層樓。

但他萬萬沒想到，楚鶴榮的水準居然沒比剛開蒙的孩子好多少，背誦之後，不過讓他隨便寫一篇文章來瞧瞧，楚鶴榮卻咬著筆桿子，從上午寫到中午，還沒寫出一百個字來！那一手字也是堪比狗爬，他都不想細瞧。之前還想著把他培養成儒商呢，純粹是癡心妄想！

衛常謙到底還是在乎名聲，已經能想到日後旁人會怎麼說他了。

他這哪裡是為女兒犧牲一些啊？簡直把自己的一生清名都搭進去！

自覺風評受害已是板上釘釘，沒有轉圜餘地的衛常謙，滿腹惆悵無人可說。衛夫人還在後院待客，他總不能當著蘇如是的面去說吧。只好走出家門，去附近街上的書齋逛逛。

衛常謙每天都要逛書齋，掌櫃同他很是相熟，見了他就笑道：「今日衛先生來得巧，我們剛進了一批新書，您看看有沒有合心意的？」

衛常謙心中鬱悶，沒和掌櫃搭話，自己隨便翻看起來。

書是寶貝東西，平時掌櫃不會讓人隨意翻閱，但是衛常謙這樣的大主顧，自然不同，所以樂呵呵地讓他慢慢看、慢慢選。

衛常謙心不在焉地拿起一本《齊民要術》，隨意翻了幾頁，又想到楚鶴榮那不堪教化的樣子，越發急切想收個能為他挽回名聲的學生，手裡的書便一個字也看不下去了。

「這一頁，您方才已經看過了。」

衛常謙發著愣的工夫，身後傳來一道清潤的少年嗓音。

他轉頭一瞧，不知道什麼時候，一個十三、四歲的清瘦少年站到了他身後。

衛常謙搖頭笑道：「心裡藏著事兒，便再看不進半個字。」將書合上放下，卻見到那少年面上出現失望的神色。

衛常謙奇怪地問：「難不成你站在我身後，是在看我手裡的書？」

少年也不慌張，坦坦蕩蕩地道：「掌櫃不讓我隨意翻閱，我便只好蹭客人的方便。」說著，大大方方地作揖致歉。「打擾到您了。」

衛常謙說不必致歉。倒不是客氣，就算他方才沒有出神，而是真的在看書，少年站在他身後兩步，並沒有發出任何聲響，不會打擾到他。

他好奇地問：「你隔得這樣遠，方才我無心看書，翻得也隨意，你能看到多少？」

少年微微笑了笑，唇邊的梨渦襯得他越發清俊，自信地開口背誦。「夫治生之道，不仕則農；若昧於田疇，則多匱乏……一切但依此法，除蟲災外，小小旱，不至全損。何者？緣蓋磨數多故也。」竟一口氣將《齊民要術》裡的雜說篇背出一半，也正是方才衛常謙翻看的那幾頁。

衛常謙眼中迸出驚喜的光，但想到這少年或許之前就看過這本書呢？遂又隨手拿起另一本，在他面前翻了翻。

「你再看看這本。」

書齋的書都是歸類放置，因此書櫃上其他的書也是類似的農書。

少年翻閱一番後，頃刻間便把《氾勝之書》和《農書》的選段背誦出來。

「好！好！」衛常謙連誇兩個好字，也不考他背誦了，問他現在讀書讀到哪裡。

少年道：「《三字經》和《幼學瓊林》等蒙學，幾年前就學完了。四書也學過一遍，如今正在讀五經。」

這進度倒是不算特別快，但也不算慢了。因為知道眼前的少年有過目不忘的本事，衛常謙沒再考他背書，而是挑著《論語》裡的內容問起來。

一番考校後，衛常謙滿意地捋著鬍鬚，笑著問：「我看你過目不忘，基礎學得也紮實，不知道現下在何人門下讀書？」

少年沈吟不語，掌櫃接過話道：「這孩子之前在馮舉人的學堂裡讀書，如今退了學，我不忍心見他無書可讀，就讓他在我這裡做些抄書和招呼客人的活計，這樣謄抄或客人選書的時候，他也能沾沾光看幾眼。」

衛常謙聞言，眉頭皺了起來，他愁著找不到合心意的學生，從年前愁到現在。那馮舉人怕不是有毛病，放著這麼一個大好的苗子不教，讓他退學？

他想著，又仔細打量少年的打扮，見他穿著一身洗得發白的細布書生袍，難道是因為付不起束脩才退學的？

可是這樣的好苗子，不收束脩又如何呢？就算那馮舉人真是鑽到了錢眼裡，等這少年他朝金榜題名，還愁沒有更多的學生，收取更高的束脩？真真是天下第一糊塗蛋！

衛常謙在心裡把馮舉人唾棄了無數遍，面上卻笑得越發和藹，問那少年。「你叫什麼名字？可還想讀書？」

少年答道：「我叫姜楊。自然是想讀書的。」

第三十八章

衛家這邊，姜桃謝絕衛夫人留她一道用飯的美意，說自己還有事要辦。

從衛宅出來後，她直奔兩個弟弟的學堂。

今天，她非得好好打聽打聽發生了什麼事不可！

因為她到得稍早，學堂裡上午的課還沒有結束，大門緊閉。

她在門口找了陰涼地方站著，等了快兩刻鐘，齋夫出來打了響鑼，便陸陸續續地有學生出來。

姜桃站在門口不錯眼地看著，沒多久就等到姜霖。

只是姜霖不像在家裡那麼活潑，走路都蹦蹦跳跳，而是低著頭，老老實實地往外走，走過姜桃身邊的時候，甚至沒有發現她，還是姜桃一把拉住他，才讓他站住腳。

小傢伙轉頭看到她，立刻眉開眼笑。「不是讓姊姊傍晚來接我嗎？怎麼提前來了？」

姜桃心道，傍晚再來，豈不是什麼都查不到了？但面上不顯，只笑著同他說：「姊姊提前來不好嗎？帶你去吃館子好不好？」

姜霖眉開眼笑地說好，然後又道：「那我們快走吧。中午只休息半個時辰，回去晚了，會被先生罵。」

「急什麼啊，你哥哥不是還沒出來嗎？」

姜桃這話一出，姜霖像被人點了穴一樣，臉上的笑頓住，連身體都僵了。

果然真是有鬼。姜桃也不戳穿，就在門口等著。

姜霖無措地絞著衣襬，急得臉都漲紅了，結結巴巴地道：「哥哥可能提前出去了，不如我們直接去吃飯吧？」

姜桃說不可能。「我來的時候，連齋夫都沒出來，學堂的大門也緊閉著。門開之後，我一直在這裡，難道你哥哥還能放著正門不走，翻牆跑出去？」

姜霖想不出別的話了，只能站在旁邊乾著急。

兩人站了一刻多鐘，學生越來越少，最後隔了很久，才走出一個人。等那人出來，齋夫就把大門關上了。

但出來那人不是姜楊，而是之前姜桃見過的，借錢給姜楊，又對他口出惡言的那個少年書生。

秦子玉慢慢踱到他們姊弟跟前，見了姜霖，便挑起眉，玩味地笑道：「小掃把星，怎麼還不去吃飯？站在這裡喝風哪？」

姜霖見了他，就像耗子見了貓似的，頭低得下巴都抵到胸口，還直往姜桃身後躲。

姜桃一聽他對姜霖的稱呼，立即豎眉瞪著他。「你罵誰呢?!」

她自覺很凶，無奈經年累月的習慣讓她說話素來輕聲細語，所以罵人也沒有顯出凶惡的感覺。

秦子玉沒被她的氣勢嚇到，只是沈下臉問：「妳是何人？為何口出惡言？」

「我是姜霖的姊姊。他有名有姓的，你憑什麼喊他小掃把星？」

姜桃是真的生氣了。她還在姜家村的時候，明裡暗裡不知道被趙氏和周氏這樣罵過多少次，可她從來不以為意。

罵她無所謂，罵她弟弟就是不行！

秦子玉又挑了挑眉，哂笑道：「原來妳就是姜家的掃把星。」說著，很輕佻地上下打量姜桃。「確實生得不錯。可惜啊可惜，命中帶煞，連爹娘都能剋死，白費了一副好相貌。」

姜桃蹙眉。「我帶不帶煞，與你何干？你向我弟弟道歉。」

秦子玉無所謂地聳聳肩。「我為什麼要道歉，全學堂的人都這麼喊，你怎麼沒讓他們來道歉？」

姜桃氣得身子都發抖了，低下頭看姜霖，想問他是不是有這種事。

姜霖卻心虛地不敢看她的眼睛。

「你為什麼要這麼喊他？」姜桃忍住怒氣問秦子玉。

秦子玉道：「今年年後，妳家把這小子送來，我們先生突然就生了一場大病。大家聽說了妳家的事，也會怕啊，先是先生，後頭會不會輪到我們……」

「不過事有湊巧罷了，虧你們還讀聖賢書，竟如此見識短淺！」姜桃又瞪秦子玉一眼，低下頭問姜霖。「你哥哥呢？他就讓人這麼喊你？」

「妳說姜楊？」秦子玉笑著接過話。「他早就退學了。我們這學堂廟小，可容不下你們姜家兩尊大佛。反正他三年不能下場，把這名額讓給他弟弟，也不虧不是？而且你們家窮，一年能省下不少銀錢呢。」

姜桃萬萬沒想到，姜楊居然擅自作主退學了。

秦子玉看她一臉驚訝，笑道：「妳還不知道？他早就不在這兒了。」

姜桃怎麼都沒想到，兩個弟弟瞞著她的，會是這樣的大事，震驚之下，懶得再同秦子玉掰扯，拉著姜霖就往家裡走。

姜霖已經嚇哭了，但不敢哭出聲，只敢癟著嘴，抽抽搭搭地啜泣。

一會兒後，蕭世南看到他們突然回來，迎出來笑道：「嫂子怎麼這會兒回來了？」看到哭包似的姜霖，收起笑問：「阿霖怎麼哭了？是誰欺負你？」

姜霖哽咽著說：「沒人欺負我。小南哥哥別問了。」

平時姜桃最見不得姜霖的眼淚，此時也不哄他，鬆開牽著他的手，讓蕭世南去尋一條細長的木棍來。

「嫂子要木棍做什麼？」蕭世南納悶，但還是去灶房，用柴刀現劈了一根拇指粗、小臂長的細木棍來。

姜桃拿著木棍，問姜霖。「你哥哥人呢？」

姜霖抽抽搭搭地說：「哥、哥哥去書齋了。」

蕭世南一看氣氛不對勁，不敢插嘴，只勸道：「嫂子有話好好說，別氣壞了身子。」

姜桃真的氣極，不只氣他們兄弟說謊瞞她，也氣學堂的那些人亂傳話，還給姜霖取那樣難聽的外號，更氣自己之前為了生計奔波，不夠關心他們，以至於姜楊都退學好一陣子，她到現在才知道。

姜桃幾次舉起木棍，姜霖害怕地閉上眼，卻沒有躲開，可她就是下不去手。

僵持好一會兒，姜桃扔了木棍，讓姜霖先回屋，其他的等姜楊回來再說。

姜霖看她眼睛都氣紅了，把木棍撿起來，哭著說：「姊姊別生氣，阿霖知道說謊不對。妳不要哭，妳打我好不好？」

姜桃胸口悶得說不出話，蕭世南也不敢胡亂插嘴，一時間，屋裡只能聽到姜霖輕微的啜泣聲……

一會兒後，姜楊進門，出聲打破了沈默。

「這事怪我，不怪阿霖。」

他雖然早就退學，但每天還是會和姜霖一道用午飯，就約在學堂旁邊一條街的小攤子。

今天他等了姜霖很久，都沒有等到他，便趕到學堂去問。

齋夫同他相熟，說姜霖被一個年輕的小娘子接走了，他猜到是姜桃，急急趕回來。

姜桃見了姜楊，一站而起，拿了姜霖手裡的木棍，一下子抽過去。

木棍抽在姜楊背後，他面色沒變，也沒躲，可姜桃打了他一下，再也下不了手，摔了木棍，又坐回去。

姜楊和姜霖一樣，俯身去撿木棍，走到她身邊蹲下。「妳這軟綿綿的力道可打不痛我，我站得近些，讓妳用力打好不好？不要哭了。」

姜桃抹去眼淚，拍開他的手。「之前我就問過你，你居然面不改色說謊來誆我。如今你主意越發大了，把我當外人，我打你有什麼用？」

姜楊嘆了口氣。「就是怕妳哭，才瞞著妳的。」

蕭世南在旁邊聽了這麼一會兒，也明白一些了，幫著勸道：「阿楊，你有事快和嫂子說吧。她一直掉眼淚，哭壞了身子可怎麼好？」

事到如今，姜楊也知道瞞不下去了，同姜桃解釋道：「年前送節禮時，我和先生說了阿霖也想入學的事。先生說阿霖是我的弟弟，想來天賦必不會差，也不用考了，讓我年後直接帶他去就是。正月十五，我把阿霖送去，誰知道當天晚上先生就染上風寒，臥床不起。」

姜桃吸了吸鼻子，帶著濃重的鼻音道：「這個我知道，那個秦子玉和我說了。」

姜楊接著說下去。「先生臥病之後，學堂裡就在傳，說……」

「說我們姜家出了我這個掃把星。秦子玉都說了，沒什麼好顧忌的，你儘管說便是。」

姜楊忍不住嘆口氣，繼續道：「他們說我們家既然能出一個剋父剋母的姊姊，想來做弟弟的命格也好不到哪裡去，不然哪有那麼湊巧，阿霖剛來，先生就病了？那會兒學堂是我們的師兄，也就是先生的得意門生在主持，他希望我讓阿霖回去，先平息流言再說，不然人心惶惶，二月又是縣試，會影響要下場考試的人。」

「那你應該先讓阿霖回來，他不過剛開蒙，就算耽誤一個多月，後頭也能補起來。」

姜楊搖搖頭，說不是這樣的。

「先生病得蹊蹺，師兄的態度也讓人懷疑，學堂裡的流言也是有心人故意為之。他們的目標不是阿霖，是我。從前他們雖然看不慣我，但我受先生賞識，也算有些天資，有考中的希望，便不敢明目張膽地對我如何。

「可現在不同了，我三年不得下場，他們便沒有什麼好顧忌的了。與其讓他們把阿霖趕走，再想後招對付我，不如我自己離開，讓阿霖在裡頭好好學。」

姜桃抹淚，氣憤道：「他們這般嫉賢妒能，也算讀書人？」站起身。「你們先生的病好了沒有？我帶你去和他理論理論，看看他都帶出一些什麼樣的學生來。」

姜楊伸手拉住她。「沒用的。先生應該是不想參與其中，這些日子才不出聲的。只是他多半沒想到秦子玉他們會用他作筏子，傳播那些流言。」

「你們先生為什麼不管你？他不是很賞識你嗎？就因為你三年不能下場，就放任其他學子這麼欺侮人？」姜桃雖沒上過學，但她印象中的老師，都是把讀書育人放在第一位的。

姜楊抿了抿唇，不想說昔日最敬重的先生的壞話，只道：「大概也是沒辦法吧。秦子玉是知縣家的公子，學堂裡的學子想走上科考之路，都要先通過縣試。」

他說得隱晦，但是姜桃聽明白了。知縣是主持縣試的官員，若是得罪他家公子，不說那知縣敢不敢因為嫌隙徇私舞弊，但那種可中可不中的文章在他手裡黜落，總挑不出錯處的。

之前那舉人看姜楊天資好，很有少年高中的希望，才願意護著他，如今他三年內不能科考了，三年後的事，誰又說得準？讀書是很耗費心力的事，心境稍有鬱結，都容易讓人一蹶不振，或者一病不起。那舉人衡量之下，暫時放棄姜楊了。

姜桃氣得嘴唇哆嗦，但情勢比人強，如今生氣又有什麼用呢？自家是白身，對方是舉人和知縣家的公子，姜楊對上他們，根本毫無勝算。尤其是那舉人，現在他只是放任不理，若真站到知縣公子那一邊，他曾經是姜楊的先生，只要隨便放出一些風聲，說他不敬師長或者不友愛同窗，就足以毀掉姜楊的清譽。

姜桃閉了閉眼，忍下怒氣。說到底，她還不是當事人，她都氣成這樣了，姜楊心裡該多不好受？

「沒事。不去學堂就不去學堂，我再想辦法給你找別的老師。」姜桃擦掉眼淚，將姜楊和姜霖都拉到身邊。「這事不是你們的錯。方才是我氣極了才那樣，我向你們道歉。」

姜霖也不哭了，把頭靠在姜桃懷裡，軟軟糯糯地道：「是我們說謊，姊姊應該生氣的。」說著，又開始小小聲地告黑狀。「本來我早想告訴妳了，是哥哥不讓我說的。他說妳要出嫁，不能因為學堂的事，讓妳不開心。後頭我又憋不住了，他又說妳給人做工很辛苦，等妳閒下來，再跟妳說……這等來等去的，就被妳發現了。」

姜楊離得那麼近，姜霖告狀的話，自然是全被他聽去了。

之前還因為保護共同小秘密，而看起來哥倆好的兩人，兄弟情又出現了新的裂縫。

「你這小胖子！」姜楊沒好氣地哼道：「要不是為了你，我能那麼輕易讓他們得逞？你怎麼好壞不分呢？」

姜霖靠在姜桃身上，也不怕他，接著道：「可我也不想在那裡念書了！」

姜楊挑了挑眉，笑道：「難不成你是捨不得我？從前倒不知道你那麼依賴我。」

姜霖被他的自作多情搞得語塞，不理他了，拉著姜桃的衣袖撒嬌。「姊姊，我也不去了好不好？」

不等姜桃開口，姜楊便收起玩笑的神色，正色道：「為何不去？你才初初啟蒙，正是需要先生指導的時候。而且秦子玉他們只是和我不睦，想來不至於跟你這麼大的豆丁計較。」

姜桃對他搖搖頭，然後柔聲對姜霖道：「你不想去就不去吧，姊姊來幫你們想辦法。」

換成從前，她可能只把兩個弟弟送到比舉人差些的秀才那裡繼續讀書。但如今認回師傅，和楚家也算成了半個親戚。為了兩個弟弟讀書的事，她厚著臉皮拜託一下師傅，總歸能替他們找到別的先生。在這個小縣城裡，舉人是稀罕人物，但在大一些的州府，舉人卻是不少見的。

姜霖聽了這話，立刻高興起來。姜桃也不留他，放他去玩了。

等姜霖走了，姜楊才道：「妳怎麼任由他的性子胡來？」

姜桃嘆口氣。「你說得沒錯，那個秦子玉確實不至於為難阿霖這麼大的孩子，但我今日去接他時，聽他口口聲聲喊阿霖小掃把星，我同他理論，他還振振有詞，說全學堂的人都那麼喊。你弟弟看著沒心沒肺，卻是早熟早慧的孩子，那種氛圍之下，他如何學得進去？」

這種情況在古代可能還沒有具體稱謂，但就現代來看，就是校園冷暴力了。姜桃寧願姜霖不讀書，也不願意他在這種氛圍裡成長。何況，天下間也不只那一家學堂。

「還有這種事？」方才他訴說秦子玉等人對他做的事，還很平靜，此時卻沈下了臉，緊緊抿著唇，現出怒容。

「不講那些了。」姜桃伸手摸他的後背。「我剛才打到你了，疼不疼？家裡也沒外人，脫下袍子讓我看看。」

姜楊一驚，頓時連退七、八步，一直退到門口。「妳平常拿針線，手裡能有什麼力道？還不如學堂裡先生用戒尺打手心疼。」

「那也讓我看看。」姜桃怕他傷了不肯說，跟到他身邊。

姜楊嚇得撒腿往外跑。

姜桃被他這樣子逗笑了，說這就吃飯了，要去哪裡啊？

「我有件事還沒說定。我再去問問，等敲定了一定跟妳說。」姜楊說著，就出了門。

早上他在書齋遇到衛常謙，衛常謙聽聞他現在沒有老師，就想收他為學生。

姜楊看他談吐和氣質都不同於一般人，便猜到他身分不凡。

不過，他沒有一口答應，只說要先回家和家人商量。

另拜老師這樣的大事，姜楊肯定要和姜桃商量，也想著學堂的事情不能瞞一輩子，正好和姜桃說清楚。只是沒想到，姜桃快他一步，中午便去接了姜霖放飯，發現學堂的事。

現在他要去問問衛常謙，看能不能一道收了他弟弟，若是這樣，姜桃就不用再為他們兩兄弟操心。只是，姜霖剛剛開蒙，對方一派大儒風采，姜楊也沒把握，便想著先去問問，再回來和姜桃說。

姜桃目送姜楊出了門，轉身對蕭世南抱歉地笑了笑。

「我今天太急了，嚇到你了吧？」

蕭世南搖搖頭，說沒有的。他倒不是撒謊，而是真的沒有。

他嫂子回來的時候，看著那麼生氣，讓他尋木棍來，卻只是打了姜楊背後一下。

而且，他後來也聽明白了，是姜楊和姜霖隱瞞退學的大事，才讓他嫂子那麼生氣。

從前蕭世南還在家裡的時候，別說這種大事，就是小事扯謊，也得吃好一頓板子。也只有他嫂子這麼好性子了，生那麼大的氣，打人還跟撓癢癢似的。

接著，姜桃準備午飯，蕭世南幫著打下手。

一頓午飯還沒做完，外頭忽然傳來敲門聲。

姜桃擦著手出來開門一看，來的不是旁人，而是縣官太太黃氏！

第三十九章

姜桃對黃氏的印象不差，但之前不知道那個秦子玉是知縣家的公子。如今知道了，雖然不至於遷怒黃氏，但已經不想和這家人來往了。

因此，她開門見了黃氏，神色淡淡地問：「夫人怎麼來此處了？」

黃氏笑呵呵，看她態度冷淡了，也不生氣，只道：「好多天沒見著妳了，特地同人打聽了妳的住處，過來瞧瞧。」

縣城不是連著大山的村裡，像姜桃這樣年後忽然從鄉下搬來的，要找不是特別困難。

黃氏說著，抬腳往裡面走。

進門是客，而且黃氏之前把她引薦給衛夫人，先不說其用心，反正確實是幫到了她。所以，姜桃也沒趕人，引著她進了正屋說話。

黃氏不是愛兜圈子的人，進屋坐下後就問她。「今日我上門去拜訪衛夫人，聽衛夫人說今日是衛先生收學生的日子，也是衛家姑娘拜師的日子，不方便招待我。怎麼之前悄無聲息的，一下子就發生這麼兩件大事？」她說著，帶出一些怨懟。「我不是早叮囑過妳，有事就要通知我嗎？」

姜桃不卑不亢道：「這是衛家的私事，我替衛家做工，雖不是衛家的下人，但也不好亂傳主家的事情，即便對象是您，也不好亂說的。」

黃氏急了，說她怎麼能這樣呢？

「上回咱們不是在衛家門口說好了嗎？我給妳銀子，妳在衛家幫我打聽消息。」

姜桃問：「我答應夫人了？」

黃氏想了想，老實道：「那倒是沒有明說。」當時兩人在衛家大門口分別，衛家的門房就在不遠處，怎麼可能明著說這種交易呢？

姜桃又問：「那我收您的金銀了？」

黃氏也說沒有。「上回雖然沒收，但妳說是家在村裡，驟然得了那麼些金銀，恐招來禍端。我說下回給妳，這次都帶來了，妳怎麼能不認呢？」

她說著話，身邊的丫鬟就拿出了一只鼓鼓囊囊的荷包，放到桌上。

換成之前，姜桃可能會再想些場面話同黃氏轉圜，但是如今沒必要了。秦子玉把她弟弟當成眼中釘、肉中刺，害得他弟弟平白無故退學。她還幫著黃氏給秦子玉謀劃更好的前程？她腦子有坑才會那麼做！

「您收回去吧，我不會要的。」姜桃站起身，走到屋門口。「灶上還做著飯，不方便招待您，您請自便。」

黃氏也怒了，板下臉。「將妳引薦給衛夫人，雖然我也是有私心，但不是也幫到妳？沒想到妳翻臉就不認人了！」

姜桃見她惱怒的時候也沒端出官太太的架子壓人，對黃氏倒真的談不上厭惡，就道：「多的，我也不說，只跟您說，我弟弟叫姜楊。您應該不認得他，但是您家公子對他不陌生，您回去問問就知道了。」

黃氏聽得雲裡霧裡，就被姜桃請出了宅子。

出了茶壺巷，黃氏的丫鬟憤憤不平道：「這繡娘真是不識好歹，太太給她銀錢，讓她幫著打探消息，是看得起她！她那般不知高低，太太往後別再理她就是。」

黃氏也糊裡糊塗，不過她對姜桃還是挺有好感，覺得她說話做事都很有分寸，進退得宜，不愧是讀書人家出身的。怎麼不過一個月工夫，她就翻臉不認人了呢？

她記下姜楊的名字，想著等兒子下學回來，再問問他。

近日秦子玉正是春風得意的時候，先是趕走眼中釘姜楊，而後考過縣試，除了還沒拜入衛常謙門下，再也沒有煩心事了。

所以當他下學回家，聽人說衛常謙今日就收學生的時候，氣得把手邊能砸的全砸了。

黃氏正要去問他姜家的事情，剛走到他書房門口，就聽到了響動，忙加快腳步進去，問他這是怎麼了？

秦子玉不悅道：「娘還好意思來問我？早就讓您盯著衛家的動向了，前些日子不是還和我說，送了一個繡娘進衛家？怎麼衛先生收學生的事情，咱們事先都沒聽到？」

黃氏忙道：「子玉別著急。我是一直盯著啊，隔三差五就往衛家跑，那繡娘也確實送去了。我也是今天上門拜訪，才從衛夫人嘴裡知道了那事。隨後我去找了那繡娘，可那繡娘態度和上回完全不同，沒說幾句話，就把我送出門了。」

「娘找的這是什麼人？」秦子玉瞇了瞇眼，往常還算俊秀的臉上，出現了一絲凶狠。「不過區區一個繡娘，還敢和妳翻臉不認人？」

黃氏道：「她看著不像是小人，讓我給你捎話來著，說她弟弟叫姜……姜……」

秦子玉眼皮一跳，姓姜的他不只認識一個，但同他結了梁子的，唯有姜楊。

「是不是叫姜楊？」

「對對，就叫這個。」黃氏忙不迭點頭。「她說讓我回來和你提她弟弟的名字，就明白怎麼回事。你真認識她弟弟啊？和你是同窗？」

秦子玉冷著臉哼了一聲。「之前和娘提過的，學堂裡先生賞識的農家子，三年不能科考的那個。他確實有個姊姊，只是沒想到，竟然那麼巧，是娘舉薦給衛夫人的繡娘。」

提到農家子，黃氏就把姜楊對上號了，說：「你們是同窗，雖然不對付吧，他姊姊也沒必要把咱們的路攔著啊！難不成是她想把她弟弟送到衛先生名下？不會吧，馮舉人那麼賞識他，他要是另擇老師，見高就拜，讀書人的名聲不要啦？」

偏黃氏不提這遭還好，一提秦子玉更是氣得臉黑成鍋底了。如果是之前，姜楊一屆寒門農家子，受到馮舉人照拂多年，確實是不方便再拜其他的老師，馮舉人第一個就不樂意。可早在上個月，姜楊就從學堂退學了啊！而且還正是他秦子玉本人一手操作的！

現在孑然一身的姜楊有她姊姊從中斡旋，近水樓臺，豈不是比他更有機會拜師？

秦子玉沒同黃氏說學堂裡的事，此時懶得同她多解釋，只問了姜家宅子的位置，不等黃氏多問，逕自帶著人去茶壺巷了。

兩刻鐘後，秦子玉抵達茶壺巷，下車後他讓小廝去拍門，正好姜楊回來了。

姜楊對著他，沒有好臉色。

「你來幹什麼？」

秦子玉冷著臉。「我還能來幹什麼？自然是來找你這小人。」

姜楊冷笑著，不緊不慢道：「『佛曰：心中有地獄，所見皆地獄』。你自己做些蠅營狗苟、見不得人的事，就把旁人都想成這樣？」

「你少和我打嘴仗。我只問你，你是不是讓你姊姊幫你鋪路搭橋，想拜衛先生為師？」

「我姊姊確實是在衛家做繡娘，但我從來沒讓我姊姊為我做過什麼。至於你說的衛先生是誰，我就更不清楚了。」

「你少裝了，我娘把你姊姊介紹給衛夫人，本是讓你姊姊幫著探聽消息，沒想到你姊姊翻臉就不認人了。你說天下事情哪有這麼湊巧的，我娘隨便尋個繡娘，便恰好是你姊姊，肯定是你家居心叵測，特地往我娘身邊湊，把她當成跳板！」

秦子玉說著，又哼笑一聲。「我說怎麼當初趕你出學堂，你那麼順當地就同意退學了呢？敢情是水往低處流，人往高處走，想著更好的去處哪？」

姜楊聽不得人這麼說姜桃，方才還十分平靜的臉上立刻現出怒容。「我姊姊不是那樣的人！學堂的事情你也敢提？若不是你串通其他同窗，非說先生生病是我和我弟弟剋的，我至於退學？而且我可以告訴你，我不用去拜什麼衛先生為師，我今日在書齋裡就遇到了一位先生，談吐和文采都很不一般，那位先生就願意收我為學生。」

秦子玉抱著手臂笑了。「隨便去書齋裡就能碰上什麼不一般的先生？我說你要編瞎話也編得像樣一點，真把我當七、八歲孩子哄騙呢？」

「那位先生和我一道回來的，只是他說空著手不方便上門拜訪，就在巷子口買東西。你若是不信，在這兒等一等見一見就是了。總之，你說我便罷了，莫要再說我姊姊的壞話。」

姜楊死死捏著拳頭，要不是想著新的先生就在巷子口，他早掄著拳頭去揍秦子玉了。

孰料，秦子玉聽了，更是不可自抑地哈哈大笑。

「我說你是不是讓人騙了？自古只有我們這些學生巴巴地上門給先生送東西的，什麼時候聽說過先生跑到學生家裡去，還給學生家帶禮物的？想不到從前大家誇的天之驕子，居然淪落到這種地步，找了個江湖騙子當老師?!」

姜桃在屋裡依稀聽見姜楊和人的爭吵聲，立刻出來開門。

門一打開，她先看到黑著臉的姜楊和捧腹大笑的秦子玉。

她正準備出聲把秦子玉趕走，然後就看到站在他們身後不遠處、提著大包小包東西、臉黑得無比嚇人的衛常謙。

「衛先生，您怎麼在這裡？」

衛常謙很鬱卒。

好不容易尋到一個合他心意的學生，他容易嗎？

在書齋和姜楊分開後，他也沒有回府，不想見到楚鶴榮，就在附近街上隨便吃了午飯，接著在書齋消磨時間。

沒想到午飯剛過，衛常謙就等到了特地來尋他的姜楊。

「你家人這麼快就同意了？」衛常謙很驚訝，上午分別得匆忙，他都沒有告訴姜楊自己的名號。

姜楊說：「我姊姊想讓我弟弟也從學堂退學，我斗膽問先生一句，能不能一道收了我弟弟？」

換成之前，衛常謙肯定不會貿然收學生，除非碰到姜楊這樣天賦異稟的。

但現在不同了，家裡已經有了個楚鶴榮，他太需要姜楊這樣能為他挽回名聲的學生了。

所以，衛常謙並沒有一口回絕，問他。「你弟弟多大了？讀書讀到哪裡？」

雖然姜楊正月裡就離開學堂，但每天都會監督姜霖寫功課，所以很是清楚，告訴他。

「弟弟五歲，剛剛開蒙，入學不到一個月，學過了《三字經》和《百家姓》，如今在學《千字文》，但他記性好，早就能背誦全文。只是許多意思還不明白，我也不好揠苗助長，就讓他跟著先生慢慢學。」

一聽到這裡，衛常謙又驚喜地挑了挑眉。

別看三百千是最基礎的，但天下學子都是從這些入門的。

此時讀書看不出什麼天賦，主要是看學生能不能靜下心來去學。

像姜楊弟弟這樣五歲就能靜下心來背誦全文的，也算是稀罕人才了。

多少孩子五歲的時候還只會一味哭鬧呢。像衛常謙自己的兒子，讀書上也算有些天資，但小時候就很頑劣，一讓他坐到書桌前就鬧騰，一會兒頭痛一會兒肚子痛的，沒個安生的時候。後來還是他雷霆手段壓著兒子學了一年，把入門的書都讀完了，他兒子的心才靜下來。

「你弟弟這麼小的年紀就能讀下書，看來也是隨你。而且不到一個月就能背這樣多的書，想來也和你一般過目不忘？」

姜楊笑而不語。

姜霖記性是不差，但更多的還是被他這哥哥逼的。

小傢伙剛入學那會兒也是覺得念書辛苦，滿肚子抱怨。但有他這當哥哥的盯著，姜霖身邊沒有旁人撐腰，也不敢反抗，而且姜霖知道自己的入學名額是他哥哥換給他的，自覺氣焰上矮他一頭，只能蒙頭學。

看衛常謙頗為滿意，姜楊就試探著問：「那我過幾日就帶弟弟上門拜訪先生？」

衛常謙應下了，又拿起手邊的書同姜楊聊起來。

兩人一個缺學生，一個缺先生，就等於是打瞌睡撿了個枕頭，一拍即合。

聊著聊著兩人就把時辰給忘記了，等反應過來的時候，已經是傍晚了。

衛常謙越聊越喜歡他，說擇日不如撞日，不若我跟你回去見見你弟弟。

姜楊當然樂意，引著衛常謙就往家裡走。

路上衛常謙突然想起來自己一直沒有自報家門，畢竟身居高位久了，不自覺地就生出一種「天下誰人不識我？」的自負。

他問姜楊。「你就不怕我是騙子嗎？」

姜楊笑道：「我家一貧如洗，只靠我姊姊做活養活我們一家子，先生能騙我什麼？再說，我雖然不知道先生姓名，但今日先生考校的問題，足可窺見先生大才。」

這並不是假話，出題考校能看出被問之人的才學，同樣也很考驗出題人的功底。

衛常謙聞言，高興至極。雖然一直以來有很多人想拜他為老師，但很多人連他的面都沒見過，就是衝著他的名聲來的，更多的，甚至還是衝著他爹衛老先生的才名而來。

當年衛常謙是兩榜進士出身，高中的時候，已經二十好幾。雖然也算是天之驕子，可他這樣的，還真不算特別少。他爹不同，那是真正的天才，寒門農家子出身，沒有名師指導，連中六元，金榜題名，後官拜首輔的一代傳奇！

別看衛常謙已是不惑之年的中年人，但大半輩子真就是一直活在他爹的光芒之下。可姜楊連他是誰都不知道，更不知他爹是誰，就是佩服他的才情，便願意當他學生了。心緒起伏之下，衛常謙回味著方才姜楊的話，聽他說他家確實家貧，一看天色，想著自己來得不是時候，姜家人看到他去了，豈不得好好設宴招待？

衛常謙不想讓本就困難的家庭破財，要姜楊先回去，他在巷子口買些東西再過去。姜楊讓他別客氣，衛常謙沒聽，讓姜楊先進去，然後轉身偷笑一會兒，才去買吃食了。

然而，衛常謙沒想到，等他買完東西，就看到秦子玉在挑釁姜楊。

他認得秦子玉，之前見過一次，雖然沒收下他，但是對他還有些欣賞，畢竟他才學不算差，而且被拒絕後也沒放棄，心性看著頗為堅韌，只是到底沾染了些官家子弟的紈袴氣，加上其父又是當地的父母官，不符合他對學生的期望。

可剛剛聽了他說的話，衛常謙才知道，原來秦子玉是這樣嫉賢妒能、傾軋同窗的人！幸虧他沒收他，要是收，可比收十個楚鶴榮還可怕！

後來，衛常謙又聽到他口口聲聲罵自己是江湖騙子，臉黑得更是堪比鍋底。

秦子玉聽到姜桃的話，轉頭看到衛常謙，臉上的笑頓時僵住。

「衛先生，您怎麼在這裡？」他問了和姜桃一樣的話。

衛常謙氣極反笑。「可當不起秦公子一句衛先生，我是江湖騙子！」

秦子玉忙收起笑，急急地解釋道：「我何時這樣說過先生了，我是說姜楊嘴裡提的那個特地跑學生家裡，還帶禮物的……」說著，瞧見衛常謙手裡的東西，額頭立刻冒出冷汗，不敢置信地道：「您就是姜楊說的先生？」

衛常謙懶得和他多說，逕自走過他身邊。

秦子玉忙喊：「衛先生，誤會一場啊！我不知道是您啊！」

衛常謙最重視名聲，不然也不會在知道楚鶴榮是個草包之後，越發急切地要為自己尋一個能護住名聲的學生，還願意跟著姜楊回家來見他弟弟。

但他怎麼也沒想到，這略顯心急的行徑，在旁人看來就成了江湖騙子，而且是當著他十分滿意的未來學生面前詆毀他。

秦子玉看衛常謙頭也不回地進了宅子，焦急道：「今天真是誤會一場，明日我帶著禮物登門謝罪！」

衛常謙霍地轉身，氣道：「不敢不敢，我一介江湖騙子，何至於讓秦公子登門？我也不和你兜圈子，姜楊已經是我的學生，我不會再收旁人。秦公子趁早歇了心思，我們衛家廟小，容不下你這尊大佛！」

幸虧衛常謙多年的好修養，雖然怒極，卻也沒說什麼不雅之言。

只是他心裡怎麼想，旁人就不得而知了。姜桃猜著，肯定是爆粗口了。

不等秦子玉再多說什麼，姜桃跨出大門把姜楊拉進去，然後啪一聲關上了門。

秦子玉在外頭急得恨不能翻牆進去向衛常謙磕頭賠罪，但是動靜已經鬧大，附近鄰居打開門來看熱鬧。

秦子玉還是要臉面的，躊躇了一會兒，只能灰溜溜地離開了。

姜桃聽到外頭沒了動靜，笑得越發開心，親手為衛常謙倒茶。

衛常謙的面色也緩和了些，道：「沒想到阿楊是妳的弟弟，我們兩家也算是有緣了。」

蘇如是喜歡姜桃，把她收為義女的事，沒有往外傳，但衛常謙是知道的，也知道是因為姜桃的關係，自家女兒才能順利成為蘇如是的徒弟。

不過他也有自己的驕傲，如果姜桃利用自己的關係把姜楊送到他跟前，他看不上這樣利用裙帶關係的學子。

但現在不同，是他自己偶然遇到姜楊，欣賞他，才發現這層關係，只會越發喜歡姜楊。

接著，姜楊喊姜霖喊出來，讓衛常謙出題考他。

姜霖也不認生，而且因為不用再去學堂而心情好，大大方方地背著手，衛常謙問什麼，他就答什麼。

一番考校下來，衛常謙愛屋及烏，對小胖墩還挺滿意。反正他教楚鶴榮要從頭教起，多一個剛開蒙的，也不費什麼功夫。於是說定了，讓他們兄弟第二天就上衛家行拜師禮，開始上課。

姜桃沒想到下午還在發愁的事，晚上就解決，心情大好，讓蕭世南出去置辦席面。

雖然衛常謙帶了不少吃食上門，但這可是兩個弟弟的老師，她不敢再實驗自己的廚藝，就把身上那一百兩銀票塞給蕭世南，讓他去點菜了。

第四十章

不久後，蕭世南提著兩個大食盒回來了。

打開食盒，裡頭有魚有肉有好酒，又讓衛常謙感動了。

瞧瞧這一家子，家裡只有姜桃在做活計，住在這樣逼仄的宅子裡，每個人連件像樣的新衣都沒有，卻這般捨得，為了他買這些好菜。這一頓飯，豈不抵這家子幾個月的收入？

衛常謙讓姜桃他們先動筷子，姜桃笑道：「我們身上都戴著孝呢，不好沾大葷。就讓阿楊陪著您喝幾杯吧。」

衛常謙還不知道姜楊沒了爹娘，此時聽到，先想到的是戴孝豈不是三年不能下場？但隨後又憐惜姜楊，天資聰穎卻逢此大難，還被同窗傾軋，連書都讀不成。幸虧遇見他，不然這樣好的苗子，豈不白白浪費了？

這是老天賜給他們的師生緣分啊！

這麼想著，什麼三年不三年的，他也就不在意了。反正三年後姜楊不過十六、七歲，實在不算晚。他自己十六、七歲的時候，還是個秀才呢。

而且姜家姊弟爹娘歿了，這家人的日子得苦成什麼樣啊？還這樣大方地招待他，實在是可貴！

衛常謙珍而重之地動了筷子，慢慢咀嚼著這來之不易的吃食。

雖然姜桃姊弟算不上多有錢，但早先三房夫妻還在時，家裡還算過得去，吃穿從來不比城裡人差的。之後沈時恩打獵來的野豬，也輕易賣了二百兩，姜桃做針線也賺了幾十兩，雖然窮，但該花錢的時候，一直都不吝嗇。

此時姜桃他們看衛常謙一會兒動容、一會兒凝眉、一會兒又嘆氣的，吃每一口菜都要咀嚼幾十下，彷彿在吃什麼世間難得的山珍海味，其實挺納悶的。

姜桃拉著蕭世南去旁邊，問他在哪裡買的酒菜？就那麼好吃？

蕭世南也茫然，搔了搔後腦勺。「天色晚了，我也沒走遠，就是巷子口臨街的酒樓炒的啊。還划算得很，八、九個大菜加三大壺好酒，攏共只要了我十二兩。」

那酒樓，平日姜桃路過好幾回，看著普通，生意也一般，實在不明白為什麼衛常謙吃得那般受用。

不過她沒表現出來，拉著蕭世南落坐，一道用飯。

衛常謙心中暢快，飯桌上又讓姜楊陪著小酌了幾杯。

姜桃看他高興，裝不經意地踩了蕭世南一腳。

蕭世南吃痛地倒吸一口冷氣，皺起眉。

姜桃立刻放下碗筷。「小南，我知道你心裡難受，但有客人在，莫要失禮。」

蕭世南茫然，他就是冷不防不知被誰踩了一腳，也不算多疼，哪裡就心裡難受了？

姜桃又歉然地對衛常謙笑了笑。「打擾先生用飯了。這孩子是我夫君的表弟，我們正發愁，也想替他找先生。如今他看到阿楊兄弟尋到您這樣的名師，面上不覺就帶出來一些。」

姜桃說完，又去看姜楊。

兩人雖然沒事前說好，但早就有了默契。

姜楊遂也放下酒杯，嘆息一聲。「小南哥不用發愁，儘管你尋不到衛先生這樣有大才的先生，但是縣城裡還有舉人。我之前的先生，也就是馮舉人，才學很不錯。雖然我退了學，但到底當了經年的師生，我去求一求他……」

「你求他做什麼?!」衛常謙因為太過高興，多喝了幾杯，臉頰發紅，已然有些酒意。猛然聽姜楊又滿口推崇地提到先前那個舉人先生，不滿道：「他那樣子放任秦子玉傾軋你，也配為人師表？再說他不過區區一個舉人，能有什麼好才學？」

這話，兩榜進士出身的衛常謙能說，姜楊卻是不好說的，只歉然道：「是我失言了。」

衛常謙也反應過來，自己話說重了。馮舉人這般對姜楊，姜楊話裡話外卻只說他的好，足以說明他這學生的品行高潔。

「我不是苛責你的意思，只是覺得那馮舉人立身不正，不足為人師罷了。」他轉頭看向蕭世南。「你也想讀書？」

蕭世南正在啃雞腿，聞言抬頭啊了一聲。

「這孩子。」姜桃埋怨地拍他一下。「衛先生問你話呢，高興傻了？」

蕭世南是傻了，不過不是高興的，而是還沒反應過來。但他到底是高門出身，也不怯場，當即放下雞腿，答道：「回衛先生的話，我是要讀書的。」當然這不是他想，而是他哥和他嫂子的意思。

衛常謙一直關注著姜楊，此時才仔細打量起蕭世南來。

蕭世南十五歲了，已脫去稚氣，生得唇紅齒白，清俊白淨，光是瞧著就讓人心生好感。

衛常謙就如之前考校姜楊他們兄弟那般，問蕭世南書讀到哪裡了？

這可把蕭世南問住了，他離開京城幾年，沒再碰過書。而且他在家的時候，沒好好學，他爹娘倒是請了先生，也是厲害人物，只是礙著他世子的身分，不敢多管教。反正，他前程不在這上頭，就算大字不識一個，也不妨礙他承襲爵位。

他支支吾吾說不出，姜桃便幫他打圓場。「這孩子是苦役出身，受主家牽連，發配到這附近的採石場，哪裡讀過什麼書？他不能考科舉，我和他哥沒指望他有什麼大出息，就是想讓他讀書明理罷了。我們沒奢望他能當正經學生，只想找個地方讓他旁聽罷了。」

文人對學生的要求嚴格，是因為這個時代學生如半子，拜師收學生不只要教授學業，也等於把兩人的命運綁到一起，一榮俱榮，一損俱損。但只是旁聽就無所謂了，不過是上課時，屋裡多了個人罷了。

衛常謙心情大好，聽了姜桃這話就道：「只是旁聽，這有何難？反正我就是給阿楊他們兄弟上課，既然都是妳家的人，不用見外，一道過去聽就是。只我精力有限，恐不能分神照拂，學到多少看他自己。這樣可好？」

至於楚鶴榮，他根本沒考慮，畢竟以那比白丁稍好些的程度，誰也不會對他有影響。

姜桃聽了，在桌下拉了還在發愣的蕭世南一把。「還不謝謝衛先生？」

蕭世南很聽她的話，立刻起身作揖道謝。

剛剛衛常謙還擔心蕭世南會心有不平，畢竟他和姜楊兄弟是一家子，看著他們都成了他的正經學生，自己卻只能旁聽，難免生出落差。

不過，蕭世南神色坦蕩，絲毫沒有不忿的神色，衛常謙發現是自己想多了，這家子果然都很好！

蕭世南當然不會憤憤不平，他根本不喜歡讀書，而且還想著他朝回京重振家門呢！

他們家是勛貴，衛常謙這種走科舉路子的是清流，別看都是同朝當臣子的，那也是涇渭分明。要是他真拜衛常謙當老師，回去可無法交代。

一會兒後，衛常謙看天色不早，起身告辭。

姜桃帶弟弟們送衛常謙出去，轉頭問蕭世南。「你哥呢？這麼晚了，怎麼還沒回來？」

蕭世南垂下眼。「採石場放工不是一直那麼準時的，也許是被什麼事情絆住了吧。」

沈時恩會武，姜桃倒是不擔心，就怕他仗著自己的本事摸黑上山打獵。

好在沒等多久，沈時恩就回來了。
姜桃先把他從頭到腳檢查一遍，確認他沒事，才放心地呼出一口氣。
其實沈時恩早就回來了，還正好遇到上酒樓買飯菜的蕭世南。聽蕭世南說衛常謙來家裡，他特地在外頭多留一會兒，看著衛常謙走遠，他才回來。
姜桃打發姜楊他們早些睡，然後給沈時恩重新拿了碗筷。
今晚的席面菜多是肉菜，姜桃和姜楊、姜霖沒動，只有衛常謙和蕭世南吃了，所以還剩不少。
趁著他吃飯的工夫，姜桃眉飛色舞地說了下午和晚上的事。
沈時恩一直靜靜聽她說，等她說完，臉上卻不見笑意。
姜桃止住了笑，問他。「是不是做活太累了？家裡的事情太瑣碎，我一高興，就忍不住和你說，聽著會煩是不是？」
沈時恩搖頭，說哪裡會。
他放下筷子，傾身過去將坐在旁邊的姜桃抱到自己腿上，下巴抵著她的柔軟髮絲，輕聲嘆息。
「不是煩，是覺得自己沒用，所有事情都要妳幫著操持。小南那一百兩銀子，是妳想辦法弄來的，連他讀書的事情也要妳費心。這些本該是我來做的，是我欠妳太多了。」
姜桃窩在他懷裡，耳朵貼在他的胸膛上，聽著他強健有力的心跳，沒來由地，就覺得很安心。

「怎麼這麼說自己？小南那一百兩是我給的不錯，但是你別忘了，之前你打的野豬，就賣了二百兩，沒有那二百兩，我們也買不起這宅子，搬不到城裡來。咱們是一家子，不說這些欠不欠的。真要論起來，我出嫁還帶著兩個弟弟一道生活，誰家男人能容得下這個？」

沈時恩心裡熨貼得像寒冷冬日裡喝了一道熱茶一般，又聽姜桃接著道：「再說了，雖然老話說男主外，女主內，但誰也沒規定都得按著這樣來是不是？現在對外的事，確實是我在處理，可家務是你一手包辦的。誰家像你這麼好，我前幾天累得回來倒頭就睡，你幫我按脖子按到半夜，早上出門前還劈好柴，挑好水，做好早飯。在採石場做了一天活兒，晚上回來還要做晚飯……」

姜桃越數沈時恩的好處，越有些心虛，她看不起那種在外面掙了點錢回來，便在老婆面前充大爺的男人，但是怎麼說著說著，她發現好像自己就成了那種人？

除了做刺繡以外，她好像在家什麼都沒幹過，只等著沈時恩和姜楊他們照顧她。

「我去給你放熱水沐浴吧。」她從沈時恩腿上站起來。「你累了一天，好好洗個澡，才睡得舒坦。」

姜桃很想展示自己賢慧的一面。

沈時恩看出來了，笑著把她拉回自己腿上。「說好現在我主內，怎麼是妳給我放熱水？還是我來伺候妳吧。」

他說到後面，壓低了聲音，帶出一些旖旎的味道。

姜桃又是一陣面紅心跳，隨即想到今早起身時的慘狀，可不敢再體驗他的「伺候」，連忙跳出他的懷抱。

「我自己洗，我自己洗。」她說著，跟受了驚的兔子似的跳走了。

等她沐浴完，沈時恩也吃飽了，還把桌上的殘羹冷炙收走，連盤子都疊好，放回食盒。

姜桃看他還要去擰抹布擦桌子，忙道：「你放著吧，我來收拾就成。」

沈時恩要她先把頭髮擦乾，仔細別著涼，說話的工夫，也把桌子收拾好了。

等他洗完澡，兩人躺進被窩裡。沈時恩知道前一夜鬧得太狠了，沒再做什麼，只是將她抱在懷中。

他的懷抱溫暖厚實，身上的味道是淺淡的青草香氣，姜桃很快就昏昏欲睡了。

迷迷糊糊的，她似乎聽到沈時恩問她想要什麼。

姜桃倒不至於完全沒了神智，提什麼稀奇古怪的要求，只是突然想到在現代時關注的一樣東西。

她含糊不清地說：「想要一個麵包窯。就是那種小貓形狀的，貓嘴裡塞柴炭，放麵團進去，貓耳朵可以通風，用來烤東西的……」

說著說著，她完全被睡意打敗了，不知道描述到哪裡，就睡過去了。

一覺睡到第二天早上，姜霖驚喜的尖叫聲吵醒了姜桃。

姜桃伸手往旁邊一摸，沈時恩已經不在身邊。

她再看看外頭剛剛發亮的天色，奇怪著他今日怎麼那麼早就去上工，然後攏了頭髮，披了衣服，出去看小傢伙在激動什麼。

打開屋門，姜桃就看到天井裡堆滿青磚和泥料，而原來種菜的那個角落，此時已經立著好幾個形狀不同的麵包窯。

姜霖激動極了，拉著沈時恩一個勁兒地問：「姊夫，這些是什麼啊？是你造出來給我玩的嗎？」

小傢伙根本不知道眼前造型奇特的東西是什麼，還以為是跟堆雪人一樣堆著玩的東西。

姜桃驚喜之下，又去看沈時恩。

他精神還是很好，只是眼睛有些充血，見了她，微微內疚地道：「我不知道妳要什麼樣的，試著弄了幾個。要是做得不對，妳別生氣，我再重新弄。」

姜桃哪裡會生氣呢？她從來沒想過自己隨口提的要求，會有人這般珍而重之地幫她完成，心都要軟化了。

前一夜姜桃說得籠統，沈時恩便照著她說的，做出幾個形狀不同的來。

只是，姜桃在現代看到的是大頭卡通貓造型，而眼下這個時代畫畫都是寫實的工筆畫，所以沈時恩用泥捏出來的貓都是寫實派，腦袋、身體和四肢，甚至尾巴都捏出來了。

這樣的結果，就是必須捏得很大，才有可能做出像姜桃說的，從貓嘴裡塞柴炭，貓耳朵出氣的形狀。

角落裡或站或坐地立了好幾個這樣的大型貓咪泥塑，光看著就知道工序有多複雜。

姜桃把興奮的姜霖趕回屋裡睡覺，對沈時恩嗔道：「昨天我就是隨口說的，你怎麼還當真呢？而且就算真的要做，也可以等我畫個圖紙。」

沈時恩笑了笑。「不是說好現在妳主外，我主內？不過是些磚土就能做出來的東西，這樣小的要求，我總該為妳辦到的。只是我莽撞了，聽妳說的，以為不會很難，沒想到試了一夜，都沒有做成功。」

離得近了，姜桃看著他充血發紅的眼睛，越發心疼，問他。「試了一夜是什麼意思？你一晚上沒睡？」

沈時恩沒接話，而是看著一堆失敗品，歉然道：「白折騰了，我都生過火，但都達不到妳說的那種效果。」

姜桃上去拉他的手，說已經很好了。

真的很好，因為她根本沒想過自己順嘴提的，沈時恩會立刻動手去做，所以說得很空泛。如果她沒有提前看過製作過程，只聽有人這麼和她描述，肯定摸不著頭腦。唯有沈時恩會把她的話這樣放在心上，覺都不睡來替她鼓搗這些。

儘管在旁人看來可能只是很小的事，姜桃心裡還是比吃了糖還甜。

沈時恩避開她的手，說自己身上髒，然後去打水洗漱。
趁他洗漱的工夫，姜桃就去了姜楊屋裡，在他的書桌邊開始畫草圖。
既然要做，就好好做出來吧！

第四十一章

姜楊和姜霖住同一間屋，早被小傢伙的叫聲吵醒了，穿戴整齊，先去天井裡看了泥塑窯，又折返回來看姜桃畫草圖。

姜桃是真的喜歡那個麵包窯，從前看過很多遍，草圖很快就畫完，還列出製作時要注意的地方。

姜楊在旁邊欲言又止數回，姜桃見了便道：「有話就說，吞吞吐吐的做什麼？」

姜楊道：「妳可太能折騰了。」

幸虧是他親姊姊，若是換個位置，沈時恩是她親哥哥，姜桃是嫂子，她隨便一個想頭，就讓沈時恩忙活一整夜，想讓人不討厭她都難。

姜桃沒好氣地斜他一眼。「你姊夫疼我，我隨口提，他就連夜動手。你羨慕嫉妒啊？」

姜楊不羨慕嫉妒，只是聽著覺得酸得很。

沒一會兒，沈時恩洗漱好，尋到廂房，見了草圖便笑道：「原來只是堆個這樣的貓頭，不必做其他部分，真是我想錯了。」接著又仔細看了她寫的注解，思忖著道：「原來這些地方應該留空。」

姜桃見他又認真起來，連忙把圖紙收起來，催促他。「快去睡一會兒，得了空再做，也是一樣的。」

正說著話，蕭世南揉著眼睛，也過來了。

雖然剛才姜霖被姜桃趕回屋，卻是興奮得根本睡不著，也趿拉著鞋子從炕上下來。

「小南哥哥不知道，昨晚姊夫捏了好多泥塑，要給姊姊做什麼窯。」

姜楊趕緊看他一眼，這胖子不知道什麼該說，什麼不該說。讓蕭世南知道沈時恩因為姜桃的一句話忙活一整夜，肯定要不高興的。

蕭世南確實不高興了，聽了姜霖的話，急道：「二哥，你怎麼這樣啊？這種事不喊我，你一個人表功算怎麼回事？」

不只沈時恩覺得自己做得不夠，蕭世南也很想回報嫂子的。

在蕭世南滿含怨念的目光下，沈時恩不好意思地摸摸鼻子。「這不是也沒成功嘛，不然你和我一道做，功勞分你一半。」

蕭世南這才笑起來，把沈時恩往旁邊一擠。「分什麼分啊，你等會兒還要去上工，我正好沒事，來幫嫂子做窯。」

姜楊見狀，實在很無語。

如果姜桃不是他的親姊姊，他都要懷疑她是不是會什麼妖術，給這兩兄弟下降頭了。

不過想是這麼想，姜楊的嘴還是很老實地說：「我也來幫忙吧。」

姜霖更不用說了，捏泥巴在他看來是頂頂好玩的事情，也嚷著要加入。

姜桃看大家興致都這麼高，乾脆捲起袖子說，那就一起來吧。

人多力量大，加上沈時恩連夜準備的材料充足，又有姜桃現場指導，不到一個時辰，他們就堆好了姜桃想要的麵包窯。

剩下的，就是用火把窯完全烤乾，就可以使用了。

這是他們一家子第一次齊心協力動手完成一件事，因此每個人都很高興。

後來姜桃看時辰不早了，讓他們都去洗漱更衣，該上工的去上工，該上課的去上課。

這天是姜楊兄弟和蕭世南第一次去衛家上課的日子，所以姜桃也回屋收拾一番，然後在街上買了些好的點心和茶葉，這才領著他們過去。

另一邊，衛常謙已經起床，楚鶴榮也到了衛家。

雖然蘇如是已經買下隔壁的宅子，但那家人尋新的住處，也要時間，所以他還是暫時住在別院，天不亮就起身趕路。

楚鶴榮極少這麼一大早起身，坐到書桌前就開始打瞌睡，沒來得及關心為什麼書房裡多了幾張書桌。

衛常謙看他睏得眼皮子直打架的模樣，氣不打一處來，也懶得叫醒他。

沒一會兒，下人來報，說姜桃領著人來了，衛常謙的臉色才好看些，把他們請到前廳。

姜桃怕打擾衛常謙給孩子們上課，看著姜楊和姜霖給衛常謙行了簡單的拜師禮後，也沒多待，送上買的禮物，和衛常謙寒暄幾句就離開了，去之前的學堂幫姜霖辦退學。

衛常謙領著姜楊他們進了書房，讓他們自己找位子坐。

姜霖個子最小，姜楊讓他和楚鶴榮一樣坐在前排，自己則和蕭世南坐在後排。

大家都落坐了，衛常謙各給他們發了一本書。

發給姜霖和楚鶴榮、蕭世南的是《千字文》，給姜霖的則是他親手謄抄，且寫了不少批注的《詩經》。

因為是第一次上課，衛常謙便先後把姜楊他們喊到身邊，說了規矩。

直到他們說完話，各自開始讀書，趴在桌上睡糊塗的楚鶴榮才被讀書聲吵醒。

一睜眼，見屋裡多出好幾個陌生人，楚鶴榮驚得從書桌前彈起來，還把屁股底下的椅子帶倒，發出砰一聲巨響。

本就看他不順眼的衛常謙見他這般形容無狀，面色更難看了。

楚鶴榮連忙拱手道歉，又問：「老師，怎麼回事啊？這些都是誰啊？」

衛常謙氣不打一處來。「還能有誰？這些都是我新收的學生。」

楚鶴榮哦了一聲，又坐回去，然後挨個兒打量姜楊他們。眼神梭巡好幾圈，見姜楊他們只顧悶頭看書，誰也沒有回看他，心裡就覺得很受傷。

衛常謙早不收學生、晚不收學生，偏偏收了他之後，立刻又收了三個進來，這不是明擺著看不上他嗎？

他不曾有過同窗，但家裡堂兄弟多得很，雖然表面上看著一團和氣，但其實明爭暗鬥的，各有自己的小心思。

別看楚鶴榮在外面風風光光，但打小在家裡受幾個堂兄的欺負，在他們面前，連說話的資格都沒有。幸虧他和他爹都是家裡最小的，受楚老太太喜歡，不然早讓其他幾房擠對得連站的地方都沒有了。

他越想越難受，想著有血緣的堂兄弟都那樣，這幾個素未謀面、連眼神都懶得給他的同窗，多半也不會和他好好相處吧？

他好可憐，陪著蘇如是出來一趟，就把自己賠進來不算，以後還得和陌生人當同窗。一早連個眼神都不給他，一看就是不喜歡他。

他又想到，在家裡時曾聽大堂兄說過，說別看那些讀書人表面上文質彬彬，其實肚子裡壞水多著呢，一不小心就會被他們算計了。

春日裡的風很暖，但是小可憐楚鶴榮的心拔涼拔涼的。

受傷的楚鶴榮更無心學習，渾渾噩噩混了一早上，書都沒翻一頁，就到吃午飯的時候。衛常謙的規矩，不讓他們出書房，只命人把飯菜送過來。

他們用飯時，姜桃也提著籃子，從茶壺巷過來了。

家裡的窯燒了一上午，已經差不多能用，她就去鋪子買麵肥，又買了一袋小麥粉，嘗試著發麵，想做麵包來吃。

不過她從來沒有做過，一開始並不順利，頭兩次烤焦失敗，後來還是之前和她搭過話、報了姓名的兩家鄰居看姜桃家的門開著，過來串門子，憑著多年下廚的經驗指導她，才做成功。

這時候的小麥粉沒有後世的那麼細，麵包口感吃起來比較粗，有點類似粗糧麵包，蘸著白糖吃，也算可以。

這時代，普通人能吃飽就不錯了，點心什麼的都是奢侈品，一個月能吃上一、兩回就不錯了。多了麵包，以後便能給家裡人換著花樣弄些吃的。

所以姜桃還是很高興，謝過鄰居，把麵包放進籃子，送到衛家來。

衛家下人和她相熟，把她引到書房。但姜桃沒打算打擾，只說自己來送東西，請下人幫著送就好。

楚鶴榮坐在最靠門的前排，隔著窗戶見到她，立刻站起來迎出去。

「姑姑，妳怎麼來了？是不是來瞧我的？」

姜桃不好說不是，她雖是來送東西，但也是來看看弟弟們和楚鶴榮這大姪子相處得如何，就問他第一天習不習慣，有沒有好好看書？

楚鶴榮不說這個，只拉著她嘀咕。「今天先生又收了別的學生，他們都不理我，我看他們，他們一個眼神都不給我。姑姑，我不想學了，妳去跟蘇師傅說，讓我回京城好不好？」

姜桃一聽就不樂意了。她和楚鶴榮這便宜大姪子談不上有感情，但怎麼也算是沾親帶故的，自家幾個小子來了一早上，就敢欺負人了？

姜桃推門進了書房。

楚鶴榮跟在後頭勸。「姑姑，不用這樣，我受點委屈也沒什麼。」心裡卻在偷笑，想著姜桃肯幫他出頭，先不管能不能治這幾個同窗，反正是來給他撐腰的！

屋裡都是自家人，姜桃就直接問了。

「你們為什麼欺負小榮？」

姜楊他們正在用飯，聽了這話都茫然了，一時間不知道怎麼回答。

他們知道姜桃被楚家長輩認為義女，也知道楚鶴榮的身分，雖然不算熟稔，但是怎麼也不會欺負他啊。

「姊姊，妳說什麼呢？」姜霖從椅子上跳下來。「我們一上午都在讀書，什麼時候欺負人了？」

這一聲姊姊直接把楚鶴榮喊懵了，竊笑僵在唇邊。

姜桃又去看姜楊和蕭世南，姜楊蹙眉道：「阿霖沒說謊，早上先生讓我們朗讀，又分批為我們講解。一上午就這麼過了，我們彼此之間連話都沒說上，怎麼會去欺負他？」

姜桃再去瞧楚鶴榮，楚鶴榮委屈巴巴地說：「對啊，他們連話都不和我說，擺明了不喜歡我。」

蕭世南聽了這話，忍不住扶額。「阿楊和阿霖是親兄弟，和我是姻親，我們三個坐在同一間屋子裡，都沒顧得上說話，也沒理睬彼此。按著你的說法，難道我們彼此也不和？」

楚鶴榮算是聽明白了，屋裡三個同窗和他姑姑是一家。

姜桃也弄清楚，原來是誤會一場，但到底親疏有別，她不好說楚鶴榮，只叮囑姜楊他們。「小榮一個人在外鄉求學本就不容易。他喊我一聲姑姑，和咱們也算是一家人，你們要多照顧他一些，知道嗎？」

姜楊他們說知道了，姜霖還特地背著雙手走到楚鶴榮身邊，故作小大人狀，語重心長道：「大姪子放心，有小叔叔我在，肯定沒人敢欺負你。」

楚鶴榮能說什麼呢？本來以為蘇如是認了個乾女兒，自己突然多了一對姑姑、姑父就很尷尬了，沒承想後頭還牽出了一串。眼前的小胖子還沒他的腰高呢，按著輩分，還真得喊他叔叔。

恨啊，他沒事告什麼狀呢！

姜桃看不下去，楚鶴榮和她差不多大，喊她姑姑已經夠委屈，真讓他喊姜霖叔叔，也太欺負人了。

「你們是同窗，日常不按乾親的輩分算，就是平輩。」

姜霖挺直的背板立刻就垮了。

打小他就是家裡最小的，連二房的姜傑都比他大幾個月，好不容易當了回叔叔，結果沒當一會兒呢，又落空了。

楚鶴榮的神情這才恢復正常。

姜桃既然進了書房，便直接把籃子裡的麵包分給他們。

因為是第一爐烤好的，數量不多，姜桃只帶了四個，給他們一人一個。

姜楊他們知道是今早砌好的磚窯烤出來的，雖然覺得這麵包長得和平時見過的那些不同，奇形怪狀，但還是吃得特別香。

楚鶴榮就不成了，打小吃慣了山珍海味，家裡麵食用的麵粉都得篩好幾遍，這樣粗礪的東西，他吃了一口就不想吃。

不過，到底是姜桃特地送來的，他也沒有表現出不喜歡。

姜桃看他們都吃了，沒再多留，叮囑他們要好好相處，提著空籃子回去了。

等她走了，姜霖笑著和楚鶴榮說：「大姪子，你是不是不喜歡吃？」

楚鶴榮一聽這稱呼就背後發寒，好在姜楊橫了姜霖一眼，姜霖立刻改了口，說：「小榮哥哥，你不愛吃別勉強，我幫你吃吧。」

楚鶴榮心中一暖，想著這小傢伙雖然嘴上占自己的便宜，沒想到卻是一副熱心腸。

謝謝兩個字剛到嘴邊，蕭世南卻在後面拍了他一下。「你別上他的當，他是自己嘴饞沒吃夠，想吃你的。」

姜霖被戳穿了也不惱，嘿嘿笑著。「反正不能浪費糧食，而且烤這個麵包的窯是我們早上辛苦搭的，總不能浪費大家的辛苦吧？」

「這個奇怪的東西叫麵包？」楚鶴榮來了興致。「你們自家做出來的？」

這個說起來就長了，姜霖說不清楚，就由蕭世南解釋。

聽到要做這長得奇怪、口感也不怎麼樣的麵包有那麼多講究，楚鶴榮不好意思挑嘴了，就著熱茶，小口小口地吃起來。

在適應這種粗礪的口感之後，楚鶴榮發現這麵包帶著淡淡的麥香，還挺有嚼勁，別有一番滋味。

麵包上撒了白糖，雖然他不是很喜歡白糖的甜味，但就著茶水中和了甜味，便顯得越發好吃了。

姜霖看他吃得歡，眼神那叫一個失落啊，連姜楊都看不過去，拍了他腦袋一下。「家裡也不缺你一口吃的，這麵包姊姊肯定會再做，至於這樣嗎？」

楚鶴榮也反應過來，自己不知不覺就把一整個麵包吃完了，歉然地對姜霖說：「不然等下了學，我帶你去吃別的？」

姜霖的眼睛立刻亮了，不過沒立刻答應，扭頭去看他哥。

姜楊想著姜桃交代他們和楚鶴榮好好相處，多些來往總是好的，便點頭，示意可以去。

姜霖嘿嘿笑著，豎起兩根肉乎乎的手指，說想吃糖葫蘆，要兩根！

楚鶴榮含著金湯匙出身，打小沒缺過銀錢，日常出門沒少請客，但只讓他請吃兩根糖葫蘆的要求，還真沒有過。

他忍不住笑道：「這有什麼，我買下一整個糖葫蘆攤子都沒問題。」

兩根糖葫蘆不過幾文錢，包一個糖葫蘆攤子要花費的銀錢可就不少了。

姜楊去看姜霖，想著自家弟弟應該還不至於這麼沒分寸。

果然，姜霖連忙搖頭。「不成不成。」

姜楊彎了彎唇角，卻聽小傢伙接著說：「太多了我吃不完啊。不然你先把攤子買了，我每天下學去領一根。」

姜楊的微笑僵在唇邊，楚鶴榮哈哈大笑。「可以可以。」

因為有了這個插曲，幾人之間的氛圍就好了起來。

尤其是蕭世南和楚鶴榮年紀相當，性情也是偏跳脫的，很快就說上了話。

蕭世南說：「早上看你一直盯著一頁書看，也太認真了。」

楚鶴榮聽了，先扭頭看看窗外，確認衛常謙沒過來，才道：「我哪裡是看得認真，壓根兒沒看進去。」

蕭世南說這樣不成啊，又告訴他。「甭管會不會，先生讓你看啥，你起碼得裝作認真在看的樣子。等一會兒翻一頁，然後每翻兩頁，都得皺起眉，裝出苦惱的樣子。」

楚鶴榮搔搔頭。「這樣管用嗎？先生一問，不就穿幫了？」

「這你就不懂了，一看就知道沒跟過先生念書。」蕭世南小聲地教授自己早些年在家裡時的蒙混經驗。「你會不會是一碼事，但是你態度認不認真是另一碼事。等先生發問，就算你真的不會，作出一副虛心受罰的模樣，先生一想你學得認真，學不會是因為天資有限，就沒那麼生氣了。」

楚鶴榮聽得將信將疑，沒一會兒，衛常謙過來了，幾人老實坐回書桌前。

等下人把他們吃完的膳食撤走，下午的課業便開始了。

第四十二章

讀書的基礎是背誦，衛常謙讓他們再把上午看的書讀幾遍，一會兒抽背。

楚鶴榮已經走神一上午，衛常謙對他的忍耐已經逼近極限，所以下午開課以後，就不錯眼地盯著楚鶴榮。

楚鶴榮在衛常謙的眼皮子底下，不敢再分心，但是這些字，他一看到就眼暈，腦子裡一團漿糊。

然後他想起蕭世南說的「態度」，不管有沒有用，死馬當作活馬醫，依舊記不進腦子，但還是一會兒就翻一頁，然後裝出苦思的樣子。

衛常謙盯了他一會兒，看他總算認真起來，臉色便沒那麼難看了。做老師的，雖然會不自覺更喜歡聰明、有天賦的學生，但最不喜歡的，還是學生吊兒郎當的態度。

後來，衛常謙要楚鶴榮背書時，楚鶴榮雖然背得結結巴巴，但衛常謙也沒過於責怪，怕說重了，滅了他好不容易生出的積極。

至於姜楊和姜霖，兩兄弟都是一字不錯地背出來，讓衛常謙的心情越發好了，連帶著看楚鶴榮的目光，都多了幾分慈愛。

衛常謙還讓他們練了會兒字，楚鶴榮的字是真的難看，沒比剛學會提筆的姜霖好多少。

蕭世南的字倒是不算醜，好歹下過幾年苦功，只是字如其人，飄忽得很，前後可以寫出兩種風格。

衛常謙挨個兒指點，楚鶴榮本以為會很難熬的課業，沒想到其實沒那麼辛苦。而且有了蕭世南教授他的歪招，還真讓衛常謙對他略略改觀。

蕭世南是個自來熟，下了課，就勾上楚鶴榮的脖子，道：「小榮哥，有好吃的，也帶上我吧。」

姜霖也很自覺地走到他們身邊，催促著快一些，再晚的話，賣糖葫蘆的要收攤了。

楚鶴榮不是沒有被人這麼簇擁過，只是那些人要麼是家裡奉承他的下人，要麼是指望著他錢袋子的狐朋狗友，像這種彼此平等，又像兄弟、又像朋友的相處，他還真沒有經歷過。

「阿楊，你去不去？」楚鶴榮樂呵呵地去喊姜楊。

姜楊輕輕嗯了聲，也收拾好東西。

蕭世南知道楚鶴榮有些敏感，跟他解釋道：「阿楊這人面冷心熱，不是不想和你說話。」

姜霖點頭。「他不和你說話，就是對你最大的好。我姊姊都說，這人說話可難聽了。」

楚鶴榮聽了，笑了笑，但隨即想到姜楊就在旁邊，聽見肯定要生氣。就像小時候幾個堂兄欺負他，他不過和人提了句，幾個堂兄知道後，把他收拾得更慘了。

他連忙去看姜楊，姜楊面色無恙，已經走到門口，看楚鶴榮愣愣地盯著他瞧，便問：

「不是說要快點出發嗎？」

「走了走了。」蕭世南和姜霖推著楚鶴榮往外走。

楚鶴榮被他們的歡樂感染了，樂呵呵地想，難道這就是別人家兄弟之間的相處嗎？還讓人怪喜歡的。

另一邊，姜桃回家之後，接著烤麵包。

早上兩個鄰居王氏和李氏幫了很大的忙，所以姜桃烤出新的之後，又給她們送一點。

雖然不是多好的東西，但小麥粉已經算是精細糧食，而且也是吃個新鮮，所以王氏和李氏挺高興，又過來串門子，和她聊了起來。

她們很好奇，為啥姜桃之前都不在家。

因為城裡不比鄉下，鄉下是男女都要下地做活，城裡人則是做工。女人不容易找到活計，所以都是男人在外做工，女人在家做家務帶孩子。

姜桃也不隱瞞，告訴她們。「我不在家是因為我也找了一份工，去了別人家當繡娘。之前主家要出門見客，我趕了五、六天的工，做出新衣。這幾日沒事了，主家就給我放了一旬的假。」

王氏和李氏聽了，驚道：「還有這種好事？妳主家也太好了。」

女人找活計本就難，而且她們在城裡住了這麼些年，從沒聽說過有誰做五天活，能休十天的。

李氏有些不好意思地問：「能打聽一下妳的月錢嗎？」

工資這種事，不管放在哪個時代都屬於隱私，王氏聽了，便拐她一下。

姜桃對這兩位熱心腸的鄰居印象挺好，所以也沒惱，但到底涉及隱私，不好細說，只道：「早些時候我是做繡品去繡莊賣錢，後來被人介紹到主家面前。當時，我繡了三條抹額、五個荷包，本錢花了二兩多，主家給了我二十兩。」

王氏和李氏聽了，連連咋舌。二十兩都夠城裡一家子一年的嚼用了。而且一出手就是二十兩，給的月錢肯定不會低。

難怪姜桃在家鼓搗什麼麵包，烤焦好幾個，廢了不少小麥粉，也不見她心疼。

王氏比出大拇指。「真看不出來，小娘子這樣有本事，難怪妳家人把妳當孩子寵著。」要是她男人一下子能賺一、二十兩，她也得把他當菩薩供著！

姜桃抿唇笑了笑。「不關銀子的事情，從前我在家裡做針線，不過能掙個三、五兩，他們待我也很不錯。」

王氏又把她一通誇。之前她還想著，姜桃沒了父母，男人又是苦役，命還挺苦。但後來看她家人都對她好，想著有這樣知冷知熱的家人，苦一點也沒什麼。眼下才知道，她自己這般有本事，男人掙不掙錢根本不重要，哪裡會苦呢，她的本事才是生活的最大保障。

李氏問完之後，沒再說話，沈默良久，才有些怯怯地問：「小娘子，妳家主家還招不招人？其實我也會做一些針線的。」

這話問得實在唐突，連王氏聽了都皺眉看過來，可李氏卻低下頭，不去看她。

姜桃不以為意地想了想，道：「這個我倒是沒打聽過。而且不怕兩位姊姊笑話，我說句托大的，我做的刺繡不是普通針線，常人或許做不來。」

說著話，她索性去拿了針線笸籮，幾針下去，便勾勒出一朵桃花的輪廓。

王氏和李氏看呆了。這時代的女子幾乎沒有不會針線的，但都是裁衣、納鞋底那些，很少有在衣服上刺繡，更別說不用仔細描花樣，拿起針線就能繡花的。而且，光看輪廓就這般好看，不知繡出來得美成什麼樣子。

姜桃真的太謙虛，這樣的技藝，哪裡是常人做不來？分明是見都沒見過，想都不敢想！

李氏赧然地笑笑，自慚道：「是我想多了，我家裡還有事，先回去了，妳們慢慢聊。」

姜桃目送她出門，問王氏。「是不是我說話不中聽，冒犯到李姊姊了？」

王氏搖搖頭，湊到姜桃耳邊，低聲道：「是她家裡真的有事。妳別怪她今天說話唐突，她也是沒得辦法了。」

姜桃有心想問怎麼回事，但又覺得自己和她們不算熟稔，探聽隱私有些不好。

不過不等她接著發問，王氏便繼續道：「妳李姊姊是改嫁的，還帶著前頭生的女兒。改嫁的漢子先前看著挺好，雖不說有什麼頂天本事，但在酒樓裡當二廚，也算是吃喝不愁。只是沒想到去年年底，那家酒樓收了，他男人看不上一般的小飯館，想去別的大酒樓做工。

「可是這城裡的酒樓，哪家廚子不是重金聘請供著，誰家敢輕易換廚子？且他只是個二廚，挑不起大梁，大酒樓也不願意請他。

「就這樣，她男人在家賦閒幾個月，從前看著好好的人，不知道哪裡染上酗酒惡習，喝多了就打罵妳李姊姊。這幾日更是過分，說家裡銀錢快花完，想把妳李姊姊帶過來的女兒發嫁，掙點聘禮補貼家用。」

姜桃聽了，蹙眉道：「女子成婚是一輩子的大事，衝著聘禮去，能尋到好人家嗎？」

「可不是嘛！所以那男人看的都是死了老婆的鰥夫，或者是想納小妾的人家。妳李姊姊娘家沒人，只能在我眼前哭。」王氏說了，嘆口氣。「所以她才打聽那些，也是急得沒辦法了。妳擔待一些，不要怪她。」

姜桃搖搖頭說不會。

話題有些沈重，姜桃不知道說什麼好，只是覺得心裡悶悶的。現在她的日子雖然不算富有，但真的一點都不苦，都快忘記這個時代的女人是多麼不容易了。

王氏看她擰眉，又笑著安慰她。「我就是跟妳提一句，妳也不必太過憂心。天下女人都是這麼過來的，跌跌撞撞也就是一輩子了。」

她們正說著話，突然天井的角落裡傳來一聲急促尖銳的雞叫。

姜桃出去一看，只見雪團兒不知道什麼時候跳進雞圈裡，正追著雞咬。

之前王氏就看過在院子裡遛達的雪團兒，後來聽姜霖說，這是他姊姊在山上撿的野貓，便不陌生，笑道：「妳家這貓崽子越來越精神了，半人高的籬笆都能跳進去。妳可得快些把牠抓出來，不然妳家這幾隻雞可都得讓牠禍害了。」

姜桃家的臨時雞圈是沈時恩動手做的，半人高的木樁籬笆，圈起小小的一塊地。幾隻雞是從槐樹村帶來的，養到現在，已經很圓潤了。

不過，帶來的時候是三隻，現在只剩兩隻。不用想也知道是雪團兒偷吃掉了。牠精明得很，家裡沒見血和雞毛，那雞好像憑空消失了一般，如果不是姜桃日日鎖好門窗，茶壺巷這邊風氣也好，不然都要懷疑是不是有偷雞賊上門。

姜桃忙起來的時候，連家裡人都顧不上，更別說雪團兒了，一直是姜楊兄弟在照顧。

所以，姜桃也沒惱，笑著喚了雪團兒一聲。

雪團兒聞聲，立刻從雞圈裡跳出來，挨到她身邊，豎著尾巴連連蹭她。

這討好親暱的模樣，也把王氏逗樂了。「這小貓崽長得奇特，還像能聽懂人話似的，我活這麼大，真沒見過。」

姜桃抱起雪團兒，發現不過幾天工夫，小傢伙沈了好多好多，但還是瘦，能摸到骨頭。有了牠的打岔，之前略顯沈重的氣氛就沒有了。

姜桃問王氏知不知道哪裡有賣小雞，她想買幾隻回來。畢竟雪團兒越長越大，胃口也會越來越大，是時候再養些。

王氏道：「冬日裡的小雞好買，因為怕養不活，過不了冬，賣得便宜。現在天回暖了，小雞隨便餵餵，見風就長，家家戶戶都想養大了再賣，就不好買了。」

姜桃點頭。「那我買幾隻大的放家裡吧，下雞蛋也好，給小東西打牙祭也好，總歸是需要的。」

王氏說：「既然不非要買小雞，那倒好辦，妳李姊姊家年前養了好幾隻雞，現在應該是不捨得吃了，我領妳去挑幾隻就是。」

說著話，王氏便帶姜桃過去。

李家的院門沒關，王氏同李氏像親姊妹似的，也沒講究，帶著姜桃走到她家天井，再喊李氏。

只是，她們來得不巧，王氏還沒開口，就聽到屋裡傳來砸東西的聲音。

李氏的丈夫在屋裡粗聲粗氣地罵道：「老子怎麼娶了妳這麼個喪門星，還帶了個賠錢貨，害得老子好好的廚子當不成，現在倒楣得活兒也找不到？妳還有臉哭？我就說把那賠錢貨送給張老爺當填房，可得一百兩銀子！一百兩妳知道是多少嗎？咱們家幾年都吃喝不愁了！」

男人嘴裡的話越來越難聽，李氏卻只敢低聲嗚咽，連還嘴都不敢。

王氏聽著，拉姜桃出了李家，歉然地說：「今天來得實在不巧，晚些時候，我再帶妳來挑吧。」

姜桃也沒了心情，點頭說好，兩人就各回各家了。

下午，姜桃沒什麼事做，吃了麵包當午飯後，就拿了抹布在家擦擦洗洗。不知道是不是因為心裡一直記掛著李氏的事，隱隱約約好像一直聽到隔壁傳來的罵聲和哭聲。

晚些時候，姜楊他們和沈時恩先後回來了。

姜桃已經提前蒸了米，問大家想吃什麼菜。

姜霖吃了一肚子糖葫蘆，嘴邊還帶著糖渣子，聞言立刻老實搖頭。「糖葫蘆吃飽了，吃不下晚飯了。」

蕭世南哈哈大笑，和姜桃說：「阿霖太好玩了，小榮哥說包一個糖葫蘆攤子給他，讓他每天下學去吃一根。阿楊不許他要，說不好破費。阿霖一聽急了，說既然以後不能天天吃，那今天吃個飽總行吧。阿楊說行，結果他在攤子上連吃了三、四串，把小榮哥嚇壞了，生怕他吃壞了肚子要生病，好說歹說，才把他勸住。」

「你啊。」姜桃沒好氣地幫姜霖揉鼓鼓脹脹的胖肚子。「為了一口吃的，真把自己吃壞了怎麼辦？」

姜霖被她揉得很舒服，舒服得直嘆氣。「大姪子……不是，我說小榮哥大方嘛，可哥哥只許我吃這一次，我就沒忍住。」

姜楊也沒好氣。「人家大方是人家的事，或許這點錢在他看來不值一提，但是咱們不好占人家的便宜。」

「我沒有占他便宜啊。」姜霖說：「是姊姊說咱們是一家子嘛，我和他撒嬌，他喜歡我，才給我買吃的。那姊姊也經常給我買點心，難不成我也是在占姊姊的便宜？」

「那不一樣。」

「哪裡不一樣啊？」

眼看兩兄弟又要拌嘴，姜桃就立刻插話。「我相信我們阿霖不是那樣不知輕重的孩子，但是以後也不能經常讓你小榮哥花錢，知道不？」

姜霖靠在她懷裡點頭，又偷偷湊到她耳邊，壓低了聲音和她說：「其實就算哥哥不說，我也不會真讓小榮哥給我包糖葫蘆攤子的。我就是假裝失落，這樣起碼今天能吃個飽。」

姜桃好笑又無奈，攬著鬼靈精的小胖子掂了掂。

姜霖卻笑不出來了，一隻胖手捂著嘴，一隻胖手連忙拉住姜桃的衣袖，求饒道：「姊姊快別掂了。我、我想吐！」

說著，他從姜桃腿上跳下地，跑到外頭去了。

姜霖乾嘔的聲音從屋外傳來，不說姜桃他們，連方才差點和他吵架的姜楊都忍不住笑了起來。

姜霖是真的吐了，吐完就蔫了。

好在糖葫蘆都是山楂做的，倒不用考慮積食的問題。

姜桃餵他喝一些熱水，確認他沒有別的不舒服，就不管他了。

一家子簡單地用了晚飯，飯後分著吃幾個麵包當點心，又說說話，便各自去休息，或寫功課了。

第四十三章

等弟弟們都回屋，正屋裡就只剩下沈時恩和姜桃兩個。

姜桃搶著收拾桌子，沈時恩沒搶過她，便幫著打下手。

等兩人也忙完歇下，沈時恩拉著姜桃坐到炕上，問她。「今天是不是有什麼不開心？」

「怎麼這麼問？」

沈時恩輕輕捏著她的手指把玩。「除了妳忙得回家倒頭就睡的日子，妳很喜歡和我說白日裡發生了什麼事。今天卻一個字都沒提，可是有事讓妳不開心了？」

姜桃不好意思地笑笑。她也發現了，其實她平時不算話癆，但每天晚上和沈時恩單獨在一起時，她就好像突然打開了話匣子，有了說不完的話，再雞毛蒜皮的小事，都想和他分享。只是沒想到，今天少說一些話，就讓他察覺到自己心頭悶了。

「其實也不是我的事。」姜桃說：「就是咱們隔壁的李姊姊，個子高高、人瘦瘦的那個，她家裡出了一些事。」

這次連自己家的事都不是了，而是街坊鄰居的事，姜桃就怕沈時恩不想聽。

不過沈時恩沒有顯出絲毫不耐煩，她就慢慢說了下午的事情。

「她家男人不好。」沈時恩聽完後，道：「人的時運本就有高有低，如何能怪到自己妻子身上？不過這種人也不少見，能共富貴，卻不能共患難。」

姜桃點頭。「只是覺得李姊姊和她女兒可憐。又想到我之前，背著剋死雙親的掃把星名聲，若非自己有一門手藝，又遇上你，日子不知要過成什麼樣子。」

沈時恩攬著她，輕輕捋著她的後背。「那妳想怎麼幫她？」

姜桃沒想到他會這樣問，抿唇笑道：「你不會覺得我多事嗎？」

沈時恩搖頭。「路見不平，能幫的就幫一把。這是俠肝義膽，不是多事。」

姜桃道：「李姊姊對刺繡有興趣，我想著，不如教教她，能學多少就看她自己。她只要學會一點，也能做些繡品補貼家裡，起碼不會再被強迫著為了銀錢，隨意發嫁女兒。」

其實按姜桃的想法，是想讓李氏學成了本事，能自己賺錢，就離開那種生活不順遂就把責任推到女人身上，還打人，甚至為了銀錢想隨便發嫁繼女的男人。

不過這是別人的私事，而且現在一切都沒開始，說那些還太早，且先按下不提。

沈時恩又道：「若是只幫一個鄰居，教她做刺繡，應該不會讓妳這樣嚴肅吧？和我說說，妳還想做什麼吧。」

姜桃驚訝地看著他。這人怎麼像她肚子裡的蛔蟲似的？她可還什麼都沒說啊！

「直接說就成，怎麼傻了。」沈時恩屈起手指，輕輕敲她的額頭。

「其實我想幫的不只是李氏，而是其他像這樣因為沒有生存本事、只能仰仗男人鼻息，把身家性命託付在旁人手中的女人。」姜桃說著，有些不好意思。「我知道憑我一個人的力量，說這樣的話很不自量力，聽著很可笑是不是？」

沈時恩搖頭。「事在人為，如果一開始覺得困難就不去嘗試，那麼天下之事，十之八九都不可能成功了。」

「你支持我這想法？」姜桃不敢置信，連她自己都覺得這種想法無異於癡人說夢。而且眼下這個時代雖然算是民風比較開化，沒有裹小腳、立貞節牌坊那種陋習，女子也可以和離、改嫁，但到底是古代，女子地位完全比不得男子。

何況，即使在現代，女人地位上升許多，還是有許多不平等的時候。許多男人不希望妻子比自己厲害，寧願她們只在家裡相夫教子。

這些在眼下稱得上是離經叛道的想法，竟會得到沈時恩的支持。

沈時恩點頭。「女子可能天生在體力上不如男人，但並不代表女人就一定比男人弱勢。我覺得妳的想法很好，從前我長姊也曾經說過類似的話。」

提到當年的事，沈時恩的眼神黯了黯。

姜桃在心中讚了他長姊一聲「奇女子」，但人已經不在了，也不想觸碰沈時恩心裡的傷口，就沒問他長姊到底說過什麼。

「想做什麼就去做。」沈時恩從回憶中掙扎出來，輕輕拍著她的後背。

姜桃膩到他懷裡，悶聲悶氣地說：「那些男人要是知道我教給他們媳婦手藝，是存著讓她們獨立的心思，豈不把我視為毒蛇猛獸？」

沈時恩笑道：「妳又不是一個人。沒事的，不要怕，萬事有我。」

姜桃聽了，心裡又軟成一片，覺得自己前面活得那麼倒楣，可能是老天攢著她的運氣，全用在嫁給眼前這個男人上頭。

姜桃抱著沈時恩的腦袋，像親姜霖那樣，在他額頭響亮地啵啵了兩下。

沈時恩趕緊把她拉回懷裡。「別鬧，撩起火來，到時候求饒的也是妳。」

兩人就這麼挨著說話，大多時候都是姜桃在說話，但不論她說什麼，沈時恩都很有耐心地仔細聽，還會適當地提供一些意見。

等姜桃反應過來時，外頭已經是月至中天。

她歉然地看著沈時恩，嗔道：「怎麼不提醒我啊？時辰都這樣晚了。你昨夜沒睡，白天還做工，晚上聽我說了一宿的廢話，鐵打的身子也熬不住啊！」

「不過少睡一夜的覺而已，不值什麼。而且妳說的也不是廢話，我沒想過妳會推己及人想那麼多，真讓我刮目相看！」

他這口吻像為自己女兒驕傲的父親一般，把姜桃說得不好意思了，催促他去沐浴，然後早些休息。

一夜好夢，第二天一早，姜桃送走他們，又在家裡烤了一次麵包，便提著籃子去了楚家別院。

蘇如是早早就起身，見了她便笑。「不是跟妳說了嗎，這幾日要收拾搬家，到處都是灰，讓妳先不用過來，好好休息才是。」

姜桃掀開布，讓蘇如是看她做出來的麵包。「是我自己做的吃食，送來給您嚐嚐鮮。」

蘇如是不重口腹之慾，但還是很賞臉地拿起一個麵包，就著熱茶慢慢吃著。

姜桃不和她兜圈子，說：「師傅，我和您商量一件事成不成？」

蘇如是聽了，放下麵包，讓她有話儘管說。

姜桃把李氏的事情和自己的想法同她說了，因為她的刺繡技藝到底是蘇如是教的，所以還是得徵求她的同意。

「師傅教的家傳技藝，我是不會外傳的，就是教她們一些市面上的繡法。」

蘇如是想的遠比姜桃想的更多，而且她也更了解姜桃，不用像沈時恩那樣發問，就道：「妳的想法是好的，但隨著教授的人越多，產出繡品的量就越大，小縣城肯定消化不了那樣多的繡品。妳得想辦法幫她們賣，那樣才能做得長久。」

姜桃點頭。「師傅說的這些，我也知道，所以才來和您商量。」

蘇如是沈吟半晌，道：「這樣吧，妳和年掌櫃說。賣繡品這方面，他才是真的行家。」

「這樣會不會不太好？芙蓉繡莊到底是楚家的產業，若讓年掌櫃幫忙，不是等於用楚家的人跟錢？」

蘇如是笑著搖搖頭。「這繡莊是小榮的私產，本來每年就不沒有什麼盈利。尤其近半年來，幾家分鋪附近都開了旗鼓相當的牡丹繡莊，同他們打擂臺，搶生意。若是再不做別的發展，關門就是這兩年的事情。」

這小縣城的位置不便，所以這邊的牡丹繡莊是最晚才開過來的，其他地方的鋪子早被打得還不了手。只是消息閉塞，楚鶴榮又不上心，直到蘇如是過來，年掌櫃才趕緊來稟報。

「小榮那孩子看著有些驕橫，其實心腸很好。」蘇如是道：「咱們能幫的就幫一把。幫不成也沒關係，師傅幫妳。」

蘇如是真覺得照著楚鶴榮那漫不經心的態度，芙蓉繡莊被牡丹繡莊吞併，不過是早晚的事情，眼下姜桃正好想做這方面的事，就讓她利用芙蓉繡莊的資源練練手，若是能雙贏，自然更好；若是沒做好，她就出銀子買下芙蓉繡莊幾家鋪子，怎麼也不會讓楚鶴榮吃虧。

「行。」姜桃聽了蘇如是這話，越發有底氣了。「那我就試試吧。」

姜桃在蘇如是的指點下，想好了初步的計劃。

她要發展一個自己的繡坊，給李氏那樣的人提供工作崗位，給她們立起來的本錢，讓她們知道女子不靠男人也可以生活。至於她後面的路怎麼走，是繼續和那樣的男人過日子，還是和離，就看她們自己的選擇。

蘇如是很喜歡她這個想法。

她一輩子沒有嫁人，早些年父母兄弟在意外中去世，各家親戚逼上門來，想逼她嫁人，好謀取蘇家的金字招牌和產業。

於是，她乾脆把自家店鋪全賣了，換取大筆銀兩，然後花錢一路疏通，將自己的繡品送到宮裡。

她的繡品得了宮裡貴人的喜歡，又和當時陷入困境的楚家結盟，再躲到寧北侯府去教養姜桃，那些親戚才慢慢沒了動靜。

如今回想往事，三言兩語就可以概括，但當時境況有多艱難，唯有她自己知道，可說稍有不慎，她早被那些居心不良的人分而食之。

有技藝、有家底傍身的她，曾經尚且那般艱難，普通女子就更別說了。

接著，蘇如是讓人去請年掌櫃來，讓姜桃直接和他商量。

年掌櫃聽到姜桃要自己發展繡坊，很是高興，臉上直接帶出了笑。

姜桃問他合作上會不會有不方便，畢竟在她的認知裡，以芙蓉繡莊這樣的規模，肯定有自己的繡娘或長期合作的繡坊。

年掌櫃知道她如今已經是蘇如是的義女，半個楚家人，又要一道合作，就沒瞞她。「早前是有自己的繡娘，但後來少東家接手，沒兩年就把她們遣散了。」

姜桃聽了想扶額，繡娘對於繡莊，那就是廚子對於酒樓，其中的重要性，連外行人都知道，這也能隨意遣散？

「是本錢出了問題嗎？」蘇如是直接點破。

養繡娘可是很費銀子的，首先月錢得豐厚，其次是衣食住行等各方面都要補貼，而後還要提供材料給繡娘們練手。畢竟市面上每一種流行的繡樣或者繡技，都是在無數次試驗下，成功了才流行起來。這是長期栽培，畢竟做針線誰都會，做刺繡卻沒個三、五年不得入門。

繡娘教徒弟的本錢，也是要繡坊出的。像姜桃這樣學不到十年能有所成的，一方面是天賦異稟，另一方面則是蘇如是毫無保留地傾囊相授，一般人不可能這麼快。

年掌櫃有些無奈地點點頭。「後來我們和京城的繡坊合作，不過如今那邊的供貨，越來越慢了。」

沒了自己的繡娘，便只能去和別人的繡坊合作。這樣的好處是節省日常開支，但壞處是買繡品時，價格會昂貴不少，分薄了利潤。而且，如果有時興的東西面世，對方不一定會先賣給芙蓉繡莊。做生意講究先機，若是產品面世的動作比別人慢，是很吃虧的事。

況且，如今又來了一家牡丹繡莊，明擺著和芙蓉繡莊打擂臺，芙蓉繡莊落於下風，是很正常的事。

姜桃聽了了然，難怪她師傅說，若是辦好這件事，也是幫楚鶴榮了。

年掌櫃又笑著對姜桃道：「我從前看姜娘子年輕，沒想到您繡技非凡。難道這個年紀，已經收了徒弟？」

姜桃說這倒沒有。

她是昨天遇上李氏的事，才想到自己發展繡坊。今天在蘇如是的提點下，才算明確了目標，八字還沒一撇的事，哪來的徒弟？

年掌櫃臉上的笑僵了僵，忐忑道：「您不會是想著現收徒弟吧？」

「是現收。不過年掌櫃不用擔心，我有個想法，可以讓她們很快上手。只是還需要你的幫忙。」

年掌櫃讓她儘管說來，姜桃就說想要一批特殊的繡線和經緯交織的十字格布。

沒錯，她想的正是先教李氏她們十字繡，只要有了分號的繡線和十字格布，讓她們對照專用的座標圖刺繡，任何人都可以繡出同樣效果，這樣等於是流水作業，也就不存在入門難，初期不能賺錢的問題了。

年掌櫃聽她說完，道：「要特別的繡線不難，格布用的是十字挑花的工藝，也不困難。但是……」

說到底，年掌櫃還是擔心姜桃現收徒弟的問題。他是真的想不出，怎麼能讓人短時間就能上手刺繡。

蘇如是對他擺擺手。「你先去弄她要的材料，小榮那邊由我來說。需要花費的成本，也從我這裡出。」說著便先拿出五百兩給年掌櫃。

年掌櫃忙說不用這樣多。

他們繡莊的繡娘雖然遣散了，但還能買到材料。

「先拿去用。有多的就放著，留著下次備貨。」

得蘇如是的話，年掌櫃有了信心。這可是業界泰斗，有她幫著掌眼，定不會出大紕漏。年掌櫃應下這樁事，說最多半個月，就能先送一批材料過來。

送走年掌櫃，姜桃讓人取來筆墨，提筆開始寫。

蘇如是見狀，讓人去準備茶水點心，讓她餓的時候拿糕點墊墊肚子，也不打擾她。

兩刻鐘後，姜桃擬出一份契書，讓蘇如是過目。

契書裡寫明，加入她的繡坊，前期不收拜師費，但由她傳授技藝之後，不能隨意教授外人，且需要在繡坊工作滿五年，頭兩年要上繳收入的一半，作為繡坊教授她的回報，如果違反，則要罰一大筆堪稱天價的銀兩。

這份契書，不只需要本人簽字畫押，還需要一位親朋好友作保。

這個時代的契書是管用的，像高門大戶憑著下人的賣身契，就能隨意發賣下人一樣，一旦畫押簽契，有人違約，是可以告上官府的。

且契書很有必要，若是隨便來人在她這邊學了就走，再去旁的地方當繡娘，多少銀子都不夠填這窟窿。十字繡說起來是比旁的刺繡簡單，但這個時代的特殊繡線和十字格布卻不是機器加工得來的，其中花費的人力、物力遠比現代來得多。她沒指望靠著繡坊賺錢，但肯定不能虧。

蘇如是看完，忍不住笑了。

其實她挺擔心徒弟辦繡坊，倒不是擔心她辦不好或者虧錢，那都是小事，是她知道人心這種東西說好也好、說壞也壞，最是禁不住考驗。她這徒弟到底涉世未深，蘇如是怕她被人澆熄了那一腔熱忱，寒了心。

「幫人，亦知道防人。」蘇如是抿唇笑了笑。「我的阿桃長大了。」

姜桃也跟著笑，繼續寫別的計劃。

十字繡的技藝並不困難，所用的繡線和格布雖然特別，但懂的人花費功夫琢磨，也能複製出來。她草擬的契書能防住絕大多數人，卻防不住專門鑽空子的小人，所以這只是繡坊初期發展時的過渡手段，後期還要教授相對比較困難的技藝。

十字繡的販賣，她看中了略有盈餘的平民市場。

首先，這些人能吃飽穿暖，已經有了更高的追求，但又負擔不起相對昂貴的繡品。十字繡比一般刺繡耗時短，且可以用在方方面面。如果只是支付不怎麼昂貴的銀錢，就可以多些繡品裝點門庭，為自己的衣著添光添彩，想來也不會為銷路發愁。

還有，現在具規模的繡莊，都搶著做有錢人的生意，她走平民的路子，就不會和他們起正面衝突。這樣短時間內，不會有行家惦記到她頭上，花費人力物力來模仿。

腦子裡的想法很多很雜，姜桃不知不覺就寫了幾十張紙。

後來直到日暮西山，到了要掌燈的時辰，蘇如是就不許她再用眼了。

姜桃沒有堅持，稿紙收起來。

蘇如是不留她吃飯，讓她早些回家歇著。

因為事情的開頭比想像中順利不少，又有沈時恩和蘇如是全力支持，姜桃心情很是不錯，和蘇如是說一會兒話，便回茶壺巷了。

第四十四章

姜桃到家的時候，天色已經晚了，沈時恩等在巷子口，見了她就笑道：「我猜猜，是不是去了楚家別院？」

姜桃已習慣他這先知似的聰明，道：「和義母商量一些細節，也和年掌櫃打過招呼。」

沈時恩看她笑得特別開懷，忍不住也跟著彎唇。「能幫到人，讓妳這麼高興？」說著話，牽姜桃往家裡走。

姜桃笑著小聲道：「也不只是幫人啊，我又不是去開善堂。幫人是一部分，其實也是做自己想做的事。」

姜桃打開話匣子，腳步輕快地和他邊走邊說。

兩人剛到家門口，就聽見隔壁傳來婦人淒厲的尖叫聲。

那尖叫聲太過淒厲，以至於不只是姜桃和沈時恩聽得站住腳，也驚動在家的姜楊和蕭世南，連他們家隔壁的王氏也和她男人出來了。

又是一陣尖銳哭聲，王氏辨認出是從李家傳來的，捋起袖子，就去拍李氏家的門。

王氏的男人生得矮矮胖胖，跟在她後頭勸道：「旁人的家事，妳別多理。」

王氏說：「怎麼能不理？都是街坊鄰居，我得看到李姊姊好好的，才安心！」

男人又要再勸，這時李家的門打開了，開門的是李氏的男人，看著很是高壯，帶著渾身酒氣，打開門就罵罵咧咧。

「你們都站在我家門前做什麼？吃飽了閒的啊？」

別看王氏的男人方才還勸她來著，此時看他瞪著王氏，立刻上前半步，把王氏護在身後。

「陳大哥，你家發生啥事了，鬧出這麼大的動靜？」

王氏探出半邊臉，沒好氣道：「還能是啥事？就是他陳大生喝多了，打媳婦！」

陳大生聽了，更是粗聲粗氣。「我打自己媳婦，關妳屁事？哪邊涼快，哪邊待著去！」

王氏的男人一聽，也怒了。「你家的事，確實不關我們的事，但你也別鬧出這麼大的動靜，擾得人不得安寧！還有，你怎麼跟我媳婦說話的？我媳婦還不輪到你教訓！」

「怎麼？你想打架？」

兩個男人眼看著就要動手，沈時恩往前站了一步，道：「都是鄰居，莫傷和氣才好。」

話雖說得和氣，但他面上神色卻很嚴肅，看著就不好相與。

陳大生和王氏家的男人雖沒和沈時恩打過交道，但都聽自己媳婦說過隔壁新搬來的鄰居，知道他如今在採石場做苦役。

而且沈時恩身形魁梧，在王氏的男人面前還顯得很高壯的陳大生，在他面前竟矮上半個頭，根本沒有可比性。

方才陳大生還大呼小叫的，此時氣焰立刻低下去，煩躁地說：「知道了，不會再鬧出什麼動靜了。」

王氏又喊李氏，讓她出來給自己瞧瞧。

陳大生看人越來越多，自己討不了好，索性進屋去，不管了。

沒一會兒，李氏紅腫著眼睛出來了，說打擾到大家，真是抱歉。

她簡單地收拾過了，但頭髮依舊有些凌亂，脖子下一圈紅痕，看得人觸目驚心。

王氏的男人和沈時恩不方便說話了，往後退開了些。

王氏看著她脖子上的瘀痕，跟著紅了眼眶。「他這是想要妳的命啊！」

李氏的眼淚淌下來，小聲道：「若只是這樣便罷了，他非逼著我這幾日就給女兒訂下親事。我如何都不肯，讓他掐好了，掐死我也不會答應的。」

王氏聽了，又是一陣唏噓，但到底是李氏的家事，幫不上忙，只能道：「他要再動手，妳還是像這次一樣鬧出動靜。我聽到了，就會來幫妳。」

李氏點頭說好，又對眾人道了謝。

王氏被男人拉回家，姜桃和沈時恩也進了自己家門，又把看熱鬧的蕭世南和姜楊喊回屋寫功課。

沈時恩進屋，沈著臉道：「難怪妳昨天知道了這事，心情不好，連我看著都難受，怎麼會有這種男人？」

難怪他想不明白，一來是他自家家風清正，不曾出過這種亂子。二來是他從前在京城的時候，交際的要麼是軍中將領，要麼就是勛貴之家。那些人出身不低，都是好面子的，高門大戶的陰私事再多，也不會攤到明面上說。

後來，他到了採石場，都是孤家寡人，就算有些在本地成親的，因為娶媳婦不容易，也不會這麼對待人家。

姜桃見沈時恩比她還生氣，拍拍他的手背安慰道：「這種事在市井裡不算少見，沒必要因為旁人的事情，氣壞了自己身子。」

沈時恩見她能反過來安慰他，臉色好看了點，又問她今日商量好的安排有哪些，需不需要他幫忙。

姜桃搖頭，先把今天想好的那些事和他分享，又道：「我雖然發的願很大，但到底能力有限，因此只能先管好眼前的。所以初期只準備收五到十個人，有針黹功底的優先。這兩天我先把消息透給王姊姊，李姊姊知道了，要不要來同我學，還看她自己的選擇。」

有句話叫「你永遠叫不醒裝睡的人」，如果李氏這樣的女人，不想著自己立起來，姜桃也不可能強逼她。

不過她覺得李氏應該會來，不然之前李氏知道她做刺繡能賺銀錢的時候，也不會不顧面子刨根問底。

用晚飯時，姜桃把自己要辦小繡坊的事情告訴大家。

自打去年年底大病一場後，她一直是很有主意的，所以姜楊聽了並不意外，只是擔心姜桃的身體。

「妳不是還要在衛家做工？雖然如今休沐沒什麼事，但若後頭又忙起來，兩頭能兼顧到嗎？」

姜桃道：「其實我覺得，衛夫人多半不會讓我去她家做工了，早晚得尋別的活計，所以才有辦繡坊的想法。」

裡頭的意思不用明說，姜楊很快就想明白了。

首先是姜桃被楚家長輩收為義女，衛家小姐跟著那位長輩拜師學藝。然後是他們兄弟成了衛常謙的正經學生。

兩家的牽扯太多，沾親帶故，他姊姊再去衛家做工，很多事情就掰扯不清了。

就像親兄弟合夥做生意，再濃厚的情分，都容易被現實的零碎事情磨沒了。

衛夫人是聰明人，可能會繼續付月錢給姜桃，但肯定不會像之前那樣，毫無負擔地驅使她了。

「本錢從哪裡出呢？」姜楊又問：「咱們家好像沒什麼餘錢了。」

姜桃沒說本錢是蘇如是給的，其實也算是她自己的錢。因為白日年掌櫃走了之後，姜桃問了蘇如是，自己在她那兒一共攢了多少銀錢。

上輩子姜桃給的銀兩瑣碎，但蘇如是卻一筆一筆都記好了，立刻告訴她。「這幾年下來，一共是兩千五百多兩。」

姜桃聽了，忍不住笑著說：「師傅別把我當孩子騙，我從前每個月是有三十兩月錢不假，日常也確實使不到什麼銀錢，但後頭師傅讓人去外頭買繡線跟布料時，我也跟著一道買過不少練手，當時說好都從那些銀錢裡頭扣的，怎麼還會有二千多兩呢？起碼得打個對折。」

蘇如是也笑。「我做師傅的，提供一些繡線和布料練手，還要徒弟自己出錢，也太說不過去了。我說是二千五百兩，就是二千五百兩，妳不要同我爭了。」

姜桃沒再同她爭論，心裡只把自己攢的銀錢記成一千二百兩。

之前她和師傅拿了二百兩，然後師傅這回又給了年掌櫃五百兩準備繡線和格子布，還剩下五百兩。

繡坊初期的主要成本，就是繡線和格子布的材料錢，如今大頭已經支付過，短期內不用再為銀錢發愁。

「本錢我有辦法，只是現下不好同你們明說，不用操心這個。」

姜楊沒有追問，和沈時恩之前一樣，問她需不需要幫忙。

姜桃還是搖頭。「你們該上工的上工，上學的上學，我能自己應付得來。真有用到你們的時候，我也不會同你們客氣。」

一家子說著事情，很快用完了晚飯。

楚家別院這邊，楚鶴榮聽了蘇如是的話，久久沒有回應。

蘇如是擔心楚鶴榮聽不明白，所以又把最了解繡莊經營狀況的年掌櫃請過來。

年掌櫃看楚鶴榮不吭聲，也急了，忙勸道：「少東家，咱們繡莊本就沒什麼盈餘。打去年開始，牡丹繡莊挨著咱們開了一家又一家，今年更過分，不知那牡丹繡莊想了什麼辦法，讓京城給我們供貨的繡坊提了三成價，迫使我們的繡品賣得比牡丹繡莊貴不少，再這麼下去，咱們可要倒閉了。您就算不相信姜家小娘子，也該信蘇大家啊。」

其實年掌櫃沒好意思說的是，就算沒有蘇如是，他們也該做出新的嘗試了，死馬當活馬醫啊！

別說這次還是由蘇如是出錢，有盈利了大家分，虧了她來承擔。

楚鶴榮愣愣地看著他。「年掌櫃啊，你快掐我一把，我怎麼覺得像作夢哪？」

不怪楚鶴榮覺得不真實。雖然他不擅經營，但心裡也清楚，名下的幾間繡莊關閉，是早晚的事情了。

蘇如是不關心商賈之事，是出了名的，別說家裡分給他的芙蓉繡莊，就是楚老夫人名下的繡莊，都沒能請得動蘇如是指點一二。

儘管楚鶴榮還想讓自己的繡莊掙扎一下，卻沒敢奢望蘇如是幫忙。

但沒想到，蘇如是居然主動提出要救救他瀕臨倒閉的繡莊，還出本錢，真跟天上掉餡餅沒兩樣了！

剩下的假期，姜桃打算老實待在家裡。

畢竟眼看著她又要忙起來，怕到時候兼顧不到沈時恩和弟弟們。

一大早，姜桃就起身準備早飯。

結果洗漱的時候，她發現自己月事來了。

月事在現代不算特別麻煩，用棉條或者衛生棉，痛的話，再吃一顆止痛藥，也不會太難過。但在這個時代可就讓人頭疼了，只能用塞了草紙的月事帶。

這還算是條件比較好的，姜桃記得以前看過資料，說條件差一點的地方，用不起草紙，只能在裡面塞草木灰。草木灰肯定不算乾淨東西，很容易引起感染。

原身雖然在農家富養著長大，但生活水準肯定不能和現代相比，因此十四、五歲才來月事。到現在來了一年多，一直不是很規律。

因此，姜桃根本算不準自己的日子，換上月事帶後，便趕緊去看床鋪。

好在她起得早，發現得也早，床褥上並沒有沾到血跡。

不過，她翻動床褥的動靜，卻把沈時恩吵醒了。

「怎麼起得這麼早？」沈時恩睜開眼，帶著濃重的鼻音問她。

他劍眉深目，儘管面對姜桃的時候，臉上時常帶笑，但平時還是不笑的時候多，加上精壯體型，看著就有些生人勿近。

但眼下他剛剛睡醒，神情慵懶，頭髮沒有束起，垂在肩上，中和了五官的英氣，看著倒像個普通無害的年輕人。

姜桃忍不住想，算起來，他們相識到現在，不過才兩個多月，但不知道什麼時候開始，她已經開始習慣性地依賴他了，遇上難事，心裡不高興，都想鑽進他懷裡和他說說。

可是他才二十二歲呢，在現代，不過是剛畢業的大學生的年紀。

算起來她活得可比沈時恩久，也是他過分可靠，讓人不覺忘記了他的年紀。

「你再睡會兒。」姜桃把他按回被窩。「我去準備早飯。」

在家裡幹活的時候，沈時恩就沒有搶贏過她，遂沒再同她爭，只是不忘叮囑她。「隨便做一點就行了，家裡都不是挑嘴的人。」

姜桃嘴裡應著，還守在床邊，非要看他閉上眼繼續睡，才肯離開。

沈時恩乖乖地閉上眼，姜桃又看了他一會兒，用目光描摹他的五官。

越看越覺得自家夫君是長得真的好。換成是重外貌的現代，她在他二十二歲的時候遇到他，還來得及嗎？怕不是早就被其他女生搶占先機了。

這麼一想，她的思緒就亂了，盯著他的目光捨不得挪開。

閉著眼的沈時恩忍不住笑出來。
「我本來還有些睡意的，但是妳一直盯著我瞧，我再也睡不著了。」
「閉上眼也能感覺到我在看你嗎？」
「能感覺到。而且我們習武之人，五感本就比一般人敏銳。」
「那我出去吧。」姜桃有些赧然。
雖然兩人已經成親，但盯著他的臉發呆，還讓他發現了，也是很羞人的！
「走什麼呢？」沈時恩從被子裡伸出長臂，將她的手腕扣在手裡，輕輕一帶。
姜桃被帶倒在被子上，臉正好埋在他胸口，整個上半身也壓在他的腰腹之間。
「不鬧了，我真要去準備早飯了。」姜桃忍不住笑道，說著就撐起身體。
不過好巧不巧的，隔著被子，她似乎碰到了某個不該碰的地方。
沈時恩悶哼一聲，連帶著呼吸都粗重了幾分。
姜桃連忙把手縮回來，老實趴在他胸口，再不敢動了。
這一大早的……也太有精神了！
姜桃猶豫著，要不要把自己來月事的事情告訴他。新婚燕爾，房事頻密一些也很正常，眼下不是她不解風情，而是身上真的不方便。
好在沈時恩只是抱著她，沒有更進一步的動作，不過他過快的心跳，還是把他的不淡定給出賣了。

又抱了一會兒，沈時恩才開口道：「嗯，妳去忙吧。」聲音帶著不可忽視的沙啞。

姜桃趕緊起身，逃也似的快步出了屋。

姜楊已經在天井裡打水洗漱，見了她，奇怪道：「我起身的時候，依稀聽到你們屋裡有說話聲，怎麼這會兒才起來？」

姜桃臉頰發熱，卻不能表現出來，正色道：「和你姊夫說了會兒話，就起晚了，我這就去弄早飯。」

姜楊也說隨便吃一點便成，讓她不用忙活。

姜桃進了灶房，生火煮粥，又在小鍋裡煮雞蛋。

淘米時，姜桃碰到有些微涼的水，肚子忍不住抽痛了一下。因為她和原身都沒有痛經的經歷，所以沒有多想。

雪團兒聽到動靜，從屋裡鑽出來，嗚哇嗚哇蹭過來，姜桃走到哪裡，便跟到哪裡。

她一時不察，突然感覺腳底下踩到什麼軟軟的東西，忙挪開腳，低頭一看，雪團兒委屈巴巴地從她腳底下拿出自己的前爪。

「對不起，我不小心的。」姜桃連忙蹲下身，捏著牠的爪子問：「你疼不疼啊？」

雪團兒可憐兮兮地嗚咽一聲，小腦袋卻往前探了探，嗅著空氣裡煮雞蛋的味道。

「給你煮了，等會兒我的蛋黃也分給你吃。」姜桃揉揉牠柔軟的大腦袋，又問了一遍疼不疼。

可惜雪團兒再機靈也不會說人話，只能垂著眼睛嗚咽。

方才姜桃察覺腳下有東西，就挪開了腳，不確定有沒有踩傷雪團兒，但這嗚咽聲聽得人太心疼了，想著先觀察一下，等吃完早飯，要是小東西真不太舒服，就帶牠去看獸醫。

沒多久，家人都起床了，鍋裡的粥熬得稠稠的，雞蛋也煮好了。

姜桃盛出飯食，帶著走路一瘸一拐的雪團兒出了灶房。

沈時恩和姜楊他們都洗漱好了，坐到桌前。

「雪團兒這是怎麼了？」姜霖問。

「我不小心踩著牠的前腿。等吃完飯，我帶牠去看看大夫。」

早飯是白粥配上買回來的醬菜，並白煮蛋和前一天烤的麵包。

雖然稱不上豐盛，但是姜桃一大早起來親手準備的，所以每個人都吃得很高興。

等大家都吃完了，姜桃站起來收拾桌子。

誰知道猛地站起來，她眼前一黑，肚子跟著一陣抽痛，差點栽倒。

幸好沈時恩坐在她身旁，眼疾手快扶住她。

姜楊他們也坐不住了，立刻圍上來。

姜桃很快清醒，只是小腹實打實地疼了起來，忙扯出笑，安慰大家。「沒事沒事，就是眼前黑了一下，現在已經好了。」

姜楊板著臉。「妳別硬撐，妳不知道自己現在的臉色多難看。」

姜桃確實不知道，她面色發白，唇色都褪去了，雖然還在笑，但那笑怎麼看都是強裝出來的。

「姊姊又生病了嗎？」姜霖依偎在她身邊，卻沒真的往她身上靠，有些無措。「是不是要去請大夫？」

沈時恩把姜桃打橫抱起來。「請大夫來回得折騰不少工夫，我直接帶她去醫館。」

姜楊和蕭世南都要跟，姜桃忙道：「真沒事，而且就算去醫館，也不用這樣多的人。你們上學會遲到。」

他們哪裡聽得進去呢？各自拿了書袋，只說先陪她去醫館，確認沒事，就直接去衛家上課。

姜桃看拗不過他們，便道把雪團兒也帶上，正好帶牠看獸醫。

話音剛落，被點名的雪團兒已經一陣風似的跑到屋外，等著有人去開大門了。

姜桃。「……」

這小傢伙明明方才走路一瘸一拐的，但眼下這腳下生風的步伐，怎麼看都不像受傷，頓時覺得自己被小傢伙耍了。

算了，既然都要出門，還是帶牠去看看吧。

第四十五章

因為茶壺巷位置便利，所以一刻多鐘後，他們就到了那間和姜家相熟的醫館。

老大夫看姜桃被抱進來，後頭又跟著一串人，以為出大事，立刻將他們迎到內室診治。

姜桃快臊死了，久病成醫，她心裡清楚可能就是月事導致的，偏家裡人都不放心。

診治過後，老大夫呼出一口長氣。「沒什麼大礙，就是女子月事血虛。」

姜桃的耳根子都燒紅了，轉頭嗔沈時恩他們。「看吧，我真沒事。」

家裡都是小子，連沈時恩聽了老大夫這話，面色也有些不自在。不過知道姜桃沒什麼大礙，大家臉上都出現了笑意。

「但是……」

老大夫一個但是，又把眾人的心揪了起來。

好在老大夫也沒想吊人胃口，接著道：「妳是不是喝了什麼湯藥？」

自打去年年底病好了，姜桃的身子就一直挺好的，沒再吃過藥，聞言先是愣了一下，而後才想起來，老大夫說的，可能是孫氏給她的那幾帖避子湯藥。

她不自在地看了姜楊和蕭世南一眼。

兩人很有眼色，拉著姜霖出去了。

等他們走了，姜桃才道：「有吃過，不過不是生病，是我奶奶尋來的藥，說是吃了能避子的。」

老大夫的眉頭皺起來。「是藥三分毒。這種湯藥藥性寒涼，常人根本受不住。幸虧妳身體底子不差，這湯藥也不過吃了一、兩服。要是長久吃了，對身體有損不說，怕就算停了藥，不好生調養三年、五載，都不會有子。」

姜桃被這話嚇到了，之前還以為孫氏給她尋的是什麼古代避孕藥，還想著自己到底是孤陋寡聞，只在古裝劇裡看過避子湯，沒想到古代還真有這種東西。

如今聽老大夫說了，她才知道，原來這種所謂的避子湯，對身體有這麼大的損害。

「眼下沒事，我是說，如果多吃了才會那樣。」老大夫看她受驚之後，面色越發慘白，又溫聲安慰。「如今不用吃藥，買點紅棗什麼的吃著，等體內的瘀血排乾淨，就不會這麼難受了。至於那避子湯，千萬不要再吃了。」

姜桃點頭，沈時恩付清診金之後，扶著她出了內室。

姜楊等人還沒走，見他們出來，立刻迎上去，問她怎麼樣了？

姜桃抿唇笑了笑。「沒事啊，就是女子每個月那點事，連藥都沒開呢。」

姜楊和蕭世南看他們倆確實是空著手出來的，就放心了，被姜桃催促著去衛家上課。

等他們都離開，姜桃臉上的笑才淡下來。

她不確定孫氏到底是好心辦了壞事，還是知道那藥有礙，卻依舊拿給她吃。兩種情況都有可能，尤其姜楊是孫氏的心肝肉，科舉之路又不是三年五載能走完的。如果她有了孩子，精力肯定被自己的孩子分走一大半，不可能像現在這樣關心弟弟們……

「沒事。咱們往後不吃那藥就好。」沈時恩攬著她的肩膀輕輕晃了晃。「不用多想。」

姜桃能想到的，他未必想不到，如今這麼說，是知道想再多也無用，總不能再跑回槐樹村和孫氏求證，問也是問不出什麼證據。就算孫氏真存了壞心，只要咬死不認，誰都沒有辦法，只能傷了家裡的和氣，讓姜楊夾在中間難做人。

姜桃晃晃腦袋，也不再去想那些了。反正她自打嫁人和搬家後，就同姜家其他人沒牽扯了，往後只要小心些，再不吃那邊的東西就是。

兩人說著話往茶壺巷走，姜桃突然察覺到少了什麼，忙站住腳問：「雪團兒呢？」

雪團兒不見了！

此時，楚鶴榮正坐在酒樓二樓吃早點。

小廝守在旁邊，急得跟什麼似的。「少爺，您別吃了，眼看就要誤了上學的時辰！」

楚鶴榮不耐煩地叫他閉嘴，又道：「老師家的飯菜清淡得很，不合我的胃口。我早上不吃飽些，如何撐住一整天？」

小廝聽了，不敢再勸，只愁眉苦臉地看著外頭的天色。

楚鶴榮又吃了一個水晶蒸餃，覺得滋味不錯，正想再點一籠打包到衛家，分給姜霖他們，卻聽小廝急急地喊：「少爺！您快看！」

「叫屁啊！嚇本少爺一跳！」楚鶴榮一邊罵、一邊從二樓的窗戶往下看。

一抹雪白的身影一晃而過，一個穿著短打的漢子在後頭追。

漢子剛跑到街頭，那雪白身影矯捷地在人群中跑跳，已經掠過了街尾，漢子氣喘如牛，上氣不接下氣地大罵。

「殺千刀的小畜牲，敢偷我家的魚！看我抓到了不打死你！」

楚鶴榮立刻不吃了，拋了一個小銀錠子在桌上，帶著小廝奔下樓梯。

「本少爺的雪虎呢?!」他怒氣沖沖地瞪向那漢子。

漢子道：「什麼雪虎？你誰啊，別擋著我捉偷魚的畜牲！」

「就是你剛才追的東西，你在哪裡找到的?!」

「哪裡是我找牠？是我好好地在隔壁街擺攤，那小畜牲過來偷我的魚！我說你攔著我做甚，畜牲都跑得沒影了！」

「臨街嗎？」楚鶴榮摸著下巴思考起來。

他的小雪虎已經丟了好幾個月，本以為要麼躲在荒山野嶺裡了，要麼被山裡的其他野獸吞食，怎麼也沒想到會在城裡再見到牠。

這縣城離他們之前尋到母虎的山頭路途遙遠，就是騎馬坐車，也要快半個時辰。

這小東西這麼能跑嗎？

可惜太能跑了，一眨眼就沒影了。

楚鶴榮喊小廝趕緊再去尋尋，說萬一在哪個角落裡找到呢？

他提腳剛想走，那漢子卻一把拉住他。「你別走啊，我聽出來了，那小畜牲是你家的吧？你把魚錢付了！」

楚鶴榮懶得為這麼幾個錢和人掰扯，讓小廝立刻給。

打發了賣魚的漢子，兩人小跑著去了街尾。

一番搜尋未果，小廝看時辰真要晚了，忙勸楚鶴榮先去上課。

兩人剛準備離開這條街，只見方才那賣魚的漢子領了好幾個人，又過來了。

「就是那個富家公子！那小畜牲是他家的！」

對方的陣仗太大，看著像來尋仇打架一般，楚鶴榮嚇得冷汗都出來了。

好在他們很快報了自己的身分，不是來尋仇的，都是隔壁街擺攤的、賣雞賣肉的。

楚鶴榮這才知道，小雪虎不只叼了人家的魚，還吞了好幾隻小雞，吃了一塊肉。

這真是他知道的雪虎嗎？是雪豬吧！

楚鶴榮一邊在心裡罵、一邊讓小廝把身上的碎銀子分給幾個攤主。

一來二去的，真耽誤了時辰，楚鶴榮到衛家時，姜楊他們已經讀了快兩刻鐘的書。

衛常謙訓斥楚鶴榮不守時，說要是都像他這樣，楚家的生意不用做了！

楚鶴榮低著頭老實聽訓，足足被訓了一刻鐘，才坐到自己桌前。

等衛常謙有事出去，蕭世南才壓低了聲音問他，怎麼來晚了？

楚鶴榮剛想說小雪虎的事情，衛常謙又回來，到嘴的話嚥了回去。

姜桃這邊，她忍著肚子的抽痛和沈時恩尋了兩刻鐘，終於找到雪團兒。

其實不算他們找到的，是雪團兒自己溜溜達達地回到了醫館門口。

「你跑哪兒去了？」姜桃是真的著急。這時代沒有網路和電視臺，連報紙都沒有，如果雪團兒真的丟了，她都不知道怎麼找！

方才雪團兒還挺高興地豎起尾巴，被她喝斥之後，尾巴立刻垂下來，連耳朵都塌了。

看到這可憐樣兒，姜桃不忍心再喝斥牠了，蹲下身摸摸牠的腦袋。「下回不許這樣了。要是喜歡出來放風，讓阿霖下課後，多帶你出來玩玩。」

雪團兒這才高興些，親暱地用頭頂蹭姜桃的掌心。

姜桃把牠抱起來，不知道是不是錯覺，覺得雪團兒沈得不像話。

雖然現在看著挺好，但早上到底被她踩了一腳，姜桃決定，還是帶牠去看看獸醫。

牠跟沈時恩去得不巧，獸醫去別人家幫母牛接生，姜桃和沈時恩就在鋪子裡等著。

剛剛雪團兒還活蹦亂跳的，這會兒不知道怎麼了，突然沒了精神。

姜桃又是一陣擔心，怕牠方才跑出去那一會兒，被人打了，或被街上的野狗欺負。

好在沒多久，獸醫就揹著藥箱子回來。

姜桃連忙迎上去。「大夫，您總算回來了。」

獸醫沒仔細看她懷裡的雪團兒，道：「我先去洗個手，妳把小崽子放桌上，我馬上來看。」

等他洗完手，仔細一看桌上蔫了的雪團兒，沒好氣道：「我說妳這小娘子怎麼回事，莫不是來尋事的吧？」

姜桃被他說得一愣。「我家雪團兒今早被我踩了一腳，方才又走丟兩刻鐘，回來就突然沒了精神。即便牠什麼毛病也沒有，您也不能罵人吧？診金我會給的。」

獸醫拍著胳膊道：「我這兒是獸醫館不假，但我是給家禽家畜、貓貓狗狗之類的看診。妳帶隻小老虎讓我看，不是來找碴是什麼？那怎麼不帶隻成年老虎出來呢，更威風?!」

以為姜桃是來找碴的，所以獸醫說的話不算好聽。

但姜桃顧不得和他計較了，懵懵地問：「老虎？」然後又去看沈時恩，想從他那裡獲得答案。「咱們家雪團兒是老虎？」

沈時恩有些驚訝地問她。「妳不知道嗎？」

姜桃搖搖頭，她撿到雪團兒的時候，牠小小一隻，雖然長相和小貓不太一樣，但不論身形還是通體雪白的毛，都和普通的小貓沒什麼區別。

後來，她日日瞧著雪團兒，一點一點的變化就看不出來，從未想過牠會是老虎。

「我以為妳知道，就一直沒和妳說。」沈時恩道。

他不僅早認出雪團兒是老虎，還知道這種長相和普通老虎不同、幼時更像貓咪的是老虎裡的稀世珍品雪虎。早些年在關外小國來朝進貢的時候，他有幸見到過。

可惜，這種雪虎生性驕傲，極難馴化，不受嗟來之食，當時進貢了一大一小兩隻，最後都絕食而死了。

那獸醫看姜桃不像裝出來的，面色語氣緩和了幾分。「這種品種的老虎，我也沒見過。但是腦殼圓大，腳掌厚實，長尾如鞭，老夫祖上幾代就開始和獸類打交道，不會看錯。」

他說著，檢查雪團兒的前爪和肚子。「爪子沒事，沒精神是因為吃撐了，回家多休息就好了。不過我看妳家這小老虎似乎有些瘦弱，想來平時吃得不太好。既然決定要養，就該好好餵……」

獸醫嘮叨一大通，姜桃道謝，又付了診金。

等出了獸醫館，她的眉頭就蹙起來了。

獸醫說得沒錯，雪團兒可不是吃得不好！她一直以為牠是小貓，便按小貓的食量餵。如果是小老虎，那食量肯定不同了，難怪雪團兒雖然長大不少，但是一摸下去，全是骨頭。

幫雪團兒改善伙食勢在必行，眼下她也負擔得起。

但是以後呢？雪團兒會長成幾百公斤的成年老虎，那一頓得吃多少肉啊？

就她現在有的五百兩，能養活牠一年就不錯了，而且即便之後掙夠銀錢，家裡地方就這麼點大，把雪團兒養在這裡，豈不把鄰里街坊都嚇死？

難道要放歸山林？姜桃一想到就覺得捨不得。

雪團兒可是她從小貓崽養到這麼大的，還陪著她度過最無助、最孤獨的一段歲月。

因為這件事，姜桃這日的心情都不怎麼美好。

後來姜楊他們放學，看她快快的，以為她是身上不舒服，沒多問，回屋寫功課去了。

入夜後，姜桃他們吃完晚飯，正準備各自回屋休息，突然聽到砰砰的敲門聲。

沈時恩去開門，楚鶴榮陪著笑進來，先是姑姑、姑父喊了一通人，再解釋道：「我在街上有些事，耽擱時辰，沒注意就宵禁了，趕不回別院，方不方便讓我在這裡住一晚？」

姜桃自然說方便，喊蕭世南帶他回屋睡覺。

蕭世南攬著楚鶴榮的脖子往外走，笑著問他。「今天有什麼事啊？早上遲到不說，下了學還一陣風似的跑了，如今又在街上耽擱到這個時候。」

楚鶴榮垂下眼睛。「別問了，竹籃打水一場空。」

此時睡了一下午的雪團兒從姜霖他們屋裡出來，正好和楚鶴榮看了個對眼。

楚鶴榮眼睛頓時亮了，他早上找了一圈，晚上又找一圈，連小雪虎的毛都沒找到一根。

結果這小雪虎居然在他姑姑家，這不就是踏破鐵鞋無覓處，得來全不費功夫?!

「這小傢伙原來在你家！害得我好找！」

姜桃在屋裡聽到這話，眼睛也跟著一亮。

她下午時聽沈時恩說過，這雪虎是關外的珍稀品種，本國應該是沒有的，想來不知誰家捕獲之後，運送途中出了事，才會陰差陽錯地讓她撿到。

「小榮，這雪虎是你的？」

楚鶴榮忙點頭，把去年年底的事情告訴姜桃。

換成旁人，姜桃肯定得存幾分疑慮，但楚鶴榮算半個自家人，之前他弄丟年禮的事，也不是秘密。正是因此，才會有讓姜桃繡桌屏，接著和蘇如是相認等一連串的事。

只是，姜桃沒想到，一切的起因居然是雪團兒。

雪團兒看到楚鶴榮就不高興，炸毛齜牙，嗚嗚叫著。

姜桃走過去抱抱牠，小傢伙這才消停下來。

蕭世南在旁邊也聽明白了，問楚鶴榮。「雪團兒在家脾氣最好，從來不會和人齜牙。你之前是不是虐待牠了？」

楚鶴榮忙解釋道：「我沒有！雪虎多稀罕啊，我伺候得跟親爹似的，光之前那隻母老虎，頓頓供的肉比我吃得還好呢！」

當然了，供的是很好，但是雪虎驕傲著，不吃就是了。

「估計是我之前追捕牠們娘兒倆的時候，這小傢伙躲在暗處瞧見，記恨我呢。」楚鶴榮說著，臉又垮了下來。

他打小喜歡動物，家裡養雞養狗的，而且都是養著玩，從捨不得把牠們送去相鬥。這雪虎也是他自己想要，託人尋了好幾年，藉著給楚老夫人送禮的理由，帶回家去。沒想到，大的絕食死了，小的好不容易尋到，見到牠卻跟仇人似的。

而且，若是旁人撿到就算了，他給點銀子當謝禮就是。姜桃撿到就不好辦了，這是他姑姑，雖然不是親的，但也算自家人。看小雪虎和她的親熱勁兒，楚鶴榮還真不好意思要。

「既然是姑姑養著的，讓牠繼續待在您家吧。」

話是這麼說，但他直愣愣地盯著雪團兒，目光都捨不得移開。

姜桃正愁雪團兒以後的撫養問題呢，聽到這話就笑道：「雪團兒也是你的心愛之物，我也不好奪人所好。這樣吧，這小傢伙現在和你不親，且住在我家，你往後多過來和牠相處。等你們熟絡了，就讓牠跟你回去。」

姜桃想著，等他們熟了，雪團兒估計也長大了，這茶壺巷的小宅子再養不下牠。讓牠跟著楚鶴榮回去，也算替牠尋了個好去處。

「只是，你得答應我，不要再讓人捕獵雪虎。若是能被馴化的，你好吃好喝養著，也不算虐待牠們。可是我聽你姑父說，雪虎這種生性驕傲的動物，不會被輕易馴化。你喜歡牠們，便不要再造殺孽。」

楚鶴榮點頭如搗蒜。「就是姑姑不說，我也不會了。我事先不知這雪虎脾性，還以為是我沒照顧好，那母老虎才會絕食。如今既然知道，肯定不會有下次。」

「那成。」姜桃抱著雪團兒走向楚鶴榮。

雪團兒見了牠，沒再凶起來，卻是不情願地扭動身體。

姜桃也不勉強，把牠交給蕭世南，先讓雪團兒試著和楚鶴榮同住一屋，培養感情吧。

——未完，待續，請看文創風884《聚福妻》3

文創風 883

聚福妻 2

國家圖書館出版品預行編目資料

聚福妻 / 踏枝著. --
初版. -- 臺北市 : 狗屋, 2020.09
冊 ; 公分. --（文創風）
ISBN 978-986-509-140-8（第2冊：平裝）. --

857.7 109010466

著作者	踏枝
編輯	安愉
校對	黃薇霓
發行所	狗屋出版社有限公司
地址	台北市104中山區龍江路71巷15號1樓
電話	02-2776-5889～0
發行字號	局版台業字845號
法律顧問	蕭雄淋律師
總經銷	知遠文化事業有限公司
電話	02-2664-8800
初版	2020年9月
國際書碼	ISBN-13　978-986-509-140-8

本著作物由北京晉江原創網絡科技有限公司授權出版

定價260元
狗屋劃撥帳號：19001626
網址：love.doghouse.com.tw　E-mail：love@doghouse.com.tw